WELCOME
TO VEGAS
Paranormal

AF392247

EN ENFER SI J'Y SUIS

Vegas Paranormal / Mona Harker - Livre 2

Charlotte Munich

MENTIONS LÉGALES

À tous les fabricants de moquettes qui dessinent le décor de nos vies.

1

———

C'est mardi matin, j'ai même pas eu mon café, je suis en retard pour mon rendez-vous avec ma contrôleuse judiciaire et j'ai pas du tout le temps de me battre contre cette horde de zombis lyophilisés.

Sérieux. C'est quoi ce nouveau délire ?

Je viens d'ouvrir la porte de mon bunker pour dire bonjour à la lumière du désert, pas encore réveillée mais déjà en pétard, et ils étaient là. Au moins une bonne douzaine de geeks caramélisés, à m'attendre en plein cagnard tout en mastiquant dans le vide comme des idiots.

Je vous jure, à les regarder comme ça, on ne croirait pas que ces gars sont en symbiose avec une bactérie hyper intelligente qui est censée collaborer avec eux pour faire d'eux des génies.

Avec un grognement affligé, je décroche mon téléphone au moment où un mort-vivant tout ratatiné par le soleil se jette sur moi. Je l'évite tout en refermant du pied la lourde porte blindée, et cet abruti se coince dans l'ouverture entrebâillée. Il craque comme un os de poulet trop cuit, sectionné par le battant. Les deux jambes, le tronc et le bras gauche de la créature restent côté jardin, trébuchent une seconde, puis s'élancent vers moi pour une nouvelle attaque. Je la repousse et je suis étonnée par sa légèreté. Il doit être sérieusement déshydraté, il ne pèse presque plus rien. Je l'envoie s'exploser contre un palmier du jardin, tout en songeant au morceau de zombi qui est resté coincé à l'intérieur de la porte — selon mes calculs, il doit y avoir encore une tête, un cou, un morceau de buste cramé par le désert, et un bras droit.

Zuuuuut. Je n'arrive pas à me souvenir si j'ai bien clos la deuxième porte, celle qui sépare le tunnel du bunker de mon *home sweet home* de béton brut.

Merde. J'ai pas envie qu'un zombi pose sa sale patte partout sur mes affaires. En même temps, je suis vraiment à la bourre et Becky file des blâmes quand on loupe le début de ses sermons interminables.

J'ai pas trop envie de découvrir ce qui arrive au dixième blâme. Il faut que je me magne. Nan, mais de toute façon, j'ai dû la fermer, cette porte. C'est sûr, oui, je l'ai fermée. Je ferai le ménage ce soir.

— Mona ? répond (c'est-à-dire aboie) dans le combiné la voix haut perchée de Marcellin, zombi alpha geek de Smart Meat Inc, la meute de Vegas. J'ai vraiment pas le temps de discuter !

Je mets le smartphone sur haut-parleur et je le pose dans la main tendue de la statue de gonzesse antique qui orne l'allée. *Tu me tiens ça, steuplait, ma belle ?*

Julie et Burt Preston, mes propriétaires, ceux qui me louent à l'année le bunker dans leur jardin, ont des goûts plutôt raffinés. Je ne crois pas qu'ils apprécieraient beaucoup de trouver ce ramassis de pruneaux humains zonant partout sur leurs platebandes.

— Si je te dérange, dis-je à Marcellin, tu n'as qu'à arrêter de m'envoyer des geeks périmés à toute heure du jour et de la nuit !

D'un coup de pied je fracasse le zombi le plus proche. À l'impact de ma *combat boot* contre sa cage thoracique, il émet un bruit sec, puis va valser vers le petit chemin de pierres sèches qui mène à ma porte. Je me planque aussitôt derrière un gros rocher ornemental. Mais non, le zombi évite au dernier moment la mine antipersonnelle qui traîne dans l'allée et va s'étaler dans le petit bassin vide qui héberge des poissons rouges quand Julie est là.

Je récupère mon portable dans la main de la statue. *Merci, ma poule.*

— Marcellin, dis-je dès que j'ai à nouveau collé l'appareil contre ma joue, ça devient vraiment lourdingue et ridicule. Que tu laisses tes gars se transformer en chips humaines dehors au lieu de les ranger dans ton frigo bien proprement, déjà, ça me défrise. Mais arrête de les lâcher dans mon jardin !

— C'est pas moi, ronchonne Marcellin, et il raccroche.

Typique.

Normalement, mon réflexe quand on me raccroche au nez, c'est de rappeler aussi sec pour proférer des insultes et des menaces. Mais là, je dois vraiment filer.

Un regard périphérique m'apprend que si j'entreprends de nettoyer le bazar dans le jardin des Preston tout de suite, ça va me prendre une bonne heure que je n'ai pas. Je pousse un profond soupir, croise les doigts pour que le facteur n'ait rien à m'apporter aujourd'hui, et sors en courant, en notant mentalement d'appeler la Guilde des sorciers pour voir s'ils ont un truc pas cher pour éloigner les nuisibles.

Ha.

Ha.

Triple-hah.

La Guilde des sorciers.

Un truc pas cher.

Saisissez la blague ?

La Guilde, proposer un service pas cher ?

Moi, ça me fait rire jaune, parce que j'ai pas l'indice d'une thune en vue. J'ai fini mon dernier paquet de café avant-hier et ma Jeep, ma déesse, est sur son dernier plein d'essence. Bientôt, à moins de gagner au loto, je serai obligée de l'abandonner quelque part à sec, ou pire encore : de la revendre pour croûter.

Les temps sont durs pour moi, Mona Harker, chasseuse de monstres.

Alors que la ville est tout à coup infestée de zombis et que ce serait pile le moment de prospecter auprès des autorités et des casinos pour leur vendre mes services, je suis obligée d'aller m'enfermer tous les jours avec Becky Morinsky, ma contrôleuse judiciaire, ou une de ses nombreuses sbires en uniforme beige, pour écouter un brief soporifique sur le code de la ville ou de la magie ou des créatures surnaturelles.

Apparemment, il me manque les bases. Deux ans que je chasse dans les rues de Vegas, exterminant à tour de bras, et bien souvent à l'œil, goules, succubes et autres zombis bien dégueulasses, et tout à coup les minettes de la douane surnaturelle viennent m'expliquer que je n'ai pas les connaissances, ni l'autorisation officielle, pour exercer cette activité pourtant bien nécessaire.

D'après elles, les créatures ont tout autant le droit d'exister que les humains, du moment qu'elles respectent les équilibres de la nature. Tout est question de modération. Les règles sont simples, vraiment, soutient Becky, ce sont des règles de savoir-vivre élémentaire, de tempérance. Ne pas trop forcer sur la magie. Ne pas se faire remarquer. Ne pas pondre dans les bassins du Bellagio. Ne pas féconder ou manger trop d'humains, en tout cas pas plus que ce qui est écrit sur ton permis de chasse. Et surtout, surtout, s'inscrire auprès d'une palanquée d'administrations dont le seul fantasme est de fliquer la terre entière.

Moi, je me suis arrêtée au mot « tempérance ». J'ai buté dessus et je me suis étalée de tout mon long. Ce mot-là n'est pas du tout dans mon vocabulaire. Tout ça n'est tellement pas pour moi que j'ai fréquemment l'impression, ces jours-ci, de marcher dans un cauchemar éveillé.

Pourquoi est-ce que je ne peux pas exercer mon art en toute liberté ?

———

— MONA, tu es en retard, sourit Becky quand j'ouvre la porte de la salle tout doucement, dans l'espoir illusoire de passer inaperçue.

Becky est blonde avec une queue de cheval, des joues roses et des yeux bleus tout ronds. Elle sourit tout le temps. Et son pouvoir de nuisance est terrifiant.

Nous sommes quatre à suivre son programme de formation, dans les locaux de la douane, qui squatte l'immeuble de la Southern Nevada Water Authority. Il y a Jerry, une goule récidiviste qui a bouffé trop d'humains vivants. Yuck, yuck, triple-iik. Il a échappé à la prison parce qu'il est encore mineur. Becky semble avoir bon espoir de parvenir à rectifier sa mauvaise éducation. Elle passe une bonne partie de son temps à essayer de lui vendre le régime traditionnel des goules, à base de viande d'humain faisandée. En clair, elle préférerait qu'il aille se servir un peu plus dans les cimetières et un peu moins dans les bars. Mais Jerry m'a avoué sans ambiguïté qu'il préférait quand ses victimes se débattent. Il aime bien les tuer lui-même. Il aime bien les manger vivantes. Il m'a offert de me montrer, parce qu'il me trouve appétissante. Je lui ai répondu que le jour où il essayait, je me faisais un plaisir de transformer ses tripes en bouillie en lui farcissant la gorge à l'acide sans même déformer sa jolie gueule puante. Que j'avais pas besoin de permis de chasse, que ce serait de la légitime défense.

À la base on était censés se parler uniquement pour un travail en équipe. C'est l'idée de Becky. Nous coller en binômes pour qu'on apprenne à se connaître et idéalement, qu'on devienne amis à force d'échanger nos points de vue. J'ai eu beau la prévenir tout de suite que ça n'allait pas être possible, elle s'obstine encore et encore.

À user ses fonds de culotte dans les cours de Becky avec moi, il y a aussi Corn-Flakes. Il a décliné devant la classe cette identité improbable et s'en est tenu là. Ça a paru suffire à Becky. Moi, il refuse de me parler. Je crois que je lui fais peur. Deux semaines que je viens ici tous les jours et je n'ai toujours pas compris ce qu'il était. Le midi, il s'isole dans les toilettes pour manger son sandwich. Il est étrange.

Et puis, il y a Isadora. Elle, je la comprends un peu mieux, vu qu'elle est comme moi engagée dans une croisade contre la passivité et la stupidité des abrutis. C'est une sirène du Colorado, elle aurait dû rester bien sagement à se tresser des algues dans les cheveux au fond du lake Mead. Mais avec toutes les piscines creusées à Vegas, tous les golfs et les espaces verts, le niveau de l'eau dans le lac de retenue du barrage Hoover baisse continuellement. Le mois dernier, Isa a pété un câble et elle a pris les choses en main. Elle a quitté le lac pour gagner les canalisations de la ville afin d'espionner les plus grands gaspilleurs et in fine, de les buter en les noyant dans leur verre à dents. Elle en a eu une douzaine avant que Becky ne la tope. Facile pour Becky, avec ses contacts à la Southern Nevada Water Authority, elle n'a qu'à dégainer son sourire à fossettes et elle a accès à tous les plans du réseau d'eau de la ville.

Concernant Isa, je suis partagée entre la sympathie pour sa cause et mon instinct professionnel de tueuse. C'est mon problème ces temps-ci : mes convictions se heurtent à des dilemmes comme celui-là, et je ne sais plus où j'en suis. Les choses et les limites qui étaient si claires avant se sont brouillées.

Tous les gens qui sont dans cette pièce sont typiquement ceux que j'ai juré de tuer quand j'ai choisi ma voie dans la vie. Mais tout part en vrille depuis quelques semaines. À force d'obstination, j'ai réussi à remonter peu à peu la hiérarchie des créatures surnaturelles, et j'ai rencontré des entités largement moins basiques que les zombis ou les succubes dont j'avais l'habitude. Il m'est apparu soudain que certains monstres, comme les sorciers ou les métamorphes, ne suivaient pas un mode d'emploi facilement compréhensible et qu'au moment de les tuer, j'étais dépassée et/ou freinée par des scrupules.

Par chance, les énergumènes qui m'ont posé des problèmes n'ont pas reparu récemment. Je veux parler bien sûr de mon ancien patron, le très létal homme froid « B3 » Black, de sa rivale de longue date Elsie Hannigan, dompteuse, et aussi de Sebastian Persson, un type qui aurait pu devenir un ami et qui a préféré me tourner le dos pour s'enfuir avec Elsie. J'ai appris par la suite qu'il était recherché par la douane et par le réseau des guildes de sorciers, pour exercice illicite de la magie. Pas du tout le genre de cave avec qui j'ai envie de traîner. Absolument pas.

— Tu peux répéter pour la classe ce que je viens de dire, Mona ? demande Becky avec ce sourire qui approfondit sa fossette et la fait ressembler à Jennifer Garner à vingt-deux ans.

Genre plus fraîche tu te transformes en yaourt de la pub et tu meurs.

— Nan, désolée, je peux pas.

Becky note quelque chose dans son carnet et je me renfrogne. Le mardi à la douane, c'est le jour des évaluations. D'ailleurs Becky se lève avec une énorme pile de feuilles qu'elle entreprend aussitôt de nous distribuer.

— Un petit contrôle pour vérifier que tout est bien acquis, et je vous laisse partir ! annonce-t-elle sur un ton inutilement enjoué.

Je me rebiffe aussitôt.

— Tu avais dit qu'il n'y aurait pas d'interro écrite ! Je suis dyslexique, ce n'est pas une bonne manière de fonctionner pour moi.

Elle m'ignore complètement. Deux heures plus tard, je rends une copie aux trois quarts blanche, et je suis pas mal sûre d'avoir foiré le quart restant.

2

———————

C'est l'heure du déjeuner mais je n'ai pas faim, et ça tombe bien, vu que je n'ai plus de blé pour m'acheter à manger. Je décide de prendre le taureau par les cornes et de profiter de la pause pour aller voir Becky dans son bureau.

— Je peux entrer ?

— Bien sûr.

Becky est toujours partante pour discuter. Elle est disponible, souriante, polie, efficace. Elle est blonde et parfaite et elle mange une salade de pâtes aux boulettes de viande.

— Becky, lui dis-je en me laissant tomber dans la chaise en face de son bureau, j'ai besoin d'une dérogation pour retourner bosser. Il faut que tu me signes un permis de tuer. Vegas est infestée de zombis, il se passe des trucs vraiment très bizarres et je dois…

Les cils de Becky se mettent à papillonner très vite et son sourire se refroidit.

— Tout est sous contrôle, me fait-elle savoir.

Et effectivement, je l'ai vue à l'œuvre, je sais qu'elle dispose de moyens de mettre les zombis au pas presque même sans lever le petit doigt.

— Au fait, Becky, ton fameux pouêt-pouêt magique qui rend les zombis doux comme des agneaux, tu t'en sers beaucoup ces temps-ci ?

Elle sourit sans répondre.

— Ce sont les affaires confidentielles de la douane, dit-elle. Je ne peux pas en parler aux civils.

— Non, parce que ça m'aurait rendu service tout à l'heure à Boulder City, quand mon jardin était envahi par des morts-vivants séchés au soleil. Et tiens, à ce propos, tu te rappelles le jour où on s'est rencontrées ? Au casino, pendant cette attaque de zombis ?

— Comme si c'était hier, dit Becky avec un frémissement de narines. Ce n'est pas un souvenir que je chéris particulièrement, Mona. Tout le service a eu un blâme pour le bazar infernal que tu as semé là-bas.

— C'était pas de ma faute. Et les zombis que tu as arrêtés ce jour-là, tu en as fait quoi ? Ils ont été relâchés dans le désert du Nevada, si je ne m'abuse ?

Pas de réponse.

— Parce qu'à mon avis, ils sont de retour en ville. Ils ont pris les vacances que tu leur as si généreusement offertes, et puis ils sont rentrés tout bronzés. Les déporter, tu vois, c'était pas une si bonne solution.

— Tu prétends peut-être discuter les méthodes de la douane ?

— Non, dis-je prudemment. Je veux juste essayer de te faire comprendre qu'il y a peut-être une place pour une personne de bonne volonté, dynamique comme moi, dans le paysage actuel de Vegas.

Je ne veux pas retourner faire la secrétaire dans une entreprise normale. C'était déjà un contremploi quand je m'occupais de la réception chez CHANCE OF YOUR LIFE, et ce qui s'est passé avec Black m'a dissuadée de jamais rebosser pour quelqu'un d'autre. Je veux pas d'un nouveau patron pour me bouffer la moelle entre les oreilles. Je suis déterminée à vivre de mon vrai talent — dézinguer des monstres.

— Mona, dit Becky avec un sourire gentil et navré, je viens de relire ton test de ce matin.

Pfff… et moi qui espérais qu'elle n'aurait pas encore eu le temps.

— Et ?

— Ça ne va pas du tout, soupire-t-elle. Tu sais que j'engage mon autorité quand je signe une licence.

— Pose-moi des questions à l'oral ! Je connais toutes les réponses. Demande-moi n'importe quoi sur les créatures, leurs régimes alimentaires, leurs points forts et faibles… ce que tu veux.

— OK, fait Becky. Qui a fondé la douane ?

— Qu'est-ce qu'on en a à faire ? À quoi ça va me servir face aux morts-vivants, de savoir quand et comment des types qui sont assurément momifiés aujourd'hui ont décidé que la paperasse était la solution à tous nos problèmes ?

Les narines de Becky frémissent à nouveau.

— Mona, si tu me donnes la bonne réponse, je t'accorde ta licence.

Je reste devant elle, la bouche ouverte. Je suis sûre que je m'en souviens. Elle en a parlé. Ça m'échappe juste très provisoirement.

— C'est…

Becky attend sa réponse avec un sourire patient qui me donne envie de lui enfoncer son bic dans les trous de nez.

— Attends, je l'ai sur le bout de la langue… c'est quelque chose avec les chercheurs d'or… et il y a des pères fondateurs… non, des mères fondatrices…

Becky pousse un profond soupir.

— Plus ou moins, Mona. La douane a été fondée par un conseil surnaturel de mères fondatrices au moment de la ruée vers la magie. Et tu peux me dire à quoi elle sert ?

— Euh… non.

— À préserver l'équilibre magicodynamique de la ville de Las Vegas. Mona, je ne crois pas que ta dyslexie soit un problème dans le cas présent. Le problème, c'est que tu n'écoutes rien et que tu te fiches de l'autorité. Tu penses que toute cette formation est une plaisanterie.

C'est vrai. Elle a raison. Je pense exactement ça.

— Mona, je ne crois pas que tu saisisses vraiment la gravité de la situation. Je ne peux pas envoyer une chasseuse-nettoyeuse incapable de retenir les basiques de l'équilibre magicodynamique de Vegas dans les rues comme ça. Je suis désolée, mais moi aussi j'ai des responsabilités à assumer. Le but de cette formation n'était pas de t'enseigner les points forts et faibles de toutes les créatures pour que tu puisses continuer à les massacrer à tort et à travers au mépris de cet équilibre que la douane cherche à défendre. Navrée, Mona, mais je vais être obligée de te recaler.

C'est tellement énorme qu'il me faut trois bonnes secondes pour que ça arrive au cerveau. Ça ne passe pas dans les tuyaux.

— Attends… Tu rigoles ?

— J'aimerais bien, soupire Becky.

— Mais tu ne peux pas me faire ça !

— Hélas, si, et même, c'est mon travail de le faire.

— Et Jerry ? Tu vas le renvoyer dans la rue, Jerry ? Dis-moi au moins que tu recales Jerry ?

Elle baisse les yeux. Je proteste bruyamment :

— Mais lui, c'est un véritable danger public ! Un sadique psychopathe ! Pourquoi il retourne dehors et pas moi ?

Becky tourne la tête de côté, ce qui fait basculer derrière elle sa longue queue de cheval blonde. Swishhh.

— Toi aussi tu es un danger public, Mona. C'est tout ce que je voudrais te faire comprendre. Que toi aussi tu dois faire attention à ton empreinte magicodynamique. Toi aussi tu dois rester raisonnable.

Je me renfrogne aussitôt.

— Je serai super raisonnable, promets-je.

Elle secoue la tête. Swishhh, swishhh, fait la queue de cheval dorée.

— Désolée, Mona, mais ce n'est pas si facile que ça. Tes évaluations psychologiques montrent que…

Oh, non, si elle commence à sortir les évals psy, ça sent le roussi.

— Mais j'ai besoin de travailler pour vivre ! lancé-je, désespérée.

Ben quoi. Si ça se trouve, faire appel à sa pitié, ça peut fonctionner.

— Tu pourrais faire autre chose, avance Becky d'un air dubitatif.

— S'il te plaît… je t'en supplie.

Les mots m'arrachent la bouche, mais je suis vraiment au pied du mur.

— Je ne peux pas te relâcher dans la nature, répète

Becky, catégorique, avant de se radoucir un peu. Mais j'ai peut-être une solution pour toi. Compte tenu de ton passé autodidacte et de ton extraction humaine ordinaire, la douane est disposée à te laisser une autre chance. Sur ma recommandation, nous allons essayer avec toi un mode d'apprentissage plus concret et progressif. Un poste de stagiaire auprès de la douane vient de s'ouvrir suite à une défection, ce matin.

Quoi ? Non. Jamais de la vie.

— Je...

— C'est super, non ? sourit Becky. C'est moi qui serai ton superviseur. On commence demain aux aurores.

Réveillez-moi, c'est un cauchemar.

— C'est payé au moins ?

— Une misère, sourit Becky. Tout juste de quoi manger. Mais dès que tu auras fait tes preuves, je te libère.

Je suis punie. Je suis maudite.

— Alors ? demande Becky. Tu es partante ?

Je déglutis péniblement. Évidemment, je préférerais presque me jeter sur la mine zombie dans mon allée que de travailler pour la douane. Mais on parle d'une torture provisoire. Et apparemment nécessaire. Et je ne suis pas sûre d'avoir le choix. Mes autres options — passer dans la clandestinité ou quitter MA ville — ne me semblent pas vraiment réalistes. C'est le moment de se faire violence et d'accepter un deal avec le démon. Avec ce qu'elle me propose, je peux peut-être offrir un autre plein à mon 4x4. Juste le temps de voir venir.

— OK, articulé-je d'une voix sourde, pendant que toutes les cellules en moi hurlent à l'erreur tragique.

———

JE N'AI PEUT-ÊTRE RIEN ENREGISTRÉ sur la douane, mais j'ai passé deux semaines à encaisser des informations incroyables au cours de cette formation. Moi qui croyais lutter uniquement contre des goules, des vampires et une bande de zombis couards et égocentriques, j'ai failli à plusieurs reprises tomber de ma chaise sous le coup de la surprise. En bref, il s'avère que tout le bestiaire des contes de fées, des dessins animés, des religions et des films d'horreur est inspiré de réalités tangibles. Et tout ça se retrouve pêle-mêle dans les rues de la ville. Il n'y a pas que les casinos et les spectacles qui aient pété un câble à Vegas. Ici, les lois de la physique et de la logique ont pris des congés à durée indéterminée au même titre que celles du bon goût. Quant au désert du Nevada, il grouille littéralement de monstres et de créatures paranormales. Il y a des trolls, des djinns, des métamorphes, des banshees et des phénix et des vers des sables, des sirènes, des dieux, des nymphes, des épouvantails.

Voici les statistiques. Aux Etats-Unis, environ 0,01 % de la population — soit une personne sur dix mille — n'est pas totalement humaine. C'est déjà énorme. Dans le Nevada, et à Las Vegas en particulier, cette proportion explose littéralement. D'après la douane, plus de cinq mille créatures vivent ici à l'année, et les touristes qui demandent leur visa doublent cette population presque à tout moment.

Cette ville est un safari surnaturel, sans autre garde-fou que la douane pour protéger les populations les plus fragiles — tiens, par exemple, les humains — contre un véritable pandémonium paranormal. Sauf que la douane se fiche pas mal de la sauvegarde des humains, c'est la *magie* qu'elle entend préserver. Et je n'arrive pas à savoir qui d'autre s'occupe de la population générale dans ce contexte. La Guilde des Sorciers ? Qui peut vraiment s'offrir ses services ?

Il y a besoin de gens comme moi ici. Il faut juste que je m'accroche. Je vais y arriver.

Mais pour l'instant, c'est frustrant, déboussolant. J'apprends l'existence de tout ce monde flippant, et au lieu de me donner des armes, on me dépouille de tous mes moyens, et on me claque la porte au nez. Ça me fiche en rogne, vous n'avez pas idée.

Le truc qui m'énerve le plus, je pense, c'est toute cette obligation de garder le secret. Pour obtenir un visa, il faut jurer qu'on ne trahira pas l'existence de la douane, de la magie ou de la communauté surnaturelle dans son ensemble. Quand Becky nous a « rappelé » ça, les autres « étudiants » ont eu l'air de trouver ça parfaitement normal. Jerry a ricané, ce qui semble être sa réponse à la plupart des interactions sociales. Isadora a haussé les épaules d'un air entendu. Même Corn-Flakes a paru barbé.

— Comment ça ? j'ai demandé.

— Ça me paraît simple, a souri Becky, fossette et tout. Il s'agit d'une mesure de sécurité élémentaire pour protéger la communauté surnaturelle.

— Mais, j'ai fait, et les humains ?

— Les humains sont plus nombreux, s'ils s'avisent de nous exterminer, ils y parviendront sans problème, a complété Becky, sur un ton où perçait la plus infime pointe d'agacement et de froideur.

— Les humains dans leur ensemble sont nombreux, j'ai convenu. Mais les individus ? Ils n'ont aucune chance de s'en sortir s'ils ne savent pas à quoi s'attendre. J'en reviens pas qu'on discute aussi froidement des « quotas de prélèvement » et des « protocoles de nettoyage », comme si on ne parlait pas de meurtre organisé ?

— Ce n'est pas notre problème, Mona, a dit Becky d'une voix douce, mais ferme.

— Mais toi ? Tu n'es pas humaine ?

— J'ai prêté serment à la douane il y a bien longtemps. Je fais partie de la communauté paranormale maintenant.

— Et ta famille ? Elle est au courant ? Tu n'as pas des petits cousins qui risquent de tomber sur un vampire dans un coin sombre ?

Elle se raidit et élude complètement ma question.

— Mona, si la réglementation ne te plaît pas, je t'invite à changer de profession ou de pays.

OK, j'avoue, ce jour-là, j'ai pas fini la journée de cours, je suis partie en claquant la porte. C'est probablement cet après-midi-là qu'ils ont évoqué le rôle de la douane, les mères fondatrices et tout le tralala. Zut.

3

———

— **B**rit-Brit, je t'en supplie à genoux. Invite-moi à prendre un verre ou deux. Ou douze. Et un repas chaud.

— Mona ? répond au téléphone la voix cultivée, à l'inimitable accent british, de mon plus improbable ami.

Je grogne :

— T'es la seule personne à qui je puisse parler, là. Et tout ça, c'est largement de ta faute. Si t'avais été plus compétent, je serais pas dans cette merde noire à l'heure actuelle.

Un petit rire amusé me répond.

— Quel plaisir rafraîchissant de t'entendre à nouveau, chère amie. Souhaites-tu que nous déjeunions ensemble ? Après tout, il n'est jamais que quatorze heures cinquante.

Britannicus Watson, Brit-Brit si vous voulez l'énerver un peu, s'est carrément détendu depuis qu'on se connaît. Au début de notre grande amitié, il serait aussitôt monté sur ses grands chevaux, m'aurait rappelé sur un ton très poli et extraordinairement pète-sec qu'il est un sorcier de catégorie 1, et qu'on n'a pas gardé les cochons ensemble.

Là, vu qu'il est en roue libre depuis qu'il a claqué la porte de la Guilde des Sorciers de Las Vegas, il a arrêté de me snober. Entre freelances à la dérive, on se comprend. Ces derniers temps, il attend lui-même un feu vert de la douane pour pratiquer sa magie sans avoir à pointer à la guilde locale. Il est donc mon compagnon désigné pour bitcher sur la douane, ce qu'il fait avec un plaisir coupable mais évident. On se voit de temps en temps. Comme il est riche, je lui tape de la bouffe quand je peux.

Une demi-heure plus tard, on se retrouve dans un restaurant de downtown, derrière Fremont Street. La décoration intérieure est improbable : fauteuils en panne de velours grenat, murs voûtés recouverts d'une couche de matériau brillant et irisé qui pourrait être une tentative d'imitation de nacre en plastique. Sans oublier ces palmiers synthétiques autour des tables qui donnent à chaque box une atmosphère intimiste protomafieuse. Après tout, on est dans le quartier historique de la ville. J'ai beau être née dans le coin, Vegas ne cessera jamais de m'émerveiller.

— Dis-moi, mon Brit-Brit, pourquoi j'ai l'impression d'être ta maîtresse cachée tout à coup ? Tu m'invites plus dans les bars select au sommet des buildings ? Y a même plus d'aquariums avec des requins ? C'est depuis que je t'ai déclaré ma flamme éternelle, tu penses que c'est dans la poche ? Ou bien c'est parce que t'es dans la dèche et que tu peux plus te payer ton Glengoyle 15 ans d'âge ?

— Bonjour, Mona, c'est toujours un plaisir, réplique-t-il sur un ton policé où perce la plus discrète pointe d'agacement amusé.

Il se déscotche de sa banquette, le temps que je m'asseye. Je suppose qu'il ne pourra jamais totalement se débarrasser de ce gigantesque balai qu'il a dans le séant. C'est aussi pour ça que je l'aime.

— Bon, au moins t'arrives à rester propre, c'est bien, commenté-je en me laissant lourdement tomber dans la banquette. Garçon ! Une margarita !

— Toi, en revanche, tu n'as pas l'air très bien en point, constate Britannicus.

Je pousse un soupir peiné.

— Je sors de la douane. J'ai été recalée, et maintenant, je dois faire un stage sous les ordres de Becky, ou changer de métier.

Brit-Brit fait la grimace.

— Ça ne va pas être facile pour toi de te recycler.

Son commentaire serait presque vexant si ce n'était aussi douloureusement vrai.

— Je vais pas me recycler, je grogne. Je vais faire le stage.

Hah. Ça, ça lui coupe la chique, au sorcier de catégorie 1.

— Toi ? Mona Harker ? Tu vas travailler pour la douane ?

Il passe sur sa figure une de ses longues mains hydratées et manucurées, aux ongles clairs et roses parfaits contre sa peau sombre, tout en contemplant le lointain d'un air rêveur.

— Ouais, fais-je, à moi aussi ça m'inspire une paralysie d'horreur. Mais j'ai pas le choix.

Le serveur arrive avec ma première margarita. J'en commande aussitôt une deuxième. Brit-Brit, lui, semble déterminé à carburer à l'eau gazeuse.

— Bon, Britou, raconte-moi un truc fun pour me changer les idées, steuplaît. Quoi de neuf dans le monde fabuleux du charlatanisme magique ?

Mon histoire a dû le sonner pour qu'il en oublie de se rebiffer. Zut. J'ai besoin d'un interlocuteur avec un peu de répondant, là, sinon je vais devoir me mettre en chasse et je risque de faire des bêtises.

— Mona, tu sais très bien que mes missions et mes savoir-faire sont confidentiels et que je ne…

Je le coupe.

— Merde, Brit-Brit, t'es pas marrant. Je compte sur toi pour faire diversion, là ! Trouve un truc à me raconter. N'importe quoi. Fais-moi l'article. Dis-moi comment t'as décroché ton diplôme. Même si c'est dans une pochette surprise. Raconte-moi ton enfance dorée chez les anglitches. N'importe quoi.

— Confidentiel aussi.

— Quoi, t'es quand même pas le fils top-secret de Batman et de la reine Elizabeth.

Il m'adresse un doux sourire et je me lève.

— Bon, voilà ce que je vais faire. Je vais me servir à manger, et quand je reviendrai, j'espère que t'auras un sujet de conversation pour moi.

Il soupire. Il sait que la chasse me manque. Il peut comprendre, vu que de son côté il est privé de magie jusqu'à nouvel ordre. Là, ça fait deux semaines que je passe mes journées enfermée dans une salle de classe. Je sens littéralement les neurones me dégouliner par les oreilles. J'en peux plus, j'ai besoin d'ACTION.

Quand je reviens à table, il ouvre des yeux ronds en découvrant le contenu de mon assiette.

— Je… Mona… tout va bien ?

— Oui, pourquoi ?

— Ça… hum, ça fait combien de temps que tu n'avais pas mangé ?

Je baisse les yeux vers l'empilement d'œufs brouillés, de bacon, de jambon, de tortillas et de guacamole qui menace de s'effondrer sur la table.

— Oh, juste un jour ou deux. Heureusement que t'es là, mon Brit-Brit. J'ai dû limiter mon entraînement pour garder mes calories et c'est jamais une bonne idée.

Brit-Brit, dont le sport le plus trépidant est sans doute le golf, fait une moue mais n'ajoute rien. J'attaque ma pyramide de protéines et de lipides avec entrain.

— Je t'écoute.

Il soupire à nouveau et je lève brièvement la tête.

— Tu ne vas pas me faire une déprime, hein ?

— Je suis quelque peu préoccupé, admet-il, réticent.

— Becky te fait des misères à toi aussi ?

— Non. Becky fait ce qu'elle peut, elle gère des arcanes administratifs dont tu n'as pas idée. C'est autre chose. Quelque chose dans l'air.

— Aha ?

— Ça sent la magie, complète Brit-Brit.

J'ai un flash d'orage sur le désert, de chaud-froid contre la pierre, de craquement d'ozone et de nuit, et je perds momentanément le fil de mes pensées.

Mais je ne crois pas que la magie veuille dire la même chose pour Britannicus et pour moi. Je relance donc vaillamment, la bouche pleine :

— C't'à dire ?

— Quelque chose ne va pas. C'est une question de signaux faibles. Des disparitions, des apparitions, des évolutions dans le monde de la magie. Prises séparément, elles pourraient toutes être fortuites, mais leur accumulation, leur convergence m'inquiète.

Je fais une pause dans mon dej pour scruter le sorcier de plus près. Je n'y avais pas prêté attention, mais son teint est plus pâle, ses yeux cernés. Quelque chose l'empêche de dormir, et contrairement à moi, ce n'est pas la faim ni la folie absurde des gratte-papier.

— Bizarre, commenté-je en piquant ma fourchette dans une quadruple couche de bacon. Tu peux m'en dire plus ?

Après une gorgée d'eau gazeuse il se lance.

— Des créatures ont disparu au cours des derniers jours. Un phénix, un jeune dragon, un puma, une succube.

Je manque de recracher ma bouchée dans mon assiette.

— En quoi c'est une mauvaise nouvelle qu'une succube disparaisse ? Je te suis pas, là. C'est des saloperies, les succubes.

(Et si c'était celle que j'ai tuée pas plus tard que l'autre jour, avant de me faire toper par Becky ?)

— D'après ce que j'ai entendu, signale Brit-Brit, celle-ci appartenait à un clan qui respecte scrupuleusement le code.

Toujours ce fameux code qui protège les engeances les plus douteuses.

— OK, dis-je, en essayant de garder l'esprit large. Des disparitions louches. Et pour le reste ?

— Il y a de nouveaux métamorphes en ville. Des loups. Très agressifs.

— Aha.

Je classe ça dans un coin de ma cervelle, pour plus tard.

— Et une amie à moi… Mais je ne peux pas te raconter sa vie, elle ne te regarde pas. La magie se déplace, Mona. Quelque chose de tellurique est à l'œuvre ici.

Tellurique. OK.

— T'as besoin de tirer un coup, diagnostiqué-je. Le prends pas mal, mais ça te ferait du bien.

J'entends d'ici les ricanements au premier rang. Brit-Brit n'est pas le seul à avoir besoin d'un peu de relaxation ciblée. Je sais. Mais en fait, on n'est pas tout à fait pareils, lui et moi. Moi, je relève à peine d'un genre de gros raté. J'ai des circonstances atténuantes. J'ai pris un mauvais embranchement sur la route du happily ever after. Brit-Brit, lui, j'ai l'impression qu'il n'essaye même pas.

Pour le moment, il affiche une expression outragée tellement comique que je pouffe aussitôt en vaporisant un nuage d'œuf brouillé sur la table.

— Peut-être avec l'amie en question ? j'ajoute, en prenant un malin plaisir à le tourmenter.

Puis je sens que je le contrarie vraiment, alors, je change de sujet.

— Tu as réfléchi à ma proposition de partenariat, mon Britou ?

Un sourire de loup transforme aussitôt sa physionomie déconcertée.

— Ce que j'aime avec toi, Mona Harker, c'est que tu ne doutes jamais de rien. Une *joint venture* 50-50, sérieusement ?

— C'est l'occasion unique d'investir sur mon business avant qu'il n'explose, fais-je valoir. Tu sais comme moi qu'il manque un shérif à Vegas.

Il hausse les sourcils.

— Et tu penses pouvoir jouer ce rôle ?

— Tout ce que je veux, c'est garantir que les citoyens ordinaires ne souffrent pas de tout ce bazar, et je ne crois pas que quelqu'un s'en soucie vraiment.

Il penche la tête de côté, fait rouler un moment la salière d'un air pensif.

— Peut-être pas, admet-il.

— Alors, ça veut dire que t'es partant ?

Je sais que je lui demande de se brader pour m'aider. Je compte sur le fait qu'il semble avoir quelques principes.

— Non.

— Allez, quoi.

— Au cas par cas, si tu m'apportes toi aussi de la valeur, on pourra négocier, concède-t-il.

— De la valeur ? Tu veux dire si je pète la gueule à des méchants pour que tu n'aies pas à remuer tes petites fesses ?

— Je pensais à des informations. Tu sembles avoir le chic pour dénicher les bizarreries de la magie. Tu as des nouvelles d'Elsie Hannigan ? De Sebastian Persson ?

Je secoue la tête. Britannicus est fasciné par la magie d'Elsie et de Seb. Moi, j'essaye essentiellement d'oublier que nos chemins se sont croisés. Il y a à peine trois semaines, j'ai découvert que le grand patron de ma boîte, Mr Black, était un monstre d'envergure mondiale, un « homme froid » qui vampirisait tout sur son passage. Et qu'il entendait faire subir le même sort à Vegas et à ses touristes, juste pour le kiff magique, pour se nourrir de leur force vitale. Heureusement, j'ai réussi à l'arrêter avec l'aide ambiguë d'un ancien collègue à moi, Sebastian Persson, et de sa protectrice / assistante / dompteuse, Elsie Hannigan. Je n'ai toujours pas compris exactement ce qu'ils étaient. Juste qu'ils avaient accès à des doses dangereuses de magie, qu'ils opéraient sans la bénédiction de la douane, que Seb me plaisait mais qu'Elsie, plus puissante, me détestait.

Parfois, mieux vaut renoncer à comprendre et suivre son petit bonhomme de chemin, même s'il mène chez Becky Morinsky.

— Rien du tout, affirmé-je.

Brit-Brit commande deux autres margaritas et nous les buvons en silence.

4

———

Je quitte Brit-Brit plus qu'un peu éméchée. Je vais avoir besoin d'un graaaaand tour à pied avant de reprendre le volant. Il est presque dix-huit heures, les rues grouillent d'un joyeux mélange de larbins, de touristes… et très vraisemblablement de monstres prédateurs. J'essaye d'identifier les créatures parmi les humains. Comment se fait-il que je n'aie pas repéré plus tôt les trolls, les dryades, les farfadets et les métamorphes ? Se cachent-ils vraiment si bien que ça ?

Mes pas finissent par me ramener vers le quartier moins fréquenté où j'ai l'habitude de chasser, à deux rues à peine de ce bar souterrain que j'ai visité avec Seb, le Take a Chance. Quand je me suis aventurée à descendre dans ce rade, je cherchais des renseignements sur Black. Ça grouillait de créatures, là-dedans. Combien d'établissements similaires dans toute la ville ?

Perdue dans mes pensées, je ne repère qu'au dernier moment les trois silhouettes masculines et adolescentes qui s'approchent de moi.

— Hé, Harker, j'arrive pas à croire que les douanières t'aient relâchée ! me hèle l'un des trois.

C'est Jerry, la goule sadique de ma formation. Jerry avec deux potes. Super génial. Il agite sous mon nez sa carte de résident fraîchement tamponnée par Becky Morinsky.

— J'ai une petite fringale, annonce-t-il en se léchant les babines. J'ai envie d'un repas spécial pour fêter mon succès.

— La morgue, c'est par là-bas, j'indique.

Mais Jerry continue de me dévisager de ce regard fixe et malsain qui est censé me liquéfier de trouille mais réussit surtout à me faire monter la moutarde au nez.

— La morgue ? fait-il, tout indolence adolescente. Bof. Pas aujourd'hui. Je préférerais un bon petit plat, du genre une humaine qui crie et qui se débat.

Son sourire m'annonce qu'il sait pertinemment que j'ai raté mon exam de la douane et que je ne dispose pas, moi, du sacrosaint permis de dézinguer. Ce crétin n'a pas l'air de calculer que s'il m'attaque et que je le bute, ce sera de la légitime défense. Le seul hic, c'est que j'ai laissé mon pistolet d'acide sulfurique ultra concentré à la maison, alors, je ne suis pas vraiment en situation de force.

Meh. Ce ne serait pas la première, ni la dernière fois.

Je sens grandir en moi un appétit de violence soudain.

— Tu vas finir en taule, Jerry, avec ces goûts de luxe. Tu ferais mieux de t'en tenir à un régime plus conforme à ta nature pathétique. Je sais exactement ce qu'il te faut. Il y a un taxidermiste au coin de la rue, si tu te dépêches, tu peux te faire un caniche avant la fermeture. N'oublie pas de recracher les poils.

Jerry fronce les sourcils. Un de ses copains s'approche pour lui glisser un truc à l'oreille.

— Je serais toi, petite Mona, je ne ferais pas la maligne.

Je hausse les épaules.

— C'est sûr qu'à côté de toi, ça demande un gros effort de ne pas avoir l'air d'une surdouée. Bon. En tout cas, ce fut un vif déplaisir de te rencontrer. Adios.

Je tourne les talons mais il m'arrête d'une main sur l'épaule.

— Pas si vite.

— Ôte ta sale patte puante de mon blouson, Ducon.

Mais non, il insiste, il s'approche et se colle contre moi, soufflant dans mon cou son haleine fétide.

— Waouh, on t'a jamais appris à te laver les dents ? C'est une infection.

Il me prend pour une victime mais il va avoir une drôle de surprise. Je compte doucement dans ma tête, je veux être sûre de ne pas faire une bêtise qui me mettra encore plus en porte-à-faux avec la douane.

10... 9...

— Quand on sera tous les deux au fond du Dumpster là-bas, bien tranquilles en tête à tête, tu ne trouveras plus que je pue tant que ça, susurre Jerry.

Beurk. Il me projette ça dans l'oreille tout en glissant un bras autour de ma taille et je sens sa chair de goule en décomposition contre mon dos, ce qui me permet de mesurer à quel point tout ça l'émoustille. Re-beurk. Je le vois d'ici avec ses victimes, et je tremble de haine. Il rit. Il se figure sans doute que je grelotte de peur.

8... 7... 6...

— À quoi tu joues, là, Jerry ? j'interroge, blasée. Lâche-moi les baskets. Tu peux encore t'en sortir en un seul morceau.

5...

Un concert de ricanements me répond et je décide que j'en ai assez. Tiens, je termine même pas mon compte à rebours. D'un coup sec et bien senti, je commence par emboutir le nez de Jerry avec l'arrière de mon crâne. Ce n'est pas la partie la plus dure, mais ça suffit à péter un ou deux cartilages, pas de problème. Il pousse un cri plaintif et outragé et pendant qu'il en est encore à se demander pourquoi il a mal, je lui écrase le pied. Rangeos contre Converse, devinez qui gagne ?

Il se penche vers son doigt de pied malmené, mais j'ai déjà changé de secteur, et il se prend mon coude dans l'estomac, ce qui achève de le plier en deux. Voilà. Je m'en tiens aux mouvements classiques des cours d'autodéfense, personne ne pourra m'accuser de violence gratuite.

Jerry n'est même pas particulièrement balèze, rapide ou malin. Il est juste vicieux et ça me rend malade de penser à toutes les victimes qui auraient pu lui échapper si elles avaient été un minimum entraînées et prévenues.

Tout à coup cette histoire d'administration paranormale et de grand secret sur l'existence des monstres m'apparaît à nouveau comme une injustice impardonnable envers les humains ordinaires. Résultat, quand les copains de Jerry viennent à son secours, je ne peux pas affirmer à 200 % que ma riposte emprunte uniquement au répertoire de l'autodéfense. Disons qu'il y rentre un peu d'attaque enthousiaste. Dans le feu de l'action.

Trois secondes plus tard le vomi de Jerry se mélange au sang qui goutte de son nez sur le trottoir, tandis qu'un de ses potes gémit en berçant son poignet brisé. La troisième goule s'est pris un coup de tatane dans les burnes et communique sa contrariété en exhibant au tout-venant sa double rangée de dents et son clapet fétide.

— Hey, gare-moi ça, je lui dis, oublie pas que t'as juré de garder le secret sur le monde enchanté des licornes.

Les poings sur les hanches, je contemple mon œuvre quand Goule n° 2 décide qu'il n'a pas besoin de son poignet pour me régler mon compte. Erreur fatale, à mon avis. Je souris au type, ravie à l'idée de lui montrer une autre de mes prises préférées de Krav Maga, quand il se ramasse sur lui-même avant de bondir d'un saut puissant.

Oups. Je ne savais pas que les goules sautaient comme ça. Jusqu'ici, je me suis essentiellement confrontée à elles dans l'atmosphère confinée et très publique des hôtels casinos.

Je fais vite un pas de côté pour l'éviter mais je ne suis pas assez rapide. Déséquilibrée, je trébuche en arrière et tombe assise sur le trottoir. La patte indemne de la goule s'abat sur ma poitrine et mon crâne percute le macadam. Ouch. Il en résulte trente-six chandelles et les dents de la goule m'égralignent douloureusement la joue. Gah. Je suppose que j'ai de la chance que celui-là aussi ait envie de jouer. Je veux saisir mon couteau à cran d'arrêt mais il est coincé dans la poche arrière de mon jean. C'est bien ma veine. Pile le jour où je porte autre chose que mes fidèles pantalons de l'armée pleins de toutes ces poches si pratiques.

Iik. Le goule vient de me baver dans le cou et mon déjeuner menace de prendre le chemin direct de la sortie. Je me résigne à faire contact du front avec cette tronche de cake débectante quand un éclair traverse l'air et que la tête de Goule n° 2 disparaît comme par enchantement, me laissant avec un poids mort sur le thorax et un flot d'humeurs puantes sur le bas du visage et le T-shirt.

Encore deux, trois éclairs, un cri angoissé qui se brise au milieu (joies de la puberté), puis le calme.

Je fais rouler le corps inerte de Goule n° 2 en crachant, en pestant, et en essayant de garder mon bacon.

— Salut Mona, m'interpelle la voix suave de Zephyro Armageddoni. On dirait que j'arrive pile au bon moment, non ? Est-ce que je ne suis pas le plus merveilleux des chevaliers servants ?

Je me redresse juste à temps pour le voir ranger dans un fourreau à son côté un immense sabre étincelant. Le fourreau disparaît aussitôt. Hah. Pratique.

— Salut Zeph. C'est sympa de te voir, mais j'avais les choses bien en main.

Je m'essuie la figure comme je peux avec le bas de mon T-shirt, tandis que les yeux de Zephyro descendent pour jauger mes abdos avec un intérêt non dissimulé. Je toussote.

Zephyro Armageddoni a un nom à coucher dehors, et un physique à coucher tout court. C'est le genre de mec sur lequel toutes les filles se retournent dans la rue et/ou se mettent à baver, qu'elles aient ou non leur dignité. Il semble détenir le pouvoir de vous faire sécréter des hormones à des centaines de mètres à la ronde, et pourrait probablement dévoyer la plus sainte des nonnes. Et il ne paraît pas être capable de s'empêcher de draguer tout ce qui bouge. Il est aussi le propriétaire d'une *wedding chapel* de Vegas, et un ami très proche de Seb.

À part ça, je n'ai toujours pas bien compris ce qu'il était exactement.

— Si tu veux te changer, ne te gêne surtout pas pour moi, offre-t-il avec complaisance.

Mais ma réserve de fringues propres est loin dans le coffre de ma fidèle Jeep, et je n'ai pas très envie de faire un strip-tease là, tout de suite. Heureusement, Zeph passe déjà à autre chose.

— Conseil d'ami, belle Mona. Arrête de flirter avec le danger. C'est la troisième fois que je sauve ta peau.

— Que dalle. J'avais déjà buté ce succube l'autre jour et tu le sais très bien. Et contre les zombis, c'est moi qui ai protégé tes petites fesses musclées. Et là, aujourd'hui, hum, merci pour le coup de pouce, mais j'avais les choses bien en main.

Il plisse ses yeux ourlés de cils d'une longueur impossible et c'est plus fort que moi, mon cœur trébuche dans ma poitrine. Ou bien c'est autre chose qui s'émeut plus bas dans mon organisme. Tellement bas que sincèrement, c'est pas desservi par le cerveau et dans l'immédiat je préfère ne pas savoir.

— Mona, tu peux ergoter tout ce que tu veux. La comptabilité est ce qu'elle est. J'ai promis à Seb de ne pas abuser, mais tu accumules les faveurs et je ne vais pas pouvoir tenir parole beaucoup plus longtemps. Je ne vais pas tarder à me faire remonter les bretelles par mes boss.

J'aimerais bien savoir de quoi il parle, mais très franchement, c'est du charabia et j'ai buggé imperceptiblement quand il a évoqué Seb. J'ai pas envie de parler de Seb.

Zephyro me dévisage un instant, puis pousse un profond soupir.

— Bon. Mes supérieurs vont me faire la peau, mais tant pis. C'est bien parce que Seb est un très bon copain. De toute façon, c'est de lui que je voulais te parler.

— Comment ça ? Tu veux dire que tu n'es pas tombé sur moi par hasard ?

Il hausse les épaules dans un sourire furtif et un flash de dents blanches étincelantes.

— Tu n'as pas envie d'avoir des nouvelles de Seb ? demande-t-il.

— Pas vraiment, non.

Je me mets en marche, droit devant dans la direction approximative de ma Jeep. Je veux rentrer chez moi.

Zephyro me suit d'une démarche souple et gracieuse de félin.

— Ben c'est dommage, dit-il, parce que moi, j'ai envie de t'en donner. Considère ça comme le prix que j'exige pour ce dépannage de dernière minute.

Le ton impérieux de sa voix me surprend et m'oblige à ralentir.

— Je t'ai rien demandé, coco. Lâche-moi la grappe.

Il me fait un sourire plein de dents et de séduction, mais qui n'atteint pas tout à fait ses yeux.

— Mona, pour la dernière fois. Tu n'as pas envie de rentrer dans une relation de business avec moi. Restons amis, ça vaudra mieux. Quand un ami a besoin de se confier, tu sais ce qui se fait ? Écouter l'ami qui est dans le besoin. C'est le principe de l'amitié — l'entraide. Je te décapite une goule, tu prêtes une oreille compatissante quand je veux épancher mon cœur.

Je produis un ronflement sarcastique, mais il a gagné.

— Je t'écoute.

— Seb et Elsie sont restés dans le coin. Seb est en bonne santé, mais il ne va pas très bien, lâche Zephyro.

Je frissonne à l'idée que les deux sorciers clandestins puissent encore se trouver si près d'ici.

— Je suis désolée de l'entendre.

— Elsie n'est pas bonne pour lui, poursuit Zephyro.

Sans blague. Évidemment qu'elle n'est pas bonne pour lui. Mais la dernière fois qu'on s'est vus, Seb a clairement fait son choix. Il a refusé mon aide et pris la fuite avec Elsie. Celle qui l'oblige à se transformer en corbeau et qui l'humilie en public. S'il aime ça, c'est son problème. Démêler les fils de leur relation malsaine n'est pas de mon ressort et j'ai jeté l'éponge.

— Les gens font tous les jours de leur plein gré des choses qui ne sont pas bonnes pour eux, Zeph. Ils boivent, ils fument, ils mangent des donuts. Ils jouent leur dernière chemise et ils passent des pactes avec le diable. Ça s'appelle le libre arbitre.

Il fronce les sourcils, l'air contrarié.

— C'est bien ça le problème, rétorque-t-il avec un geste d'éloquence très rital. Seb n'a pas tout son libre arbitre. Elsie le tient et il a besoin d'aide.

Je me mords la lèvre.

— D'après ce que j'ai appris sur Elsie, elle ne peut pas obliger quelqu'un à la suivre. Elle n'agit que sur un accord explicite. Ses victimes ont toutes consenti, à un moment ou à un autre.

C'est bien ça qui me fout en boule, d'ailleurs. À un moment ou un autre, Seb a dit « OK, banco, transforme-moi en corbeau » à cette sorcière. Ou un truc du genre.

— Tu ne connais pas son histoire, gronde Zephyro.

— Et je ne la connaîtrai jamais, conclus-je. Il a fait son choix à un instant donné, et surtout, il l'a renouvelé l'autre jour sous mes yeux, et d'ailleurs tu étais là.

— Tu ne sais pas ce que tu as vu, dit Zeph.

— Moi, ça me paraît clair. Je lui ai proposé de l'aider et

il a refusé. Tu m'excuseras si je décide d'en rester là. Bon, tu as fait ton devoir de pote, et maintenant, tu peux me laisser reprendre le cours de ma vie normale. Allez, salut, à la revoyure.

Je m'éloigne dans la rue et par chance, cette fois, il ne tente pas de me suivre.

5

———————

De fil en aiguille, il est vingt heures passées et il fait déjà nuit noire quand je regagne enfin mon *home, sweet home* dans ma banlieue tranquille de Boulder City. Le désert pousse vers la ville son silence puissant et sa chaleur, comme le corps d'un immense animal immobile.

Je gare ma 4x4 et je m'approche à pas discrets de la résidence des Preston, les oreilles à l'affût. Pas de bruit. Je balance un caillou. Rien ne bouge. On dirait que les zombis de ce matin sont partis jouer ailleurs. Je m'avance en silence. Puis je me rends à l'évidence : à l'heure où j'aurais enfin du temps pour m'occuper de leur cas, les zombis qui m'envahissaient tout à l'heure ont levé le camp.

Je me demande si l'arrivée de cette horde de geeks sans lien officiel avec la meute locale est à ranger dans la catégorie des événements bizarres que cataloguait Brit-Brit ce midi. Je n'en sais pas assez sur les mœurs des zombis pour répondre et je me note mentalement d'appeler Marcellin plus tard pour lui poser la question. Je suis sûre qu'il se fera une joie d'étancher ma curiosité.

Arrivée au milieu de l'allée, à quelques pas de la mine antipersonnelle zombie, que j'évite maintenant sans y penser, je pousse un énorme juron. J'avais complètement oublié cette histoire de demi-zombi coincé dans mon entrée. J'espère vraiment que j'avais fermé le sas, parce que sinon, je suis bonne pour une soirée nettoyage-désinfection.

Mais lorsque j'atteins la porte dans le noir, je m'aperçois que j'ai un tout autre problème.

La porte blindée qui ferme le bunker où j'habite — et on parle d'un bunker antiatomique de la guerre froide — est littéralement défoncée. En première analyse, je dirais que quelque chose ou quelqu'un lui a assené un coup assez fort pour briser net le pêne de la serrure centrale, avant de taper une autre fois, moins fort mais beaucoup plus haut, et de faire ployer le battant sur lui-même vers l'intérieur. La porte s'est gondolée et les deux autres points de la serrure n'ont pas résisté.

Permis de tuer ou pas, je dégaine mon couteau à cran d'arrêt que je déplie en silence dans la pénombre. Puis je m'approche, le cœur battant. Une chose est sûre, ce ne sont pas les zombis poids plume de ce matin qui ont fait ça. Deux possibilités : soit l'assoce de quartier a décidé de me virer à coups de bélier, en s'y mettant à quinze. Soit j'ai reçu la visite d'un gros méchant monstre à la force surhumaine.

J'entre sans bruit. La lumière est éteinte dans le bunker. Et la porte intérieure du sas d'entrée est bien ouverte. Je retiens un soupir de contrariété. Le morceau de zombi de ce matin a sûrement réussi à entrer et à tous les coups, je vais le retrouver dans mon lit, dans mon tiroir à sous-vêtements, ou bien pire encore, installé à mon ordinateur et occupé à déflorer mon clavier avec ses doigts dégueu. Je tends l'oreille. Rien. J'avance dans le couloir. S'il y a un intrus chez moi, il est parfaitement silencieux.

— Errrrgggggggh, fait une voix sur ma gauche, à quelques centimètres de ma tête.

Je fais un bond de trois mètres, et quand je retombe sur mes pieds, je suis en position de combat, toute lame dehors.

— Errrrrgggggh.

C'est le zombi de tout à l'heure. Une tête avec une langue toute sèche qui s'agite de manière grotesque entre des lèvres de cuir. Un bras, entravé le long du corps, qui griffe le béton brut avec l'efficacité d'un chaton débile. Un buste sectionné en diagonale, comme par une ceinture de sécurité. Je m'approche, incrédule. Quelqu'un l'a saucissonné avec une corde et l'a accroché dans le couloir, à un clou rouge que je finis par reconnaître comme étant le manche de mon plus gros tournevis.

Je m'arrête là, de plus en plus perplexe. La personne ou la chose qui s'est introduite dans mon havre de paix a planté un tournevis de gros calibre dans le béton du mur. Définitivement pas un humain de l'assoce de quartier ; ils sont peut-être teigneux, mais là ils n'ont pas le niveau.

— Errgggggghh.

J'hésite. Mon premier réflexe serait vraiment de me débarrasser de ce machin. Mais ça intéresserait peut-être Brit-Brit.

Et puis, quelqu'un est venu fracasser ma porte, et c'est la deuxième fois aujourd'hui que le Vegas surnaturel s'en prend à mon domicile. Comme tout citoyen américain, j'ai le droit de protéger mon territoire, même Becky ne pourra pas m'en empêcher. J'ai le droit de fourrer mon nez un peu partout pour découvrir qui a fait ça, non ?

Abandonnant là Mr Errrgggh dans sa nacelle de fortune, je continue vers le cœur du bunker. Personne. J'allume la lumière. Un rapide coup d'œil me permet de m'assurer que mes affaires n'ont pas été dérangées. Cette intrusion dans mon antre me hérisse le poil, certes, mais ça aurait sans doute pu être pire. Tout risque immédiat semble écarté. Vraiment bizarre.

Mon téléphone sonne juste à ce moment-là.

C'est mon logeur, Burt Preston. Lui et sa femme Julie, deux charmants retraités sans histoires, sont les propriétaires de la maison énorme que l'on distingue dans le noir par la porte entrebâillée (et gondolée). Ils y passent royalement deux jours par an. Le reste du temps, ils se partagent entre la Floride, la Californie, et les maisons de leurs nombreux grands et petits-enfants disséminés un peu partout aux États-Unis.

— Mona, ça va ? tonne Burt de sa grosse voix cordiale.

— Super, dis-je sans m'étendre.

— Rien à signaler ?

— Rien du tout. Et vous, ça va ?

Pour le niveau de platitude minimaliste qu'ils tolèrent dans nos conversations, j'adore Burt et Julie.

Le problème, c'est qu'au lieu de raccrocher pour embrayer sur je ne sais laquelle de leurs autres activités — j'imagine un mélange de minigolf, de croisières, de cocktails et de séances de babysitting —, Burt semble déterminé à alimenter la conversation.

— Le jardin n'est pas trop sec ?

— Il est super extra sec, Burt, dis-je.

— Et le facteur ? C'est toujours le type avec la petite barbiche ?

Nous soupirons de concert. Moi, je sais pourquoi le facteur me cause du souci, et pourquoi j'essaye d'éviter son passage. Je ne connais pas, cependant, les raisons qui poussent Burt à se méfier de cet homme. Je crois que c'est lié à la barbiche.

— Et les voisins ? Quoi de neuf ?

— Rien du tout.

Ayant épuisé les questions banales, Burt finit par en venir au fait. Julie a des problèmes de santé.

— Mince, dis-je, désolée d'apprendre ça.

J'aime bien Julie. Mais cette conversation est bizarre. Les Preston et moi, on cohabite à merveille sans jamais échanger deux mots. Ça me fait flipper d'avoir à faire la parlotte avec Burt, ça me dessèche la langue et… OK, ça me donne aussi une idée.

Pendant que je finis d'inspecter mes affaires, m'assurant que rien ne manque et que tout est normal, Burt me raconte sa life.

Julie a des problèmes d'allergies et d'articulations qui lui pourrissent la vie. Le médecin a prescrit un climat sec et chaud.

Les Preston reviennent habiter chez eux à Vegas.

— On sera là d'ici une semaine, conclut Burt avant de me transmettre bien des choses de la part de son épouse.

Je raccroche, sonnée.

Zut, zut, zut. Ce n'est pas le moment pour ce gentil couple de retraités de revenir habiter ici, pas avec la magie qui se « déplace », une mine antipersonnelle zombie dans le jardin, et des attaques régulières de geeks. Sans parler des derniers développements étranges et des dégâts sur le bunker.

Et cependant, qu'est-ce que je pouvais raconter à Burt ?

On dirait que j'ai une semaine pour régulariser cette situation.

Me remettant en mouvement, je remplis un verre d'eau de source au robinet du bunker, puis je retourne vers le couloir.

— Pas de blague, dis-je à mon zombi suspendu, sinon je te défonce la petite gueule d'amour.

Je lui donne à boire.

Moi, Mona Harker, je tends charitablement un verre d'eau à cette créature rebutante pour qu'elle se… désaltère ? Réhydrate ?

À la réflexion, ce n'était pas forcément une idée brillante, parce que si Mr Errrgggh lape effectivement l'eau que je lui donne, il n'est pas équipé pour l'assimiler et je me retrouve, pour prix de mes efforts, avec une flaque de gadoue infectée dans mon couloir.

— Mrrrrrsi, susurre la créature.

Je fais un pas en arrière, contemplant cette ironie. On dirait bien que je suis en train d'apprivoiser un zombi domestique. Je me demande si c'est conforme aux règlements de la douane.

Probablement pas.

— Qu'est-ce qui s'est passé ici ? interrogé-je. C'est quoi tout ce foutoir ?

— Vnssssss, siffle le zombi.

— Quoi ?

— Soifffffff !

Ouais, mais non, je vais pas réitérer ma bêtise de tout à

l'heure. Et les zombis séchés, ça pue moins que les zombis frais. On va rester comme ça pour le moment, décidé-je.

Je retourne chez moi, où je trouve une vieille chaussette. Je l'imbibe d'eau, puis je regagne dans le couloir.

— Tiens, fais aaaah.

Je lui fourre la chaussette dans la bouche et il se met immédiatement à la mastiquer avec délectation.

Je verrai demain s'il parle. D'ici là, je remplis rapidement un sac de vêtements et d'affaires indispensables, avant de fermer à clef la deuxième porte de mon bunker adoré, celle qui n'a pas été endommagée. Ce ne serait pas raisonnable de dormir ici cette nuit.

Je traverse le jardin, en évitant à nouveau la mine anti-personnelle, puis je vais squatter le canapé du salon des Preston, en attendant de trouver une vraie solution.

6

———

— Tu peux t'installer là, c'est le bureau de Salma. Becky est au *morning meeting*, elle te retrouve juste après ! lance d'une voix chantante la secrétaire/réceptionniste de la douane, une certaine Kayla, une poupée aux yeux bleus couverte de taches de rousseur.

Je regarde les murs beiges éclaboussés de soleil et leur peinture qui s'écaille dans la bonne humeur. J'ai un bureau à la douane. C'est là, je pense que c'est le moment où je touche le fond. En posant mes fesses à nouveau derrière un bureau, en reprenant le taf besogneux de quelque aspirant rond de cuir.

D'après Brit-Brit, les postes à la douane sont très courus et c'est une faveur que Becky me fait. Moi, je pense qu'elle a juste l'intention de me torturer, qu'elle fait ça pour me briser.

D'ailleurs, ce n'est sûrement pas un hasard si la stagiaire précédente a décidé de disparaître après seulement deux semaines de travail. On lui aura probablement offert un job de caissière mieux rémunéré et plus intéressant, avec plus de liberté.

Je soupire en m'asseyant dans la chaise d'écolier trop petite, bancale et anti-ergonomique au possible. Il est huit heures du matin et je tuerais pour un café. J'ai mal dormi chez les Preston, aux aguets toute la nuit après l'invasion inexplicable de mon bunker. J'y ai fait un saut ce matin en partant pour la douane, uniquement pour constater que la porte blindée était toujours enfoncée, et que mon nouveau zombi de compagnie s'était réhydraté pendant la nuit.

— Salut, Errrgggh, ça va mieux ? j'ai demandé en lui retirant sa chaussette, pour faire la conversation.

Il a toussé, puis glapi.

— Vous ne pouvez pas me détenir contre mon gré. C'est contraire à la Convention Intercités, article 54 bis du Code de la morvivance.

J'en ai déduit 1) que ça allait mieux et 2) qu'on allait avoir des problèmes pour communiquer.

— T'as vu qui avait fait ça à ma porte ?

— Évidemment que je l'ai vu, a reniflé le zombi.

— Cool. C'était qui ?

— Je vous le dirai si vous me relâchez, jeune péronnelle.

Bien sûr, je n'avais pas l'intention de le garder ad vitam. Mais je voulais vraiment obtenir des réponses.

— Tu viens d'où ? Tu veux que j'appelle chez toi pour prévenir ?

Il n'a pas saisi la perche. Franchement, c'était bizarre de voir un gars tout momifié jouer les dignités offensées. D'ailleurs je ne suis pas bien sûre qu'il s'agisse d'un mec.

— Tu fais partie du contingent qui a débarqué au début

du mois sur le Strip pour tout casser ? Qu'est-ce qui vous a pris ?

Mais Errrgggh a refusé de répondre et on en est restés là.

Comme les bureaux de la douane sont vides et silencieux et que j'attends Becky, je décide d'inventorier les tiroirs pour m'occuper. Dans le compartiment supérieur du caisson à roulettes, je trouve des trombones, un bic quatre couleurs et une sacrée collection de tampons encreurs — « Refusé », « Ajourné », « Certifié », « INFRACTION ». Je fais la grimace.

Le tiroir du milieu est vide. Celui du bas contient plusieurs pochettes de carton hors d'âge, aux couleurs fanées, et un carnet d'écolier. Je l'attrape en bâillant et je l'ouvre sur le sous-main en papier buvard vert. Sur la page de garde, quelqu'un a tracé son nom d'une plume appliquée : Salma Trenton. Un numéro de téléphone portable, un email. Je tourne la page. C'est un cahier de brouillon. Il y a de tout. Des to-do-lists, des notes de réunion, des dessins, mais surtout, des pages et des pages entières de chiffres au bic bleu. Il y a des ratures, des notes en vert ou en rouge, des graphes avec des points d'interrogation. Certaines pages sont cornées ou portent des taches brunâtres. D'ailleurs quand j'approche mon nez, le cahier pue la vase. J'imagine que cette Salma était peut-être une créature des marécages, une sorte de gnome nauséabond en uniforme beige pimpant. Je saisis le cahier entre deux doigts et je le laisse retomber dans le tiroir que je referme d'un coup de genou.

— Ah, Mona, te voilà !

Becky entre dans la pièce, plus fossettes que jamais.

— Viens, je vais te montrer ton travail.

Elle attrape sur le bureau une petite valise en plastique noir qui a l'air assez lourde, puis ressort immédiatement de la pièce. Je lui emboîte le pas avec un soupir. En passant dans le couloir, elle prend sur une étagère un cahier et un bic identiques à ceux de Salma qu'elle me tend sans s'arrêter.

— Je peux avoir un café ?

Elle se retourne, un sourire aux lèvres.

— Désolée, on a tout bu pendant la réunion. Kayla va en refaire, mais on n'a pas le temps d'attendre qu'il ait coulé. J'ai deux heures pour t'expliquer ton taf, ensuite je vais enchaîner les réunions.

Je grogne et elle pousse un rire fatigué.

— T'inquiète, me lance-t-elle, toi qui aimes bouger et sortir des bureaux, je pense que je t'ai trouvé le job parfait !

———

En fait, le « job parfait » a pour cadre les égouts de Vegas.

On y accède par un bâtiment bas qui flanque les bureaux de la Southern Nevada Water Authority, un local de service de béton brut, à peine plus cosy que mon bunker. Sur une table de formica, Becky s'empare d'une pochette plastique avec plusieurs vues et d'une lampe de poche.

— Tiens, ça c'est le plan du réseau et le planning de gestion des eaux. On ne descend pas dans les couloirs qui doivent être inondés, et on ne descend pas pendant de fortes pluies.

— Mais qu'est-ce que je vais fabriquer là-dessous ? demandé-je, sourcils froncés.

— Des relevés de ley lines.

Depuis la formation, je sais que les ley lines sont les réseaux de la magie, qui véhiculent l'énergie brute. Comme les lignes électriques, il y en a de toutes tailles — des lignes à très haute tension, et des petites dérivations de rien du tout. La douane les suit comme le lait sur le feu, parce qu'apparemment, une anomalie majeure dans ces flux-là serait synonyme de fin du monde. Perso, je pense qu'elle exagère un peu, mais bon, j'y connais rien.

— Quoi, tu veux dire comme un technicien de la compagnie d'électricité ?

— Yep, exactement.

Becky pose sur la table la valise noire qu'elle a apportée depuis mon bureau. Elle en sort un appareil vaguement parallélépipédique qui ressemble à un polaroïd avec des gros boutons des années soixante-dix et des cadrans à aiguilles qui font très savant fou.

— C'est quoi cette antiquité ?

— Un animètre, c'est ton outil de travail. Je veux des mesures précises tous les cinquante mètres. Pour aujourd'hui je te conduis, et ensuite, quand tu seras de retour au bureau, j'aurai besoin que tu élabores et que tu tiennes à jour un plan de quadrillage.

— Attends, tu veux que je prenne des relevés de cinquante mètres en cinquante mètres dans….

— On quadrille tout le réseau souterrain des égouts de Vegas, toute l'année, confirme Becky avec un petit sourire. Mais pour l'instant, tu te concentres sur la zone que je vais t'indiquer. On a remarqué quelques irrégularités ces derniers temps.

Voilà, je comprends pourquoi elle s'est fait la malle sans préavis, la Salma. Ça doit être le boulot le plus chiant du monde. Mais Becky ignore royalement ma moue sceptique :

— Ça devrait te plaire, toi qui aimes l'indépendance, ne rendre des comptes à personne ?

Tous mes soupçons se vérifient, Becky veut se débarrasser de moi, elle attend que je craque, mais je ne vais pas lui faire ce plaisir. Je serre les dents.

— Allons-y.

———

LES ÉGOUTS de Vegas sont comme tous les égouts du monde : humides, bétonnés, puants et sombres. Becky me fait parcourir un bon kilomètre sous terre pour m'amener à la zone qui l'intéresse. Je fais ce que je peux pour me repérer.

Elle finit par s'arrêter dans une salle, un cube de béton couvert de graffiti. Des citations de Philip K. Dick. Un nu érotique tracé à la bombe. Le squelette d'un vieux réchaud gît dans un coin. Des gens ont vécu ici, des Cro-Magnon modernes.

— Ici, explique Becky sans la moindre trace d'humour dans la voix, c'est le camp de base, même si ça ne veut pas dire que tu dois y laisser des affaires, et sûrement pas l'ani-mètre. Salma allait attaquer le tunnel à partir d'ici. Tu n'as qu'à prendre la suite. On est juste au-dessus d'une ligne de magie moyenne tension.

J'acquiesce et elle me remonte le fonctionnement de l'appareil.

— Pour le premier jour, tu fais une centaine de relevés en allant tout droit, et tu émerges sous Las Vegas Boule-vard en remontant par la salle bleue. Tu peux pas te planter. Ici c'est la salle Dick, ajoute-t-elle avec un geste en direction des peintures rupestres, au cas où une explication était nécessaire. Je vais passer par cette sortie.

Elle indique une échelle et comme si de rien n'était, elle me fausse compagnie, me laissant seule à me demander si c'est du lard ou du cochon.

C'est probablement une gigantesque blague, un bizutage pour tester ma bonne volonté. Et la bonne volonté n'est pas mon point fort. Mais j'ai vraiment, VRAIMENT besoin de ce visa de la douane. Alors, je me mets en route et tous les cinquante pas, je fais les mesures qu'on me demande.

———

LA PREMIÈRE DEMI-HEURE s'égrène dans l'obscurité et le silence. Il n'y a plus rien autour, rien que le halo de ma torche. Les mesures, pour moi, c'est du chinois. Je recopie scrupuleusement les chiffres que Becky m'a demandé de noter, sans me poser de questions. S'il y a des irrégularités, elles me passent loin au-dessus de la tête.

Progressivement il me semble que le long tunnel s'éveille autour de moi. J'entends l'eau qui s'écoule sur ma droite. Et parfois, des bruits d'ailes ou de pattes lorsqu'un animal passe à proximité, rat ou chauve-souris. Dans ma transe d'ennui halluciné, je m'imagine que je croise d'autres volatiles nocturnes, mais tout ce que je vois, en réalité, c'est une araignée aussi grosse qu'une balle de ping-pong, que je laisse passer sans la déranger.

La deuxième salle que je traverse est nue, n'a apparemment jamais été habitée, ce qui s'explique sans doute par la présence d'un puits profond en son centre. Dans la troisième salle, après ce qui me paraît être mon dix-millionième relevé, mais ne saurait être que le quarantième au maximum, je trouve du monde.

Dans la lumière trop froide d'une lampe électrique, trois types se tiennent là autour d'autant de tentes et d'un amas de sacs et de paquets protégés par des bâches de plastique. Ils sont occupés à se faire des nouilles chinoises. Aussitôt, mon estomac se met à gargouiller bruyamment.

— Salut, dit l'un d'eux.

Il doit avoir dans les trente ans, il porte une chemise de bûcheron et un bonnet de ski vert sapin. Toute la panoplie du campeur. Je lui trouve l'air bien portant pour un SDF.

— Je fais que passer, signalé-je.

Mais le type se lance dans des présentations.

— M'appelle Ed, dit-il. Voilà Bobbo et Finnsie.

— Mona, je grommelle.

— Qu'est-ce que tu fais là ? demande Bobbo, un type plus âgé, avec des lunettes accrochées au bout d'une ficelle à son cou, comme un papy dans son fauteuil de lecture.

— Des relevés.

— Tu bosses pas pour les flics au moins ? veut savoir Finnsie, le plus jeune des trois, un ado maigrelet à l'air fébrile.

— Ça va pas, non ? J'ai une tête à bosser pour les keufs ?

— Hum, non. Je sais pas quel genre de taf tu pourrais faire avec une coupe de cheveux pareille, s'interroge Bobbo d'un air méditatif.

Suite à mes problèmes de budget, je me suis taillé les cheveux moi-même et j'ai refait ma teinture mauve comme une grande dans l'évier du bunker. L'effet est punk rock à fond.

— Parce que toi, t'es un prix de beauté peut-être ? je ricane, de mauvais poil.

— Bobbo vient d'une autre époque, tempère Ed. Faut pas lui en vouloir.

— Ah ouais ? Et laquelle ? Le moyen-âge ?

— Révolution industrielle, dit sérieusement Bobbo, et je hausse les épaules.

Je me doutais qu'il y aurait des occupants dans ce dédale, et qu'ils n'auraient pas tous leurs neurones bien en place.

— Écoutez, je leur dis, je veux pas d'embrouilles. Je suis juste… la remplaçante de Salma, OK ?

Au dernier moment je m'avise qu'ils ne doivent pas connaître Salma, vu qu'elle n'est jamais arrivée jusqu'ici au cours de son stage miséricordieusement bref. Je suis donc bien étonnée par leur réaction.

— Aaaaaah ! fait Bobbo. Salma ! Il fallait le dire !

— Comment elle va ? demande Finnsie, une expression anxieuse sur son visage trop mince. Elle a disparu du jour au lendemain.

Je fais la moue.

— Elle a dû mourir d'ennui, je suppose.

Ed éclate de rire.

— Salma ? Morte d'ennui ? Ça m'étonnerait. Elle adore ce qu'elle fait. La douane, c'est l'ambition de sa vie, et quand elle parle de science magicologique, elle a les yeux qui crépitent.

Je les reconsidère, tous les trois.

— Vous êtes au courant, pour la douane ?

— Ben ouais, fait Finnsie, perplexe. Tu bosses pour eux, non ? Enfin pour elles ?

— Vous êtes quoi, tous les trois ?

— Hé ! proteste l'adolescent. Est-ce que moi, je te demande ton pedigree sur cinq générations ?

Je préfère éviter de leur dire que je suis une humaine 100 % pur jus tant que je ne sais pas à quelle espèce ils appartiennent. Alors je me contente de faire ma pub, parce que j'ai l'intention de croûter un jour.

— Je suis chasseuse professionnelle, la douane pour moi, c'est juste un stage.

— Chasseuse ? Chasseuse de quoi ? fait Ed, curieux.

— Chasseuse de méchants.

Les trois hommes échangent des coups d'œil silencieux.

— Quoi, je dis, vous en avez vu dans le coin, récemment ?

— Des méchants ? rigole Ed. Nan. Rien, à part Chucky, qui est partie par là.

Je hausse les épaules et je prends congé en ignorant les grondements caverneux de mon estomac.

———

J'ARRIVE à la fameuse salle bleue fourbue et abrutie de chiffres. La salle bleue est… bleue. Quelqu'un l'a enduite de bleu Klein sur ses six faces, murs, sol et plafond. Et le même, ou un autre petit malin, a dessiné des points sur les six faces du cube, si bien qu'on a l'impression de se trouver à l'intérieur d'un dé d'un bleu profond.

Une échelle métallique escalade le mur de la face à 4 points. Je la gravis et émerge dans le sous-sol d'un parking de casino du Strip.

L'air du soir embaume le désert et le pot d'échappement. Je prends une grande bouffée joyeuse avant de remarquer que les gens sur le trottoir font un large détour pour m'éviter. Je renifle ma veste en toile. Yep, je pue les égouts. Encore un point pour moi. Je parie que ce job va carrément upgrader ma vie sociale.

Bah. Je suis plus contrariée par le fait que ma Jeep est garée à des kilomètres d'ici, à la douane. Pas d'argent pour prendre un taxi ni même un bus. Je me mets en marche en grommelant dans la direction de downtown, en maudissant Becky et toutes ses clones de la douane.

Cent mètres plus loin, je remarque une limousine bleu nuit aux vitres teintées. Au moment où j'arrive à sa hauteur, un type en livrée bleu sombre s'extrait du siège du conducteur, se déplie sur le trottoir et m'adresse un signe de sa casquette.

— Par ici, Miss Harker.

Je m'arrête pour le dévisager, perplexe.

— On se connaît ?

— Maîtresse Hannigan voudrait vous parler.

Je sens instantanément les muscles se raidir dans ma nuque.

— Oh, je murmure, comprenant tout à coup. T'es un de ses oiseaux ?

— Oui, dit l'homme. Je suis son albatros.

Elsie est une dompteuse. Son passe-temps favori consiste à transformer les gens en animaux, plus spécifiquement en oiseaux, pour les enfermer et les dresser. Il y a quelques semaines, j'ai réussi à convaincre Seb d'utiliser une dose massive de magie pour libérer les malheureux qu'elle tenait ainsi en otage, pour certains, depuis des décennies.

Mais j'ai appris plus récemment que certains de ses anciens « oiseaux » n'avaient pas réussi à s'adapter à leur liberté retrouvée. Incapables de résister au syndrome de Stockholm, ils ont fini par revenir dans le giron de « Maîtresse Hannigan ».

Cet albatros, apparemment, a repris sa forme humaine, mais pas son indépendance.

— Elle te paye au moins ?

Il m'ouvre la porte arrière de la limousine sans répondre à ma question. Je perçois aussitôt une odeur de cuir neuf et de forêt profonde. Une voix enjouée s'élève depuis l'obscurité feutrée du véhicule.

— Entre, chère Mona, viens donc discuter un peu, invite Elsie Hannigan.

7

— J'ai rien à te dire, Elsie.

— Allez, Mona, pas la peine de me faire une scène. Je suis parfaitement capable d'avoir une conversation civilisée et je te laisse partir dès que c'est fini. Promis, dans cinq minutes tu pourras retourner te vautrer dans le purin… ou te livrer à je ne sais quelle autre activité adorable tu peux bien cultiver pour sentir aussi mauvais.

Du coup, j'ai qu'une envie, lui agresser l'odorat. J'entre dans la voiture et je ferme la porte derrière moi.

— Seigneur Jésus, s'exclame-t-elle en riant, mais où as-tu été traîner, ma chère ?

— T'occupe. Accouche, steup.

Ma tentative de la brusquer s'émousse sur un nouveau rire cristallin.

Avec ce rire et cette paire de fossettes, Elsie Hannigan ne paraît pas avoir plus de vingt-cinq ans, même si je la soupçonne d'être un brin plus âgée que ça. Ses cheveux bruns sont courts et un maquillage discrètement fumé rehausse l'étincelle d'humour qui semble en permanence pétiller dans ses yeux d'un bleu profond, presque noir. Elle est vêtue d'une robe portefeuille bleu nuit et des talons aiguilles noirs.

— Hé, Elsie, on t'a jamais dit que le noir et le bleu marine ça n'allait pas génial ensemble ? Tu pourrais faire un effort.

Elle ne relève pas le sarcasme mais balaye l'air d'un geste nonchalant du poignet dans ma direction. Puis ses narines frémissent et elle esquisse un sourire satisfait.

— Là, c'est beaucoup mieux comme ça.

Je presse ma manche de blouson sous mon nez et j'inspire à travers le tissu. Plus d'odeur d'égout. Soit Elsie m'a désodorisée par la magie, soit Becky avait raison, on s'habitue aux effluves.

Je ne sais toujours pas laquelle des deux femmes à fossettes de ma vie je déteste le plus en ce moment, mais il faut leur rendre justice, elles sont assez directes quand il s'agit d'en venir au fait.

— J'ai une proposition de job pour toi, lâche Elsie.

J'en reste scotchée deux bonnes secondes, puis je tends la main vers la portière.

— OK, salut, c'était sympa de faire le point.

Mais évidemment, j'ai beau actionner la poignée, rien ne se passe. Le verrouillage centralisé a été enclenché.

— Laisse-moi sortir, Hannigan.

— Je n'ai pas fini, sourit-elle. Sois polie, oiseau indiscipliné.

Je plisse les yeux.

— Je ne suis pas un oiseau, et je ne serai JAMAIS un oiseau. Tu peux toujours te gratter.

— Pourtant je suis sûre que toi aussi, tu bénéficierais

largement de quelques cours de maintien et de bonnes manières.

Elle continue de sourire mais l'airain est audible dans sa voix et ce n'est pas si difficile de l'imaginer en dompteuse. Je l'ai vue, sur scène. Je l'ai vue mettre Seb en cage.

Mon cœur accélère dans ma poitrine, mais je préférerais crever que de trahir par le moindre signe mon début de crise de claustrophobie. Je souris donc moi aussi.

— Tout le monde n'aime pas les bénies-oui-oui, Elsie, rétorqué-je.

— Oh, et certainement pas moi, surenchérit-elle. Non, là, vois-tu, j'ai surtout besoin d'un garde du corps ; c'est pour ça que je viens te voir. J'ai entendu dire que tu cherchais un travail rémunéré ? Je te paierai bien. Et mes employés sont toujours contents. Pas vrai, Archibald ?

— Ah, oui, maîtresse, répond avec enthousiasme depuis le siège du conducteur l'albatros redevenu homme.

Elsie se tourne vers moi, la mine ravie, comme si le témoignage du type était une preuve valable de ses qualités de management.

— Je dois me rendre à une foire importante d'ici quelques jours à Vegas Underground, et j'ai besoin d'une protection rapprochée.

Vegas Underground ? C'est quoi, ce machin ? Euh, peu importe. La conclusion est la même.

— Chuis déjà occupée.

— Tu as vingt-quatre heures pour y réfléchir, ensuite, je serai contrainte de faire appel aux services de quelqu'un d'autre. Songes-y, Mona. Tu crois vraiment que Becky va te donner un permis comme ça ? Tu n'es pas faite pour t'intégrer dans le monde ordinaire de la douane et de la guilde, Mona.

— Haha, on a tellement pas la même conception du monde ordinaire, toi et moi.

— Ça ne collera jamais entre Becky et toi, poursuit Elsie en ignorant à nouveau mon intervention. Mais ce n'est pas grave. Tu sais, on peut très bien vivre en marge de la société tout en s'épanouissant. Pourquoi se prosterner devant la loi du plus grand nombre si elle ne te convient pas ?

Je me laisserais peut-être amadouer par ce genre de discours s'il émanait de quelqu'un d'autre qu'*Elsie*. Bien sûr qu'elle a raison, Becky et moi, on ne pourra jamais coexister dans la même dimension. Ce serait me mentir que d'affirmer le contraire.

Et parfois, j'aimerais vraiment ressembler davantage à Brit-Brit, et avoir comme lui la patience de jouer avec le système.

Mais quoi qu'il en soit, collaborer avec Elsie est juste une bien trop mauvaise idée.

— Merci, mais non merci, maugréé-je.

— Tu pourrais retravailler avec Sebastian, ajoute Elsie, comme si c'était un argument de plus en faveur de son offre à la noix.

Ce n'est pas le cas. J'ai déjà essayé de travailler avec Seb, et j'ai perdu plus de temps, d'argent et de plumes, ironiquement, que je n'y ai gagné quoi que ce soit. Fréquenter ces gens-là, c'est un jeu de dupes.

— Sans façon, dis-je en tirant sur le mécanisme d'ouverture de la portière.

Et cette fois, elle me laisse partir.

8

Comme Becky a exigé un plan d'action et des relevés au propre, je m'échappe de chez les Preston aux aurores le lendemain et je suis une des premières arrivées à la douane. Les bureaux sont silencieux à cette heure-ci. Je compte rester juste le temps nécessaire, puis m'échapper vers les tunnels. L'avantage, c'est qu'en travaillant seule, je peux avancer à mon rythme et éviter tout contact avec le personnel de la douane. Ça me fait des vacances.

Je commence par préparer une pleine cafetière d'arabica du Pérou. Je n'en ai plus chez moi, et de toute façon, j'ai à peine mis les pieds dans mon bunker. Je voulais essentiellement interroger mon zombi, mais il n'a rien proféré d'utile, à part de menaces et davantage de références à un « Code de la morvivance » dont je n'ai pas la moindre notion. J'ai essayé de noter les références sur mon téléphone.

Arrivée à « mon » bureau avec un mug fumant de café noir, j'exhume à nouveau le cahier de Salma Trenton.

Je regarde les graphes qu'elle a tracés et j'essaye de faire les miens. Mon premier graphe s'avère complètement aberrant.

Je sors mon téléphone de la poche de mon pantalon : j'ai anticipé ce problème et j'ai pris des clichés de toutes mes mesures. Je compare les deux jeux de chiffres, ceux que j'ai notés et ceux que j'ai photographiés. S'ensuit une bonne demi-heure de douloureuse concentration. J'ai fait plusieurs erreurs de transcription, évidemment, mais elles ne suffisent pas à expliquer l'allure improbable de ma courbe. Rien à voir avec les courbes de couleurs vives, d'un tracé sûr et parfait, qui ornent le cahier de Salma. Dix contre un que l'ancienne stagiaire magouillait ses données pour fayoter auprès de la boss ? Mais un examen plus attentif révèle qu'elle n'a pas bidouillé ses chiffres. En fait, les courbes ne sont là que pour mettre en évidence les mesures aberrantes. Salma a même pris soin d'entourer et d'annoter les résultats les plus étranges. À force de me prendre le ciboulot, je finis par déchiffrer son code : elle a attribué à chaque anomalie des coordonnées géographiques. Je reporte les points sur la carte, juste pour voir. Ils sont tous massés dans une zone bien précise de la carte, sous downtown, pas très loin d'ici en fait, dans la direction explorée hier à la demande de Becky. Becky doit se douter que quelque chose ne va pas. Elle a mentionné des irrégularités dans les ley lines.

Cela va faire une heure que je jongle avec des chiffres et maintenant, j'ai un mal de crâne carabiné.

Je décide d'interroger Salma sur son travail. Je compose le numéro de téléphone qui se trouve sur la page de garde de son cahier, et comme personne ne décroche, j'enregistre un message.

« Salut Salma, on ne se connaît pas. Je te succède à la douane et je voudrais discuter ley lines avec toi ». Je lui laisse mes coordonnées. Pour faire bonne mesure, je lui envoie aussi un email. J'omets pour l'instant la question la plus bizarre. Si Salma a noté des anomalies et si elle adorait son travail, pourquoi a-t-elle rendu son tablier si vite ?

Les employées de la douane commencent à arriver. J'entends des voix enjouées échanger des bonjours chantants. C'est l'heure de me tirer d'ici. Elles sont tout simplement trop bizarres pour moi.

Avant de disparaître, je dépose un rapport rapide sur le bureau de Becky. Puis je quitte le bâtiment, armée de mon animètre, de ma lampe de poche et de mon plan. Direction, le sous-sol.

Je devrais prendre mon 4x4 pour rouler vers le Strip et l'entrée de la salle bleue, où je dois poursuivre mes mesures. Mais d'abord, j'ai envie de retourner parler aux trois clodos d'hier, et ils sont plus près d'ici que de la salle bleue.

———

Quand j'arrive, Ed et Finnsie sont seuls.

— Salut les gars. Bobbo n'est pas avec vous aujourd'hui ?

Ils me saluent, sans me répondre. Ils étaient en train de jouer aux cartes, je les ai entendus rire et se bâcher depuis le tunnel, et maintenant Finnsie affiche une expression méfiante et le visage d'Ed, sans être franchement hostile, s'est fermé en me voyant arriver.

— C'est bon, pas la peine de cacher votre joie de me

voir débarquer, vous pouvez la laisser éclater. J'aurais besoin qu'on rediscute un peu.

Je pose mon sac à dos au sol et j'en sors le mug de café que j'ai emprunté à la douane tout à l'heure.

— Ça vous dirait de boire autre chose que l'eau de cuisson des nouilles ?

Mon offre de café les détend marginalement.

— Bon, je vois bien que peut-être vous avez toute la journée, mais pas moi, alors, je vous propose qu'on aille droit au but. Est-ce que Salma vous a raconté qu'elle avait trouvé des trucs bizarres ici ? Et vous, vous avez remarqué que quelque chose ne tournait pas rond ?

Les deux types échangent un regard gêné. Pour finir c'est Ed qui prend la parole.

— On ne veut pas d'embrouilles avec la douane, ni avec personne d'ailleurs.

— Mais justement, je m'énerve, je pige pas, qu'est-ce qui pourrait te chercher des embrouilles ici, sous la terre ? Des clodos concurrents qui voudraient vous piquer votre spot ?

Je détaille une nouvelle fois l'empilement d'affaires, les tentes, les meubles, toute la routine confortable et un peu triste d'un campement provisoire de long terme. Je me demande depuis combien de temps ils sont ici, s'ils remontent même à la surface ponctuellement, ne serait-ce que pour faucher des trucs au Safeway du coin.

— Ed, tu as dit hier que Salma a les yeux qui brillent quand elle parle de magicologie. Quels sont les sujets qui l'intéressent ? Qu'est-ce qu'elle vous a raconté ?

Toujours pas de réponse.

— Écoutez, les gars, il y a un truc pas net là-dessous, et

je parle pas de ton slobard, Finnsie. Je parle d'un truc qui pue encore plus fort. Où est passée Salma ? Si vous savez quelque chose, il faut me le dire.

— Salma pense qu'il y a un problème dans les ley lines, confirme une voix derrière moi.

Je retourne et je tombe nez à nez avec le vieux Bobbo. Je suis d'autant plus surprise qu'il n'y a pas d'issue dans ce coin-là de la salle. Je me tiens toujours dos au mur, je surveille toujours toutes les issues, où que je sois, c'est un réflexe de base dans mon métier.

Je me demande d'où il sort.

— Mais encore ?

— Elle s'intéresse aux ley lines, c'est sa passion. Elle dit que de nouvelles technologies révolutionnaires sont en cours de développement dans plusieurs grandes villes — San Francisco, L. A., Chicago, Seattle. D'après elle, ils sont en avance là-bas, ils comprennent mieux la dispersion de la magie, avec tous les phénomènes de fuite de potentiel qu'ils ont, liés aux grandes étendues d'eau.

— Ouaaaaiis…

Je ne panne pas grand-chose, je suis bien obligée de l'avouer.

— Salma vient de la région des Grands Lacs, elle a déménagé à Vegas récemment. Elle veut tester ces technos et les voir si elles sont applicables dans le désert.

— D'accord, mais elles servent à quoi les technologies en question ?

— À focaliser et à réguler l'énergie, explique Bobbo. À Chicago, ils ont besoin de limiter les fuites pour concentrer leur magie. Ici c'est plutôt le problème inverse. Trop d'énergie à gérer.

Il est bizarre ce Bobbo, qui vit sous la terre comme un clodo, et qui discute sciences comme un gros geek. J'espère qu'il affabule en même temps, parce que cette histoire ne m'inspire rien de bon.

— Et elle les avait commencés, ses tests, quand vous vous êtes parlé pour la dernière fois ?

— Non, dit Bobbo. Elle pensait que quelqu'un cherchait à lui couper l'herbe sous le pied pour publier ou breveter avant elle.

JE PRENDS CONGÉ des trois ermites et décide qu'il est temps d'aller parler de tout ça à Becky. J'espère que Salma l'a déjà fait avant de plier bagage, vu que c'est elle, la spécialiste des ley lines.

En même temps, si elle a raconté tout ça à Becky, pourquoi Becky ne m'en a-t-elle pas parlé dans son brief ?

Dès que j'émerge à la surface, je vérifie mes messages sur mon téléphone, mais Salma n'a pas donné signe de vie. Arrivée à l'étage de la douane, je demande où Becky se cache, et Kayla me fait savoir qu'elle est en réunion jusqu'à l'heure du déjeuner. Je décide de lancer quelques recherches en ligne.

Je me retrouve à les faire sur mon téléphone, parce que les ordinateurs de la douane sont trop lents pour surfer sur internet. Quand je m'en plains à Kayla, elle évoque les pare-feux avec un roulement d'yeux éloquent.

Sur internet, il n'y a pas grand-chose d'exploitable au sujet des ley lines de toute façon. Essentiellement des délires hippies sur chakras de la planète. Je finis par sonner Brit-Brit.

— Les ley lines ici, dans le désert. Qu'est-ce qu'elles ont de si spécial ?

— Bonjour, Mona. Comment vas-tu ? Tu te poses des questions sur la magie ? Je suis partagé entre l'émerveillement de constater que tu t'intéresses, et la consternation. Tu n'as pas l'air d'avoir très bien écouté les cours de Miss Morinsky ?

— J'étais trop occupée à dessiner des caricatures de toi. Et puis, j'ai un tout petit cerveau. Je veux pas y mettre trop d'infos inutiles d'un coup. Alors, dis-moi. Les ley lines du Nevada ?

Britannicus émet un petit claquement de langue. Pas le genre désapprobateur. Non. Sa réaction évoque plutôt l'appréciation d'un gourmet.

— Elles sont exceptionnelles, Mona. Nulle part ailleurs que dans le désert on ne trouve une telle pureté du signal.

— C'est pour elles que t'es venu ?

Un petit rire me répond.

— Ce n'est certes pas pour le raffinement de la culture locale ni pour les manières civilisées des autochtones.

— T'es en train de me traiter ? Je rêve. Après tout ce que j'ai fait pour toi ? C'est pour ça qu'on a une telle densité de créatures bizarres en ville ? À cause des ley lines ?

— Oui, approuve le sorcier. Vegas est au confluent de plusieurs courants majeurs et cela attire tous ceux qui y sont sensibles. Toi, par exemple, sais-tu seulement ce qui t'attache tant à cette ville ?

— Chuis née ici, banane.

— Beaucoup d'Américains bougent, pour le travail ou les études, observe Britannicus.

— Ma famille a déménagé, concédé-je, mais j'aime trop le désert.

Je ne lui raconte pas qu'à l'adolescence, j'ai rencontré une créature du style vampire, un « homme froid » comme mon ancien patron B3, qui m'a inspiré pour toujours un tropisme vers la chaleur.

— Rien à voir avec les courants magiques, je conclus. Je suis une humaine normale.

— Si tu le dis.

— Évidemment que je le dis. Et n'essaye pas de changer de sujet. Pourquoi les ley lines sont sous terre ?

— La terre conduit la magie. Tout ce qui est minéral ou cristallin la véhicule idéalement.

— Mais les êtres magiques ne vivent pas sous terre ?

— Non, pour la plupart ils résident sous le soleil. Les êtres qui en ont la faculté arrivent à tirer de l'énergie aux ley lines sans entrer en contact direct avec elles. Elles sont partout à la surface de la planète.

— Mais tu viens de dire qu'à Vegas…

— C'est comme tout réseau : la ville est très richement vascularisée, mais on ne va pas se servir directement dans l'aorte pour autant. Hum, on ne branche pas sa lampe de chevet sur une ligne à haute tension. Ça ferait beaucoup, beaucoup trop d'énergie. On utilise les capillaires secondaires, tertiaires. Ça suffit largement. Et ceux de Vegas sont excellents.

Ah.

Je pense à Bobbo, Ed et Finnsie.

— Et les êtres magiques qui vivent sous terre ? Ils sont de quelle espèce ?

— Tu veux dire Vegas Underground ?

— Vegas Underground ?

J'ai déjà entendu ça quelque part. Elsie, c'est Elsie qui m'a parlé de sa foire à Vegas Underground.

— Sous l'enchevêtrement des ley lines, explique Britannicus, il y a une autre ville.

— Sérieux ? Tu me fais marcher.

Apparemment, non. Il me raconte, avec une patience ostensible, que le côté pile de la plaque énergétique locale a été colonisé au même titre que la surface. Aussi dingue que ça puisse paraître, il y a une cité sous la cité. J'avoue que j'ai un peu de mal à me la représenter.

— T'y es déjà allé, toi ?

Brit-Brit se récrie.

— Certainement pas !

— Pourquoi ? Ça a l'air fun.

— Mona, ce n'est pas un endroit fréquentable.

— Il y a une douane aussi, là-bas ?

— Non.

— Aaaah, fais-je. Ça doit être le paradis.

Britannicus toussote.

— Non, Mona, c'est presque exactement le contraire. Est-ce que tu as des questions plus précises ? Je suis un peu pressé.

— Mais je croyais que t'étais au chômage technique.

— Je suis comme toi, j'essaye de me rendre utile. D'ailleurs je dois te laisser.

Il a raccroché.

Je cherche, en vain, des informations sur Vegas Underground. En désespoir de cause, je finis par appeler mon autre contact préféré.

— Pas le temps ! aboie Marcellin, le chef de la meute de zombis locale, en prenant la communication.

Je lui demande quand même :

— Dis-moi, c'est quoi exactement, le Code de la morvivance ?

— Un truc de hippies californiens, répond-il avant de me raccrocher au nez à son tour.

Je compose une deuxième fois son numéro de téléphone. Un type moins bien organisé que Marcellin laisserait l'appel s'échouer sur une messagerie vocale, mais Marcellin est puissant et il a plein de larbins. Toute une pyramide à son service.

— Oui, ici Clara, assistante du miroir de l'assistant de Marcellin, que puis-je faire pour vous ?

Les miroirs sont les humains que les zombis, physiologiquement fragiles, envoient affronter la chaleur du dehors à leur place. J'ignorais que les miroirs avaient eux aussi des assistants.

— Salut, c'est Mona Harker. Il me faut une carte de Vegas Underground, vous avez ça ? De la part de Marcellin. Il m'a confié un dossier de veille technologique.

— Un dossier de veille ?

Clara est offusquée. À tous les coups, je viens de lui donner l'impression que je marche sur ses platebandes. J'aurais dû trouver une excuse plus subtile.

— Il s'agit d'une mission dangereuse dans les égouts, j'explique. Tu verrais la taille des rats là-dessous ! Et hier, j'ai croisé une araignée aussi grosse qu'une balle de baseball, et un clodo héroïnomane a essayé de m'embrasser. Que du fun. Tu veux m'accompagner ? Je dirais pas non à un peu de compagnie.

Elle m'envoie la carte sans demander son reste. Le document, massif, est impossible à télécharger sur l'ordi de la douane. Je soupire et je vais me chercher un autre café. Quand j'essaye à nouveau de voir Becky, j'apprends qu'elle est sortie déjeuner et qu'elle doit enchaîner les rendez-vous tout l'après-midi.

Du coup, je décide de rentrer chez moi où la connexion internet est meilleure, et en passant, de faire un crochet par le domicile de Salma Trenton.

9

————

Salma Trenton habite une petite maison cubique à l'écart du centre-ville. Je déduis des quatre noms de filles sur la boîte aux lettres et de l'entrée unique qu'il doit s'agir d'une colocation. Je sonne et une étudiante aux cheveux bruns et frisés m'ouvre.

— Salut, je suis May.

Elle m'invite dans un salon/pièce commune jonché de livres d'économie et de feuilles de cours.

— Partiel demain, explique May.

Une autre fille est affalée sur un vieux canapé défoncé et lit un bouquin de socio d'un air barbé.

— Je cherche Salma, dis-je. Je lui ai prêté un livre et je voudrais le récupérer.

— Elle est pas là. Elle s'est barrée sans payer son loyer.

— Quoi, elle a déménagé ?

— Nan, fait la deuxième étudiante renfrognée. Toutes ses affaires sont là.

Uh-oh. Je suis prise d'un mauvais pressentiment pour

Salma. J'espère vraiment me tromper, mais ça n'a pas très bonne tête.

— Quand est-ce qu'elle est partie ?

Les deux filles réfléchissent.

— Ça doit faire une semaine à peu près. Elle était là à la soirée de Tom. De mauvais poil, mais elle était là.

— Et… ça lui arrive souvent de disparaître sans prévenir ?

— Non, dit May, elle m'avait plutôt paru du genre raisonnable. Mais je ne la connais pas si bien. Elle a emménagé au début de l'année, et elle faisait une sorte de stage bizarre.

Je hoche la tête.

— Vous n'avez pas idée de l'endroit où elle a pu partir ?

— Non. Sa sœur a appelé, elle ne l'avait pas vue non plus. Mais ça n'a pas eu l'air de l'inquiéter, alors, on s'est dit que c'était un comportement normal, qu'elle avait peut-être rencontré un mec. Si tu la croises, tu lui demanderas qu'elle m'envoie mon chèque ?

Je hoche la tête, un peu contrariée quand même pour Salma que personne ne se fasse de souci à son sujet.

— Ça vous embête si je vais chercher mon livre dans sa piaule ? J'en ai vraiment besoin pour mes cours.

May m'indique le chemin, puis retourne à ses révisions. Dans la chambre de Salma, tout semble en ordre. Les vêtements, les chaussures, les boucles d'oreilles et les ceintures sont scrupuleusement rangés. Aucun papier qui traîne, aucune note. Je m'approche de la bibliothèque et retiens un sifflement. Mazette. L'étagère est blindée de livres de magie. Ça parle des ley lines, de circulation de l'énergie, des lieux de pouvoirs, etc. Je me mords la lèvre, pensive. Au final, je sélectionne un ouvrage récent intitulé : « Demain, tous sorciers ? Le futur des ley lines », par Danny Kelps, un auteur de Chicago qui pose en baskets sur la couv.

Sur le bureau de Salma, je trouve un papier et un crayon, je lui laisse un autre message, sans grande conviction.

Avec une gaieté un peu forcée, j'annonce aux colocataires :

— Ça y est, je l'ai !

Je repars avec mon butin, et toujours autant de questions.

————

ERRRGGGH NE SENT PAS TRÈS bon aujourd'hui, et il n'est pas non plus d'humeur très joviale.

— Je vais vous dénoncer à la Cour de Justice Internationale ! menace le zombi décoratif, toujours suspendu dans l'entrée de mon domicile. Vous n'avez pas le droit de me garder ici contre mon gré. Je ne suis pas une boîte postale !

— Une quoi ?

— On est à l'aube de la 5G et des réseaux modernes, vous n'avez pas besoin d'oiseaux et de morts-vivants pour transmettre vos messages, bande de sorciers obscurantistes dégénérés barbares !

— Wouah, on dirait que t'es inspiré ce matin. Des oiseaux ? Comment ça des oiseaux ? Il y a eu un message ?

— Ne faites pas l'innocente. Laissez-moi partir.

— Ça dépend. T'es prêt à parler ? Parce que moi, j'ai tout mon temps.

Ce n'est pas hyper vrai dans la mesure où les Preston

rentrent dans quatre jours et où je suis censée opérer un nettoyage rapide avant leur retour.

— C'est toi et tes potes qui avez posé cette mine dans mon jardin ?

Pas de réponse.

— Merde, Errrgggh, t'es le pire assistant-réceptionniste du monde, et pourtant j'avais placé la barre assez haut dans mon précédent job. C'était quoi comme oiseau ?

— Un corbeau, dit le zombi.

Je me fige. Un corbeau ? Seb ?

— Qu'est-ce qu'il voulait ?

— Me picorer les yeux. C'est de la torture !

Je fronce les sourcils.

— Et à part ça ?

— Il vous cherchait. « Où est Mona ? Dis à Mona de se réveiller. »

— Quoi, c'est tout ?

— Et puis quoi encore ?

— Il n'a rien dit d'autre, t'es sûr ?

— Il a aussi dit « Croaa, croaa, croaa », comme le stupide animal qu'il était ! Et maintenant, ça suffit ! Veuillez mettre un terme à cette plaisanterie immédiatement ! J'exige d'être traité avec plus d'humanité !

Je laisse Errrgggh à ses récriminations et j'ouvre la porte de mon logis, pensive. Un corbeau qui parle à un zombi, ça ressemble quand même diablement à Seb.

Seb me cherche ? Je ne suis pas sûr de savoir comment je dois le prendre. C'est quand même lui qui s'est fait la malle, à la base. Qu'est-ce qu'il me veut, maintenant ?

Pour finir je décide que c'est encore une de leurs magouilles, à Elsie et lui, et que s'il veut vraiment me faire passer un message, il n'a qu'à être plus clair.

———

Dans la cuisine des Preston, je chipe un vieux paquet de pâtes, et preuve qu'on s'habitue à tout, ça ne me débecte même pas de me préparer une assiette de nouilles à trois mètres cinquante d'un zombi.

Je vais m'asseoir à mon ordinateur pour consulter la carte de « Vegas Underground » que Clara, l'assistante du miroir de l'assistant de Marcellin, m'a envoyée par mail.

Une fois de plus, j'admire l'organisation zombie. Il ne s'agit pas d'une carte, mais d'une série de cartes faisant apparaître tous les niveaux de sous-sol de la ville.

C'est tout un millefeuille. Les premières pages décrivent les constructions du Vegas que je connais. Là-dessous, les parkings, métros et réseaux humains : canalisations, électricité, gaz. Je reconnais mes égouts. Ensuite les ley lines, presque sur un seul niveau, à environ trois cent mètres de profondeur sous le trottoir. Puis, à partir de la page 25, à près de cinq cents mètres sous la surface, tadaaaa. Dans ces zones enfouies, et de plus en plus profondes, se dessine, sous mes yeux ébahis, une ville souterraine presque aussi vaste que le cœur du Vegas touristique.

Et, surprise, surprise, elle est située au même endroit que mes anomalies de relevés de ley lines.

J'ai l'impression de rêver.

Qui est au courant pour ce truc ? Cette ville souterraine ?

Brit-Brit a l'air de savoir, les zombis savent, Becky est sûrement au courant. Elsie en a parlé aussi, et doit s'y rendre. Mais les humains ? À la mairie, au cadastre, est-ce qu'ils réservent une section à ce Vegas sous Vegas ? Est-ce que les politiciens et les géologues reçoivent des pots-de-vin pour garder tout ça sous silence ?

Fascinée, je décide d'aller faire un tour sur les forums spécialisés, qui se sont souvent avérés des sources précieuses, même si elles sont parfois fantaisistes. Puisque le Vegas Paranormal me fait des cachotteries, je me tourne vers mes amis les doux rêveurs. Eux, au moins, ils n'ont qu'une envie : discuter des légendes urbaines qui les fascinent, préparer tous les scénarios possibles de l'apocalypse, et inventer des complots à l'infini.

Je me connecte sur plusieurs forums et j'ouvre des chats avec une sélection d'interlocuteurs : des malades de littérature fantastique, des geeks amateurs de SF, des paranos qui font une fixette sur la guerre froide. Mais mes questions ne ramènent pas vraiment d'informations utiles.

DRAC'sBACK : Une ville souterraine à des centaines de mètres sous la roche ? Quoi, tu veux dire comme dans Matrix ?

DEADLY_MONA : Oui, euh, non, pas vraiment.

PROMETHEUS: Moi, ça me fait penser au mythe des enfers.

GAGA_IS_FROM_ROSWELL : Tu penses que c'est une prison ? Un laboratoire secret du gouvernement ? Ce serait relié à l'Area 51 par des souterrains géants ? Une ligne de métro secrète ?

NOFUTURE 666 : Nan, c'est des gens qui ont rejeté le capitalisme et qui ont décidé de refonder la société sur des bases d'entraide.*

DARYLDIXON9432 : Communiste !

Bon, en fait, ils ne savent rien.

———

LE BOUQUIN de Salma est peut-être plus intéressant, mais j'ai du mal à le comprendre. Il est truffé de formules scientifiques et de questions philosophiques alambiquées. Salma a annoté certains passages. « Poseur !!! ». « Ce calcul est faux. » (souligné trois fois). Je google l'auteur. À la ville, il n'est pas magicologue. Il a monté une startup qui vend des trains magnétiques super rapides. Je me demande où est le rapport.

Puis je tombe sur une note de Salma qui me glace. À la fin d'un chapitre bourré de formules mathématiques, elle a écrit : « Fuite à Vegas : » et ajouté sous chacun des termes une valeur chiffrée. Le résultat du calcul : 1kAnim/jour, souligné trois fois, ne me parle pas du tout. Mais Salma a marqué la page avec une feuille volante qui a manifestement été arrachée à un manuel de la douane. Il y est question de quotas de magie. Elle a encadré la phrase suivante : « on estime qu'un sorcier adulte canalise une charge moyenne annuelle de 35 Anim ».

Je ne suis pas un génie des maths, mais j'arrive quand même à en déduire que la fuite dans les ley lines est de l'ordre de dix mille sorciers adultes moyens environ, et ça me paraît un peu beaucoup.

Pas hyper bon signe, je dirais.

J'essaye d'appeler Brit-Brit pour lui raconter, mais il ne répond pas. Il est peut-être très occupé ailleurs.

———

JE ME RÉVEILLE en sursaut au milieu de la nuit. J'ai mal dormi et rêvé d'épouvantails, d'éclairs aveuglants, de champs en flammes. Je ne sais plus vraiment où je suis et il me faut un moment pour me repérer, reconnaître le tissu un peu rêche et rigide du canapé des Preston. Il est quatre heures du mat'. Je me redresse pour aller chercher un verre d'eau à la cuisine, et je reste figée en découvrant le spectacle infernal qui fait rage dehors, juste sous les fenêtres.

Le jardin brûle. Des flammes immenses illuminent la nuit. L'entrée de mon bunker a disparu derrière un rideau de feu aveuglant.

Je sors par la porte coulissante, pieds nus et en sous-vêtements. Une violente odeur d'essence cramée agresse mes narines et je m'arrête net.

Ceci n'est pas un départ d'incendie accidentel. Quelqu'un a foutu le feu à l'entrée de mon bunker. Et je ne peux pas appeler les pompiers. Si quelqu'un marchait sur la mine zombie ?

Par chance il n'y a aucun vent, et pas grand-chose à brûler à part mes affaires, mon bunker, quelques tas de cailloux et…

— Errrgggh !

Je cours brancher le tuyau d'arrosage du jardin, en m'esquintant les pieds sur les pierres tranchantes et en jurant. J'ouvre les vannes au max puis je cours diriger le jet vers les flammes. L'eau frappe le sol avec un pshitt furieux et s'évapore aussitôt. Je contourne le feu pour m'approcher du bunker, et je concentre mes efforts sur l'entrée en laissant tomber le reste du jardin.

Cinq minutes plus tard, les flammes sont éteintes. Il n'y avait pas grand-chose à cramer à part mon petit nid. La porte du bunker est toujours froissée, et maintenant elle est noire de suie. Je me brûle en poussant le battant.

— Ouch. Errrgggh, ça va ?

Le couloir est détrempé, mais la porte intérieure du sas a tenu bon. Le zombi est bien là lui aussi, un peu roussi aux extrémités et toujours aussi indigné.

— Veuillez me laisser tout de suite regagner la civilisation !

Il m'énerve.

— Et où est-ce que je suis censée te renvoyer, débile ? Tu penses quand même pas rentrer chez toi à pied ou en stop ? Et tes collègues, ils sont où ? C'est eux qui ont enflammé un jerrican d'essence sur le pas de ma porte ? Je les aurais imaginés plus futés.

Il pousse un rire amer.

— Mes « collègues » n'ont jamais remis les pieds ici. Votre chien de garde leur aura fait peur.

— Mon quoi ?

De mieux en mieux. Je n'y comprends rien. Rassurée sur l'état juste modérément catastrophique de mon bunker, je retourne dans le jardin pour essayer de reconstituer les faits.

Quelqu'un a fait cramer l'allée qui mène à mon bunker. Je vais aussitôt à la mine antipersonnelle zombie en priant pour qu'elle ne me saute pas à la figure. Mais elle a déjà explosé, vraisemblablement dans l'incendie. C'est sans doute le bruit qui m'a réveillée. Il s'agit d'une arme bactériologique terriblement dangereuse, capable de vous transformer en zombi, mais ses agents actifs ont été détruits pas le feu. C'est presque la solution parfaite à mon problème de mine. Sauf que maintenant, je vais devoir expliquer aux Preston l'état pitoyable de leur jardin.

Et qui a détonné ce truc ? Je ne vois pas de cadavre à proximité.

— J'ai comme l'impression que mon loyer va grimper en flèche, ma belle, me plains-je à la statue de pierre qui contemple la scène de son air gracieux et hautain, noircie par la fumée jusqu'au milieu des cuisses.

84

10

———

Quand je vais raconter à Becky ce que j'ai appris au cours de mes premières 48 heures de stage, elle n'est pas ravie-ravie.

— Où sont tes autres mesures ? C'est tout ce que tu as ? Mona, ne me dis pas que tu n'as parcouru que deux kilomètres de canalisations en tout et pour tout ? À ce train-là, on n'y arrivera jamais.

— J'aime bien savoir à quoi sert mon travail. Et de toute façon, je ne suis pas copine avec les relevés. Ça n'ira pas plus vite.

Becky fait une moue de déplaisir.

— Ça irait plus vite si tu ne t'obstinais pas à fourrer ton nez dans des choses qui ne te concernent pas. Mona, ne me fais pas regretter de t'avoir donné une seconde chance.

Je fronce le nez, irritée.

— Écoute, je sais que tu veux me mettre au pas, et me donner une espèce de leçon de vie tordue à la sauce douanière. J'ai bien compris. Et j'essaye de jouer le jeu, vraiment. Mais là il y a un problème !

Je lui fourre sous le nez le plan sur lequel j'ai reporté les anomalies de Salma et les miennes, et juste à côté, le plan de Vegas Underground. Plus les calculs.

— Il se passe quelque chose de bizarre là-dessous ! Salma pensait que quelqu'un s'était lancé dans des expérimentations sur les ley lines pour concentrer la magie ou un truc du style ! Et comme par hasard, voilà qu'elle disparaît sans laisser de trace !

Becky secoue la tête avec une mine navrée.

— Qu'est-ce que c'est que cette histoire ? demande-t-elle. Où est-ce que tu as eu ces plans ?

— Par des copains.

— Ce plan porte le sceau de Smart Meat Inc. Marcellin va m'entendre !

— Pourquoi ? C'est encore un de vos gros secrets ? Il y a une ville clandestine sous la ville et les humains débiles ne doivent pas l'apprendre ? Pourquoi tu m'envoies au sous-sol si tu veux pas que ça se sache ?

Becky ouvre grands ses yeux bleus de porcelaine.

— Qu'est-ce que tu sous-entends par là exactement, Mona ? Tu sais que les fuites d'informations sont très sévèrement punies ?

— Ah, tu t'inquiètes pour la sérénité de ta petite communauté ? Ça n'a pas l'air de te défriser des masses que ta stagiaire précédente ait disparu et qu'elle ait trouvé des irrégularités qui coïncident parfaitement avec l'empreinte au sol de Vegas Underground !

— Rien ne prouve que Salma ait disparu. Et pour les irrégularités, je suis au courant, réplique Becky d'un air pincé, c'est justement pour ça que je t'ai envoyée faire ces mesures là-bas.

— Mais ce ne sont pas des mesures qu'il faut, c'est une

intervention de police ! Tu as vu ses calculs ? Ça urge ! Il faut envoyer des gens là-bas pour poser des questions !

Becky se ferme aussitôt.

— Salma était une douanière débutante. Ses calculs sont des approximations et cette formule est d'ailleurs contestée. Le problème, qui plus est, se manifeste hors de ma juridiction. On ne peut pas intervenir n'importe comment à Vegas Underground ! J'ai besoin de PREUVES concrètes pour m'attaquer à ce problème, et en effet, le plus tôt sera le mieux. D'où les relevés. Que tu as négligé d'effectuer. Mona, tu n'aides personne en te comportant de manière si peu professionnelle.

Je me retiens *in extremis* de lui faire remarquer qu'on a probablement des approches très différentes du professionnalisme.

— Donc c'est quoi ton plan ?

— Je te l'ai dit, soupire Becky. Réunir des preuves irréfutables, puis solliciter un processus de coopération avec les autorités de Vegas Underground.

C'est à se taper la tête contre les murs. J'explose.

— Mais s'il y a un problème, il ne va pas s'arranger tout seul ! Imagine que quelqu'un pique de l'énergie dans un but criminel ! Tu ne peux pas régler le truc simplement en envoyant une stagiaire se farcir des milliers de kilomètres de boyaux à la lueur d'une lampe de poche !

— Je sais ce que je fais, dit Becky, pincée. Et de toute façon, le problème dépasse largement tes prérogatives.

Je montre les dents, c'est plus fort que moi.

— Et Salma ? À ce train-là, on ne la retrouvera jamais ! Comme c'était une stagiaire sans prérogatives elle aussi, personne ne va aller voir ce qu'elle est devenue ? C'est comme ça que ça marche, chez vous, la justice ? Si t'as pas les jolis petits papiers signés par Becky, t'existes pas et tu peux crever dans l'indifférence générale ?

Becky se lève. Elle est blême.

— Sors d'ici tout de suite, articule-t-elle. Tu es virée. Et ne compte pas sur ton visa, ni aujourd'hui, ni jamais.

Je me lève en rigolant.

— J'en veux pas de ton visa de merde. Et tu sais quoi, tu peux te la garder, ton administration en plastique, avec ses régulations à deux *cents* qui méprisent les humains, et ses uniformes beiges ignobles qui vous font des fesses de vaches. Moi, je me casse.

Je sors la tête haute, cheveux mauves au vent, bien consciente d'avoir fait une connerie, mais pas sûre qu'elle était vraiment évitable.

11

— Il est peut-être encore temps d'aller ramper aux pieds de Becky, considère Britannicus.

Mais ça se voit bien qu'il n'y croit pas lui-même. Je confirme :

– Hum, non. Ça ne va pas être possible.

Après mon coup de fil, il est venu me retrouver dans ce bar de downtown. Bois sombres, éclairages inexistants à part la lueur verte d'un écran de télé qui passe un match de rugby… l'ambiance reflète mon humeur sinistre. Brit-Brit s'est posé à côté de moi au bar sans un commentaire et m'a commandé une margarita. J'ai de la chance d'avoir un pote comme lui. Dommage que je sois incapable de gagner ma place dans les hautes sphères où il semble évoluer si facilement.

— Qu'est-ce que tu vas faire maintenant ? demande-t-il.

Je hausse les épaules.

— Je vais continuer à creuser. Je vais faire le boulot de la douane à leur place.

Il fait la grimace.

— Je ne crois pas que ce soit une bonne idée, Mona. Ça va forcément mal finir.

Je lui ai montré les calculs de Salma, la théorie des dix mille sorciers souterrains. Il a convenu qu'il y avait peut-être un vrai problème. Il a aussi fait remarquer que le phénomène pouvait être naturel. Ça m'a doucement fait rigoler.

— Je vais te dire, moi, ce que je crois. Quelqu'un siphonne ou perturbe la magie dans le sous-sol. Pas assez inquiétant pour réveiller la douane de sa routine ronronnante. Mais assez pour qu'une stagiaire un peu plus perspicace que les autres disparaisse dans l'indifférence générale.

— Cette stagiaire, elle est humaine ? demande Britannicus. La police pourrait sans doute faire quelque chose.

— Je ne peux pas aller voir la police humaine avec ça.

— Tu pourrais aller appeler sa famille. Ce serait la chose logique à faire. Ils reprendraient l'enquête de zéro, mais ils ont plus de moyens que toi.

Je m'énerve.

— Tu vois ? Toi aussi, tu t'en tapes qu'elle ait disparu, cette nana. Une humaine qui se heurte à un problème magique, elle est fichue d'avance. Elle tombe dans les failles du système. Tout le monde se balance de la retrouver. Les gens se comportent tous comme si elle n'était pas importante, comme si elle était une quantité négligeable, comme si sa disparition était normale.

Il lève la tête tout à coup.

— Qui se comporte de la sorte, Mona ?

Je lui raconte mes conversations avec les personnes de l'entourage de Salma, la bizarre nonchalance de sa sœur.

— Un peu étrange, juge le sorcier.

— Quoi ? Tu penses que quelqu'un aurait pu… faire oublier qu'elle a disparu ?

Brit-Brit hoche la tête d'un air pensif.

— C'est théoriquement possible. Mais cela requiert des compétences magiques qui sont loin d'être à la portée de tout le monde. Et un influx considérable. Et c'est strictement interdit.

— Ah oui ? je demande, intéressée. Si tu devais profiler le sorcier qui a fait ça, tu dirais qu'il ressemble à quoi ?

— Premièrement, à quelqu'un qui assume d'être dans l'illégalité la plus totale. Si tu as raison, si il ou elle manipule les perceptions de l'entourage de Salma, c'est interdit, sauf avec une autorisation expresse de la guilde.

— Ah, tu veux dire comme dans Men In Black, je te flashe la tronche pour que t'oublies tout ?

D'ailleurs, je me demande un peu pourquoi personne n'a jamais essayé de me faire ce coup-là au fil des années ?

— Précisément, acquiesce Britannicus. Dans la mesure où ces actes magiques couvrent un enlèvement ou pire, je pense que l'on peut supposer qu'ils ne sont pas entérinés par la guilde.

Je fais la moue. Je suis loin de partager sa foi dans les administrations. Mais moi non plus, je ne crois pas que la disparition de Salma réponde à la raison d'État. Enfin, en tout cas, je l'espère.

— Tu penses que ces sorts ont été lancés par un sorcier qui ne pointe pas à la guilde, donc ?

Britannicus hoche la tête et je me réfrène de sauter aux conclusions qui me démangent, d'évoquer les exemples qui me viennent tout naturellement à l'esprit. Elsie, Seb et B3 sont des sorciers puissants qui ont négligé de prendre leur carte de membre chez les sorciers bien comme il faut.

— J'imagine que ce genre de... contrevenants ne court pas les rues, si ? vérifié-je quand même, le cœur battant.

— Pas vraiment, non. La guilde a tendance à les arrêter avec toute la violence dont elle est capable.

Je le regarde. Il faut voir comment lui, un grand sorcier de catégorie 1, se retient de pratiquer tant qu'il n'est pas en règle, alors qu'il en crève d'envie. Ça ne doit pas être de la rigolade de se fritter avec les autorités.

— Mais parfois, j'enchaîne, la guilde ne les trouve pas ?

Britannicus retourne son verre entre ses longs doigts parfaits.

— Il faut une puissance et un savoir-faire prodigieux pour échapper à la guilde, Mona. Il faut pouvoir duper tout ce que le monde de la magie compte de plus éduqué, puissant et agressivement ambitieux.

Je me mords la joue, puis je complète :

— Les ravisseurs de Salma sont donc exceptionnellement forts et avides de magie. Du genre qui pourrait être intéressé à siphonner la ville. Et assez expérimenté, assez tordu pour pouvoir dissimuler sa charge magique au nez et à la barbe de la douane.

Je revois Elsie, décontractée dans sa limousine. Je pense à Black et à ses projets mégalomanes pour les casinos. Je pense à Seb, libérant des oiseaux prisonniers, les uns après les autres, dans un grand craquement d'ozone.

Britannicus acquiesce.

— Soit ça, soit il faut se cacher dans un endroit où la guilde ne contrôle rien.

J'étais perdue comme lui dans la contemplation de son verre, et je tourne la tête pour croiser son regard.

— Comme Vegas Underground ?

Il hausse le verre à ses lèvres, et avant de boire il confirme.

— Comme Vegas Underground, oui.

Je réfléchis un instant, puis je prends ma décision.

— Ça tombe bien, parce que justement, j'ai un super plan de couverture pour m'introduire à Vegas Underground sans me faire remarquer. Je vais pouvoir poursuivre mon enquête là-bas.

Brit-Brit émet un couinement choqué, pas du tout digne d'un grand gaillard comme lui.

— Tu n'es pas sérieuse.

— Ben si.

— Mona… Vegas Underground est un endroit dangereux. Une zone de non-droit. Toute seule, tu n'as aucune ch…

— Tu veux venir chercher Salma avec moi, Brit-Brit ?

Il fait la grimace.

— Je suis désolé, Mona, mais je ne peux pas. J'ai déjà plusieurs problèmes très similaires en cours. Et je n'ai pas de permis pour descendre à VU.

— Je comprends. Tu ne veux pas foutre ta vie en l'air sur une intuition merdique de Mona Harker, chasseuse débutante sans attaches et sans magie.

— Mais non, ce n'est pas ça…

Je le coupe.

— Je ne peux pas laisser passer ça, Brit-Brit.

Il pousse un profond soupir.

— Je comprends. Mais dis-moi que tu as une piste, que tu ne pars pas la fleur au fusil.

Je déglutis la moitié de ma margarita avant de lui répondre.

— J'ai plus ou moins une piste, je lui réponds. En tout cas j'ai des suspects très clairement identifiés.

Britannicus toussote.

— Ce n'est pas exactement la même chose. À qui penses-tu ?

— Je te raconterai quand j'aurai plus de preuves, dis-je avec un grand sourire innocent et incroyablement faux-cul.

Il se passe la main sur la figure, et moi, je me félicite d'avoir appris une nouvelle technique évasive au cours de mon très bref séjour à la douane.

— Bon, j'avoue, ce qui m'aiderait, ce serait encore une ou deux informations sur la magie, si tu as deux minutes de plus à m'accorder.

— Bien sûr, assure-t-il d'une voix incertaine. Dis-moi.

— Si quelqu'un siphonne effectivement l'énergie de dix mille sorciers adultes, il faut bien qu'il la mette quelque part. Ça ne doit pas passer inaperçu, si ?

— Pas vraiment, non. C'est en effet énorme. Même les humains le sentent.

— Les humains ? Les mêmes qui se baladent à Vegas le nez en l'air, au carrefour de plusieurs lignes très haute tension sans se rendre compte de quoi que ce soit ?

— Les humains sont attirés par les ley lines de Vegas eux aussi, fait remarquer Britannicus. Mais pour répondre à ta question, l'énergie magique qui circule naturellement passe bien plus facilement inaperçue que l'énergie qui est confisquée et accumulée de manière artificielle.

— Aha. Si cette histoire d'accus est avérée, ça ferait un truc de grande taille, non ?

— Probablement, admet Britannicus. En admettant que la formule soit la bonne. Tout ça manque encore un peu de fondements empiriques. Ça reste de la théorie.

— Dix mille sorciers, en tout cas, ça prendrait de la place. Mais un sorcier très, très puissant ? L'équivalent de dix mille sorciers moyens ? Ça ressemblerait à quoi ? Toi, tu dirais que tu vaux combien ?

Il a un sourire de loup.

— Je ne suis pas un praticien lambda, Mona. Je suis arrivé premier à mes tests d'Oxford.

— Ouais, mais donne-moi un chiffre.

— 140 Anim. Et c'était il y a quatre ans.

— Pas mal, je dis. Mais tu peux encore prendre l'avion sans qu'il s'écrase. Et B3 ? Et Elsie Hannigan ? je demande. Tu dirais qu'ils en sont à combien ?

Britannicus considère son verre.

— Mon prof à la fac avait l'habitude de dire qu'au-delà d'une charge annuelle de 300 Anim environ, la vie devenait impossible au sein d'un organisme.

J'en deviens pensive à mon tour. J'imagine un super-zombi gonflé de magie. Puis je me secoue et je réfléchis tout haut :

— Donc si je cherche tous ces Anim volés, si je cherche un accu, je cherche quoi ?

Britannicus fait la moue.

— J'ai lu ce livre dont tu parles. D'après la théorie qui y est exposée, tu cherches un bloc cristallin taillé d'environ cent mètres de côté, et d'une grande pureté.

— Ça semble plutôt maous comme monolithe.

Il acquiesce.

— Ça me paraît compliqué. Mais il existe aussi d'autres modèles.

— Tu m'intéresses.

— La magie peut être injectée dans une multitude de petits sorts insignifiants qui tournent en boucle dans l'attente d'un signal plus important.

—Aha? Des petits sorts genre quoi ?

— Cela peut être n'importe quoi, mais si c'est petit, il en faut beaucoup pour immobiliser la quantité d'énergie que tu évoques.

— Super. Et on les reconnaît à quoi ?

— Ils sont provisoires. Donc réversibles, et d'une nature telle que les organismes qui les hébergent voudront les rejeter dès que l'occasion s'en présentera. Comme des petits virus, des petites gênes au quotidien. Des verrues, des TOC, des lubies embarrassantes... On parle d'un état instable de masse. C'est tout ce que je peux te dire.

Je hausse les épaules.

— OK. Merci quand même, mec. Une fois de plus, la théorie de la magie résout tous les problèmes.

Au moment de nous séparer, il semble prendre une décision. Il porte la main à la poche de sa veste de costume super-étriquée et en tire un petit sac de tissu marron qu'il me tend. Je prends le machin.

— Un cadeau d'adieu ? Brit-Brit, il fallait pas.

— C'est juste un sort que j'avais dans ma poche. Je suis navré, c'est à la fois beaucoup… et pas grand-chose. Je ne suis pas habilité à pratiquer en surface, et je ne peux pas descendre avec toi à Vegas Underground, mais un des avantages de cet endroit, comme Elsie et toi l'avez si judicieusement remarqué, c'est que la douane n'y fait pas autorité. Si jamais tu es vraiment en situation difficile… tu pourras l'invoquer.

— Oh, merci, dis-je. Et, euh, ça fait quoi ?

— C'est un sort expérimental que j'ai conçu moi-même. Il permet de donner un peu de magie à un être humain ordinaire, en imitant un sort lancé par un praticien se trouvant à proximité. Pour l'invoquer, il suffit de singer le dernier acte magique dont tu auras été témoin. C'est juste une version bêta, un test. Ce n'est pas encore très au point, conclut-il avec un sourire timide totalement incongru chez un type aussi sûr de sa valeur.

— Oh, Brit-Brit, c'est trop mignon. En tant qu'humaine ordinaire, je suis vraiment touchée. Merci.

— Je ne suis pas tout à fait sûre que tu sois une humaine ordinaire, glisse le sorcier avec une expression comique, mi-figue, mi-raisin, comme s'il allait à l'encontre de sa propre programmation génétique en admettant un truc aussi exotique.

Mais ça ne change rien. Ça me fait chaud au cœur que quelqu'un se mêle de vouloir donner de la magie aux humains ordinaires. Et de la part de Brit-Brit, lui qui observe toujours si scrupuleusement les règles, ça m'émeut d'autant plus. Je ne crois pas que son geste soit 100 % conforme aux exigences de l'administration et à la politique risque zéro. J'empoche le sort avec un sourire et en prenant congé, je me sens déjà mieux.

———

En sortant du bar, j'extrais de mes poches la carte que m'a donnée Elsie. Une fois installée au volant de ma Jeep pour rentrer chez moi, je lance le kit mains libres et je compose le numéro.

Évidemment, ce n'est pas Hannigan elle-même qui me répond.

C'est bien pire. C'est Seb.

— Mona ?

On ne s'est pas reparlé depuis la débâcle de la serre aux oiseaux et de l'attaque de zombis sur le Strip.

— J'ai un message pour Elsie, dis-je, un peu guindée. Tu me la passes ?

— Elle est sortie.

Je me demande où ils sont. Ils habitent ensemble ? Puisqu'il emploie sa voix humaine, je suppose qu'il n'a pas été puni trop durement, finalement, de ses dernières bêtises ? Elsie a tendance à enfermer les gens sous leur forme animale, c'est comme ça qu'elle affirme son autorité sur eux.

Est-ce qu'ils travaillent vraiment ensemble ? Je dois bien imaginer que oui.

— Bon, dis-je du bout des lèvres, tu peux lui dire que je suis OK pour le job. À une ou deux conditions, bien sûr. Je ne suis pas dingue.

— Le job ?

Il n'a pas l'air au courant et j'hésite à me réjouir que leur collaboration ne soit pas rapprochée au point d'impliquer une communication extensive sur les sujets de RH.

— Elsie cherchait un garde du corps pour aller à une foire à Vegas Underground. Elle m'a fait une offre qui expirait cet après-midi. J'ai décidé de l'accepter.

— Elsie ? Un garde du corps ? Toi ?

Ça a l'air de le laisser sévèrement perplexe.

— Ben oui. Tu crois pas que j'ai le profil ? Je l'ai vue danser avec des zombis, et elle m'a pas vraiment impressionnée. Elle est un peu rouillée, ta maîtresse.

— Elsie n'est pas ma maîtresse, gronde Seb.

— T'appelles ça comme tu veux. Bon, je m'éternise pas, j'ai des trucs à faire. Elsie n'aura qu'à m'envoyer son planning par mail. Juste une question : c'est toi qui es venu picorer mon majordome l'autre jour ? J'ai rien compris à ton message.

— Non, fait-il, l'air toujours aussi pris de court. Tu as un majordome ?

Je laisse tomber. Je vais raccrocher quand il m'arrête.

— Attends, Mona. T'es sûre que ça va ?

— Pourquoi ça n'irait pas ?

— Tu vas vraiment bosser pour Elsie ? Qu'est-ce que c'est que cette histoire ?

Je suis lasse d'avoir à me justifier.

— Ben ouais, les temps sont durs.

— Mona, ce n'est pas une très bonne idée.

Je m'énerve :

— Bonne idée ou pas, j'en ai pas d'autre. C'est pas comme si j'avais des tonnes de solutions pour taffer depuis que quelqu'un a pourri ma crédibilité en ville, et j'ai besoin de croûter quand même, alors…

C'est une attaque à peine dissimulée et il se drape dans un silence offusqué. Je raccroche. De quoi il se mêle.

Je tourne dans Garces Avenue d'une main, et de l'autre, je baisse la vitre pour me gorger de l'air chaud du désert, puis je mets la musique à fond. Nobody's Baby, bitches.

Quelques minutes plus tard, je reçois un appel.

— Bonjour, Miss Harker, ici Archibald, le chauffeur de Maîtresse Hannigan.

— Salut, Archie.

— Maîtresse Hannigan est enchantée que vous acceptiez sa proposition.

Je récapitule :

— Rémunération aux conditions négociées hier, mission à durée clairement délimitée, et hors de question de me transformer en quoi que ce soit. J'attends votre contrat.

À mon arrivée au bunker, je trouve dans ma boîte mail un contrat de travail standard. Je le relis, puis je donne mon accord par voie électronique. La réponse d'Elsie ne tarde pas à me parvenir.

Mona,

Ravie de ta décision. Tu peux préparer ton sac, Archibald passera te chercher dès ce soir.

Bienvenue dans l'équipe,

Elsie.

12

Finalement ce n'est pas Archibald qui vient me chercher. C'est Seb, un peu avant l'heure convenue. Je suis en train de fermer mon sac et de finir de mettre de l'ordre dans mon bunker quand j'entends sa voix dans l'allée.

— Mona ?

Deux secondes de plus et sa silhouette s'encadre dans la porte d'entrée, l'obscurcissant avec tout ce noir — de ses chaussures à la pointe de ses cheveux, à l'exception de sa peau dorée, Seb est totalement monochrome. Noir, noir, encore du noir. Un rappel de sa deuxième nature de corbeau.

— Qu'est-ce qui s'est passé ici ? Ton bunker a été assiégé ?

J'hésite à expliquer, puis j'opte pour la version courte.

— En fait, j'en ai fichtrement aucune idée.

Comme je ne sais pas trop quoi dire, je fais les présentations.

— Dis bonjour à Errrgggh. Errrgggh, dis bonjour à Seb.

— Laissez-moi partir, dit le zombi, sans grande surprise. Ce que vous faites là est criminel.

Seb entre chez moi et je me raidis. Je n'aime pas voir des intrus infiltrer mon espace personnel. Il fut un temps où j'ai toléré sa présence dans mon antre, mais ces jours-ci, je ne suis plus d'humeur.

— Attends-moi dehors, je te rejoins dans une seconde, juste le temps de fermer.

Seb semble hésiter, puis il bat en retraite en me laissant respirer.

Je hisse mon sac sur mon épaule puis je ferme la maison.

— Sois sage, Errrgggh.

J'ai décroché le zombi du sas d'entrée. Maintenant, il est suspendu dans une nouvelle installation plus pérenne, du côté fermé du bunker. Juste le temps de mon déplacement à Vegas Underground. Je ne pouvais décemment pas le laisser comme ça à tous les vents. Il sera mieux à l'ombre. J'ai zombi-proofé tout mon intérieur, juste au cas où il arriverait quand même à jouer la fille de l'air.

— On se reparle à mon retour, et on règle toute cette histoire, je lui dis. Si t'es sage, je te ferai entrer chez Marcellin, tu pourras bosser pour lui.

Il commence à protester, mais je lui claque la porte au nez et ses glapissements familiers sont étouffés par l'épaisseur du blindage. Puis je rabats comme je peux la deuxième porte, celle qui ne ferme plus. J'ai laissé un petit mot chez Burt et Julie pour leur souhaiter la bienvenue et leur expliquer la situation au bunker. J'ai fait ce que j'ai pu pour nettoyer le jardin à grande eau.

Seb m'attend dans l'allée. Il inspecte d'un air sceptique la statue qui borde le chemin. Je n'ai pas réussi à enlever la suie qui tache ses mollets nus, et on dirait que Vénus rentre de la pêche aux moules en eaux mazoutées. Je n'ai pas osé employer un produit plus décapant que de l'eau et du savon.

Seb considère le jardin ravagé, la porte du bunker emboutie.

— Mona… Peut-être que tu te sens acculée à une décision drastique, à cause de je ne sais quelles circonstances défavorables. Mais tu n'es pas obligée de travailler pour Elsie.

— J'ai signé son contrat.

— Tu peux toujours démissionner.

— Je peux, mais je veux pas.

Il soupire.

— Tu sais que tu peux me le dire, si tu as besoin d'aide pour régler un problème, quel qu'il soit.

— Non, répliqué-je. Non, je ne sais pas.

Je lui emboîte le pas en silence et nous nous installons en voiture, puis partons sans échanger un mot de plus.

Au bout de dix minutes, j'ai quand même des questions.

— Où est-ce qu'on va ?

— Chez Zeph, répond Seb.

— Quel est le rapport avec Zeph ?

— Tu vas comprendre.

Je me raidis.

— Je préférerais des explications claires tout de suite, si ça ne t'embête pas.

— Zeph te les donnera mieux que moi. C'est son métier.

Je réalise qu'il y a un pan du métier de Zephyro que je ne dois pas très bien saisir, mais je décide de me satisfaire de ces premières garanties. C'est pas demain la veille que quelqu'un arrachera des paroles honnêtes à Sebastian Persson, alors, je ne vais pas me fatiguer. J'ouvre la fenêtre pour profiter de la chaleur du désert, de la rumeur de la ville.

Seb n'est pas disert lui non plus. Il semble tendu, mais ce n'est pas trop mon problème. En tout cas, ça n'affecte pas son style de conduite qui reste fluide et décontracté, voire totalement hyperlaxe au niveau des carrefours. À son habitude, il a roulé les manches de sa chemise noire sur ses avant-bras. Je détourne le regard lorsqu'il s'aperçoit que je l'examine en coin. Quand je détecte le petit sourire qui flotte sur ses lèvres, je décide de mettre les points sur les i.

— Te fais pas d'idées, Persson.

— Moi ? Des idées ? Quel genre d'idées ? Je vois pas de quoi tu parles, Harker.

— Non, justement, c'est ça. On cause pas la même langue.

Il secoue la tête.

— T'es vraiment mal embouchée, ce soir.

— Je suis toujours mal embouchée.

— C'est ce que j'adore chez toi.

— Arrête. J'aime pas les types gluants. Et je pensais que ce serait Archibald qui viendrait me chercher ?

— Il a été retenu, dit Seb.

Bizarre qu'après toutes mes rebuffades ce soient mes questions sur Archibald qui fassent revenir chez lui cet air tendu, contrarié.

Au même moment, mon téléphone sonne, et quand je décroche, la voix douce, légèrement obséquieuse de l'albatros me parvient au bout du fil.

— Miss Harker ? Je suis devant chez vous. Où êtes-vous ?

— Mince, dis-je, désolée. Seb est passé me chercher il y a un quart d'heure. Je suis partie avec lui. Il y a dû y avoir un malentendu entre vous.

— Un malentendu, oui, à n'en pas douter, répète Archibald, incertain.

Je présente mes excuses pour le dérangement et je raccroche.

— Bon, Seb, une fois n'est pas coutume, il va falloir que tu m'expliques à quoi tu joues.

Seb appuie sur le champignon, mais il met un long moment à me répondre, au point que je suis sûre qu'il va encore me laisser dans le noir. Mais finalement sa voix s'élève dans l'habitacle, un peu enrouée.

— Pour aller à Vegas Underground, il faut passer par une… agence de voyages. Et Archibald allait t'emmener chez un prestataire en qui je n'ai pas entièrement confiance.

— Sur les ordres d'Elsie ?

Il n'a pas besoin de répondre, c'est plutôt évident.

— Et toi, tu m'emmènes chez Zeph ? Qui est lui aussi un « agent de voyages » ?

— C'est ça.

— Ton meilleur pote, à qui tu fais entière confiance.

— Autant que sa nature l'autorise, oui.

— Sa nature ?

— Sois patiente. Plus que dix minutes, et tu vas comprendre. Promis.

Eden Schmeden est une des multiples *wedding chapels* de Vegas, ces chapelles spéciales pour mariages express, qui permettent aux touristes, aux stars d'Hollywood et aux gens bourrés en provenance des quatre coins du monde de se coller la bague au doigt dans une bouffée d'optimisme délirant ou d'impulsivité suicidaire.

Mais contrairement à beaucoup d'autres *wedding chapels*, celle-là n'est pas un mignon bâtiment blanc avec une croix sur son joli toit écrasé de soleil, façon petite mission dans la prairie. Eden Schmeden est située au sommet d'un building, sur le toit pour être exacte, au milieu d'un jardin luxuriant. Toutes ses plantes sont en plastique, et vous pouvez toujours courir pour y trouver le moindre signe extérieur de religion.

La première fois que j'y ai mis les pieds, Seb et moi avons crashé un mariage particulièrement kitsch sur le thème de cette série fantastique avec les vampires qui scintillent.

Aujourd'hui c'est plus calme, et je n'arrive pas à

repérer la mariée. D'ailleurs il n'y a pas de femmes, juste une assemblée très bien sapée de mecs en costard sombre et cravate. Ça sent assez fort le cigare, bien qu'on soit en plein air, et il n'y a rien à manger. Rien que des flûtes de champagne qui tournoient dans tous les sens, portées par des serveurs en redingote.

Seb en attrape deux au vol et m'en tend une. Je grommelle un refus semi-poli. J'ai du mal à me rappeler mon dernier repas, alors, je préfère ne pas m'alcooliser au moment de discuter avec Seb. Ou de commencer mon job pour Elsie. Ça ne me paraît pas une très bonne combinaison. Je me rabats donc sur un commentaire sarcastique.

— Classe, je dis. C'est presque comme un mariage où tout le monde serait un père de la mariée. Y a que des vieux beaux de plus de cinquante ans. Je me demande vraiment de quoi ils peuvent discuter, ce qu'ils fêtent.

— Je crois bien que je préfère ne pas le savoir, soupire Seb.

Puis il pose sa flûte qu'il a déjà complètement sifflée, et me fait face.

— Écoute, Mona, si tu veux changer d'avis, tu peux encore. Il y a un genre de point de non-retour, là, maintenant, ici.

— Comment ça ?

— Vegas Underground n'est pas un endroit comme les autres, explique Seb. Pour descendre, il va falloir que tu acceptes leurs conditions. Puis une fois en bas… Elsie n'est pas une employeuse comme les autres.

Ça, c'est l'euphémisme de l'année.

— C'est juste un job ponctuel, je rappelle. Quelques jours.

— La côtoyer est dangereux, même pour quelques jours. Je préférerais vraiment que tu évites.

Je ne dis pas à Seb que j'ai une course urgente à faire en bas, une enquête à conduire pour retrouver Salma et suivre la piste inquiétante qui l'a menée à sa disparition. Je ne lui dis pas que je vais utiliser Elsie, et pas seulement l'inverse. Ça ne le regarde pas. Et je ne vais *certainement pas* l'alerter sur le fait qu'il est un de mes principaux suspects, au même titre que son employeuse un peu spéciale.

— Tu ferais sans doute mieux de rester à la surface, insiste-t-il. Tu n'as pas besoin de fric au point de prendre ce job, tu peux me croire.

— Qu'est-ce que t'en sais ?

— Il y a plein de postes ordinaires à pourvoir à la surface et dans le monde ordinaire pour quelqu'un de débrouillard et de capable comme toi, plaide-t-il.

Je passe mon poids d'une jambe sur l'autre, agacée.

— Non, tout ça c'est fini pour moi. Je ne vais pas revenir en arrière. Pas possible.

— Mais tu *peux* encore le faire, insiste-t-il d'une voix qui est à la fois plus douce et plus pressante. Tu n'en as peut-être pas *envie*, mais tu as encore le *choix*.

Je secoue la tête.

— J'ai le choix, oui, et j'ai un boulot à faire. Mais ne t'inquiète pas pour moi. C'est pas comme si j'accordais à Elsie l'autorisation de me transformer en corbeau. Je ne suis pas complètement stupide.

Il frémit sous l'insulte, puis serre les lèvres, visiblement frustré.

— Je suppose que tu as tes raisons.

— Exact. Je changerai pas d'avis. Et j'accepterai pas non plus n'importe quoi. Elsie le sait déjà.

— Bon, soupire-t-il. Je t'aurai prévenue.

Il essaye de me prendre par le bras, mais je fais un écart pour lui échapper, et finalement, il me précède vers un chapelet de bureaux qui flanque le côté de la terrasse gigantesque, façon portakabin de luxe.

Là, Zeph nous accueille selon son habitude, mi-jovialité, mi-séduction. Ce type semble perpétuellement circuler enveloppé dans son petit nuage perso de phéromones troubles. Il engloutit Seb dans une accolade amicale, et après une ou deux vigoureuses tapes dans le dos, Seb se dégage en rigolant.

— Dis donc, t'as encore forcé sur l'eau de Cologne, mon pote.

— Ça ? demande Zeph avec un sourire innocent et un clin d'œil dans ma direction, ça ? C'est juste mon odeur naturelle, mon cher. C'est parce que j'ai tiré le pactole à la grande loterie de l'ADN. Désolée, Seb, certains d'entre nous sont nés privilégiés. Je t'aime quand même, va.

Leurs préliminaires bromantiques une fois terminés, Zeph se tourne vers moi pour me gratifier de toute la lumière noire de son sourire.

— Alors, Mona, tu ne peux décidément plus te passer de moi ? Tu sais que ça va finir par te coûter quelque chose.

— Zeph, prévient Seb. On a besoin d'un peu de… d'honnêteté et de transparence ce soir.

Zephyro lance à son ami un regard inquiet.

— S'il te plaît, insiste ce dernier. Elsie allait l'envoyer chez Carnale.

Les yeux de Zeph s'agrandissent d'horreur en une mimique qui ne dégrade même pas son sex-appeal.

— Si c'était Carnale l'alternative, vous avez bien fait de

venir ici. Ce mec est un charlatan. Je veux bien qu'on apprécie l'ancienne école, mais là…

— On compte sur toi pour offrir à Mona les conditions les plus avantageuses, dit Seb gravement.

— OK, interviens-je, là vous commencez à me faire un peu peur.

Je me laisse tomber dans un fauteuil de cuir rotatif et j'ordonne :

— Je vous écoute. Explications. Maintenant.

— Tu lui as exposé le système de visas pour se rendre à Vegas Underground ? La réglementation locale ? demande Zephyro à son ami.

Je pousse un grognement frustré. Seb me jette un coup d'œil :

— Je ne crois pas que Mona soit très versée dans les questions juridiques. Il va vraiment lui falloir la version light.

Il se tourne vers moi :

— Mona, tu me fais confiance ?

Si je lui fais confiance ? Bien sûr que non. Pourquoi j'irais faire confiance à Seb ? Il a prouvé à maintes reprises que son grand talent, c'était de me filer entre les doigts. C'est un illusionniste, un type qui ne sait même plus qui il est vraiment. La réalité et lui ne sont pas vraiment copains.

Et pourtant, je sais qu'il ne me poignardera pas dans le dos. C'est bizarre, et je sais bien que je vais me faire avoir si je me fie trop à cet instinct, mais je ne peux m'empêcher de penser qu'il fera ce qu'il pourra pour contourner ses propres limitations.

— Hmpf, fais-je donc.

— Mona, il va nous falloir des réponses plus claires que « hmpf », annonce Zeph.

Mais Seb me regarde d'un air amusé.

— Ça veut dire oui, explique-t-il à son copain. Ça veut dire « Seb, tu me saoules, mais pour cette fois ça ira, je te crois, et sache que si tu me fais faux bond j'irai t'assassiner dans ton sommeil. »

Je hoche la tête.

— C'est à peu près ça. Sauf que je ne t'assassinerai pas dans ton sommeil. Je te réveillerai, pour être sûre que tu souffres.

Seb se tourne vers Zeph, l'air ravi.

— Tu vois ? Je parle le Mona Harker.

Zeph soupire, puis semble prendre une décision. Il a mis la séduction sulfureuse en veilleuse et maintenant, il pourrait presque passer pour un de ces avocats dont on voit les pubs partout en panoramique au-dessus des auto-routes de Vegas : un peu gluant, pas mal faux, mais à part ça, à peu près normal.

Il extirpe d'un tiroir une liasse de documents d'environ douze centimètres d'épaisseur et l'abat sur le bureau juste sous mon nez, avec un grand boum qui me fait sursauter. Seb ne semble pas autrement affecté.

— Te laisse pas impressionner, Mona, dit-il en inspec-tant ses ongles. Il fait ça juste pour le show. C'est une distraction. Il faut écouter ce qu'il dit. Les papiers n'ont aucune valeur juridique là-dessous. Concentre-toi sur ses mots.

Zeph lui adresse une grimace outragée, mais il ne le contredit pas. Je sens que ce trip à Vegas Underground va être des plus instructifs.

— Bien, dit Zeph. Pour descendre à VU, il faut un visa, et pour ça, il faut que tu signes un contrat spécial avec un citoyen de VU.

Voilà qui ne démarre pas très bien.

— Avec un citoyen de Vegas Underground ?

— Oui.

— Et ça, ajoute Seb, c'est Zeph.

— Toi ? T'es un citoyen de « VU » ? Tu habites là-bas ?

— Oui et non. Je suis une sorte de… d'ambassadeur.

— Ambassadeur ? Ou agent de voyages ?

— Désolé, Mona, soupire Zeph, ça n'a pas vraiment d'équivalent à la surface.

— Bon, arrête de tourner autour du pot. T'es quoi ? T'aimes pas les bondieuseries, tu tombes dans les pommes quand on évoque les êtres célestes, t'es un citoyen du sous-sol, tu bonimentes et t'adores les contrats… T'es un démon, c'est ça ?

— Je n'aime pas trop ce terme, minaude Zeph. C'est vraiment raciste. Je préfère « citoyen de Vegas Underground », tout simplement.

— Et à ce titre, complète Seb, il jouit de quelques privilèges…

— En tant que partner junior d'Eden Schmeden, je peux t'inviter à venir visiter ma cité natale, déclame Zeph avec un bon gros sourire de vendeur d'aspirateurs. Il faut juste que tu m'épouses.

J'explose de rire. Puis je m'interromps quand je m'avise qu'il est sérieux.

— Nan, j'y crois pas. C'est une blague.

Mais apparemment, ce n'est pas une plaisanterie. Il est sérieux, même, il est tellement sérieux qu'il monte sur ses grands chevaux.

— Tu veux aller chez Carnale ? Parce que lui, il prendra ton âme en caution, et quand tu voudras la récupérer, il trouvera toujours un vide juridique pour oublier de te la rendre. Tu veux que je te raconte ce qu'il a fait à cette dame la semaine dernière ? Il lui a fait le coup des soixante jours, et quand elle l'a mis en demeure de lui restituer son âme tout de suite, il l'a fait pousser sous un bus. Et il a gardé l'âme. Et selon la loi de VU, selon tous les accords diplomatiques, il était dans son bon droit, parce qu'elle avait signé le contrat. C'est ça que tu veux, Mona ?

Je le dévisage, sidérée.

Enfin, pas plus d'une seconde ou deux. Parce qu'ensuite je plisse les yeux.

— Celui qui s'avise de me faire ça, je te jure que j'aurai pas besoin de mon âme pour lui faire la tête au carré.

Cette fois c'est Zephyro qui rit.

— Tu es bien mignonne. Si tu veux, notre mariage, on pourra le consommer.

Seb lui lance un regard noir et Zeph rétropédale :

— T'inquiète, tout est cool. Ce sera un mariage blanc. Juste pour les papiers. Enfin, y aura une messe noire. Mais Seb est mon pote et ses amies psychopathes sont mes épouses virginales. Tout va bien se passer.

Je suis contrariée à la perspective de me marier avec Zeph, évidemment, je ne suis pas dingo, c'est une idée à coucher dehors. Mais si on parle d'un mariage blanc, je pourrai toujours demander plus tard à ce qu'il soit annulé. C'est lourdingue, mais les gens le font tous les jours, surtout ici à Vegas, c'est pour ça que les avocats ont été inventés. Et puis, c'est pas comme si j'avais quelque chose à mon nom et qu'un accord prénuptial était nécessaire. À part Errrgggh le zombi et mon ordinateur portable, ma fortune se monte à quatorze dollars et un huitième de plein d'essence. Et mon 4x4, oui, c'est sûr. Mais celui qui touche à mon 4x4, je le bute.

Le téléphone sur le bureau se met à sonner et Zephyro décroche, puis s'embarque dans une conversation animée en italien.

Seb en profite pour essayer de me dissuader à nouveau.

— Tu vois que c'est pas une bonne idée de descendre à VU ?

— Tu rigoles, je dis. Je vois pas le problème. J'épouse Zeph, c'est une formalité, je comprends.

OK, j'en rajoute peut-être un peu parce que je vois bien que ça le contrarie. Il se frotte le crâne en faisant une drôle de tête.

— Les institutions, ça ne veut rien dire pour moi, t'es au courant.

— Mais tu te représentais peut-être ton mariage autrement que par une messe noire dans un ascenseur ? Quand tu étais une petite fille, tu rêvais peut-être d'autre chose ?

— Naaaaan… pas vraiment. Je suis pas une romantique.

— Mona…

Tout à coup Seb s'interrompt pour fixer Zephyro. Je demande :

— Tu comprends ce qu'il dit ?

Il me fait signe de me taire. Zephyro raccroche.

— C'était Anna, à l'accueil. Elle dit que le chauffeur d'Elsie est arrivé et qu'il vient chercher Mona pour l'emmener chez Carnale. Que c'était dans une clause du contrat que tu as signé.

— Hein ? Mais non, pas du tout. Et puis quoi encore.

— Je vais aller le retenir, décide Seb. Mona, tu n'as qu'à aller avec Zeph, et on se retrouve en bas. Archibald ne prendra pas l'ascenseur. Il doit passer par chez Carnale pour descendre.

Seb disparaît aussitôt et Zephyro se tourne vers moi, tout sourire et yeux de velours.

— Allez, ma belle, l'amour n'attend pas !

Je roule des yeux exaspérés et je le suis.

— T'as déjà combien de femmes ? je lui demande.

— Cinquante-quatre.

— Et tu aurais pu prendre leurs âmes ?

— Oui, acquiesce-t-il. C'est plus lucratif. Mon patron voudrait que fasse un meilleur chiffre sur les âmes, mais avec les femmes, c'est plus fort que moi, je n'y arrive pas. Je ne peux pas leur résister.

— En fait, je dis, t'es un vrai cœur d'artichaut.

— C'est ça. Viens. Ascenseur nuptial numéro 5.

Il me guide d'une main dans le creux du dos, jusqu'à ce que je le remette à sa place.

— Et Seb ? je demande. Qu'est-ce qu'il t'a donné pour descendre ? Son âme ? Ou bien tu l'as épousé lui aussi ?

— Je ne sais pas, dit Zephyro, j'étais trop petit à l'époque où il a décroché son visa permanent.

Hein ?

— Tu crois qu'il a donné son âme à quelqu'un ?

Mais le « citoyen de VU » esquive.

— Viens, ascenseur nuptial numéro 5, dépêche-toi, ça va commencer.

14

———

— Zeph, tu peux arrêter de dire « ascenseur nuptial », steuplaît ?

Si j'en crois le panneau des boutons de l'ascenseur, nous nous apprêtons à descendre de trois cent cinquante étages. Et si je me fie au type en habit noir qui se tient devant nous avec un chapeau à cornes de bouc et un sourire de téléachat, il est aussi question d'une cérémonie un peu, euh, alternative.

Les portes ne se sont pas plus tôt refermées que l'ascenseur entre en mouvement.

— Jeune homme, pitchez vos vœux, dit aussitôt le type à cornes.

Zephyro entonne :

— Mona Harker, depuis que je t'ai rencontrée, j'ai envie de te dévoyer et de noircir ton aura. Si tu me dis oui, je t'offrirai un cocktail gratuit à la taverne Mephistopoulos de la place centrale, une réduction de trente pour cent à l'hôtel DeProfundis pour notre nuit de noces, un certificat en papier avec un photomontage de nous deux dans une étreinte renversante. En échange, tu me devras fidélité éternelle, sauf clauses A), B) et C) du mode d'emploi. En cas de rupture de contrat, ton témoin ici absent, Sebastian Persson, magicien à Las Vegas, sera passible d'une amende de trente coups de bâton et d'un coup de pied au derrière. Qu'est-ce que tu en dis ?

Il susurre à mon oreille :

— T'inquiète, c'est classique, pour le folklore essentiellement. Les touristes adorent.

Les deux types me regardent d'un air encourageant.

— Non, je dis. Je crois pas que ça va le faire.

— Comment ça non ?

— Voilà mes vœux pour toi, Zeph : je suis d'accord pour un mariage blanc qui ne sera jamais consommé de près ou de loin et si tu m'appelles « mon épouse », je t'éviscère. Je me fous de tes bons de réduc, sauf peut-être celui de la picole, s'ils font des bonnes margaritas. Hors de question que je te jure fidélité. Et si tu touches à Seb, je te transforme en paupiette géante. Ça te va ?

Le type à cornes me dévisage d'un œil réprobateur, mais Zeph semble satisfait.

— Charmante ! OK. Voici ton visa.

Le type à cornes lui tend deux alliances qui ont l'air d'être en inox. Zeph m'en passe une au doigt puis enfile tout seul la deuxième.

— Je vous déclare mari et femme, dit le type à cornes.

— De toutes mes femmes, affirme Zeph, tu es ma préférée.

Je regarde le panneau d'affichage, nerveuse.

— Plus que cent étages, constate Zeph. Ça laisse le temps pour un bisou.

— T'approche pas.

— Bah, fait Zeph, philosophe, tu y viendras un jour ou l'autre. Je tiens un fichier Excel. 64,5 % de mes femmes ont déjà succombé à mes charmes. Il y a des avantages.

— Ouais, mais non. J'ai plutôt une question pour toi. Il y a un registre des gens qui visitent VU ? Je peux le consulter ?

— Hum, pas vraiment.

— Pas vraiment de registre, ou bien je ne peux pas vraiment le feuilleter ? Je cherche quelqu'un. C'est important. Ne me dis pas que tu refuserais ça à ta chère et tendre ?

Il hésite.

— Ça ne sera pas gratuit, dit-il.

— Combien ?

J'ai pas un radis, mais il n'est pas au courant.

— Six mois de ta vie, dit Zephyro.

— Quoi ? je fais, horrifiée.

— C'est le tarif. Et c'est pas cher payé. Rappelle-moi pour me faire connaître ta décision. On arrive.

L'ascenseur s'arrête, les portes s'ouvrent sur Seb, tout en noir, les mains dans les poches et l'air particulièrement sombre. Je sors et je lui colle un pain.

15

———

— **M**ais pourquoi t'as fait ça ? demande Seb en se massant la pommette tandis que l'ascenseur repart avec mon nouveau mari et son pote à cornes.

— J'en sais rien. Tu m'énerves.

Et c'est vrai : j'en sais authentiquement rien. C'était un pain réflexe.

— OK, dit Seb doucement. Comment ça s'est passé ?

— À ton avis ? Il m'a demandé de lui jurer fidélité sous peine pour toi de recevoir trente coups de bâton. J'aurais dû accepter, tiens. Ça a failli, remarque. Vu comme tu avais pris soin de bien me briefer. J'ai vraiment retenu mes réflexes jusqu'au tout dernier moment.

— Quel abruti, juge Seb. Il fait toujours des plaisanteries tangentes, et après ce sont les potes qui écopent. Ce n'est pas un mauvais bougre, cela dit. Tu aurais pu tomber pire.

J'ai fait la bravache mais toute cette situation absurde commence à vraiment me mettre mal à l'aise et j'ai hâte de passer à l'action.

— Bon, où est Elsie ? Je vais passer la voir et vérifier si le programme ne change pas, puis je ferai un tour pour visiter.

J'ai surtout l'intention de mener mon enquête et je cherche aussitôt à m'orienter. Ça s'avère plutôt difficile.

Derrière le type en noir qui a semble avoir cette capacité unique à focaliser ma colère, ce que je découvre ne ressemble pas vraiment à… en fait si, ça ressemble à mort à ce que je connais.

L'entrée de Vegas Underground est une énorme batterie d'ascenseurs qui débouche sur un hall d'accueil géant. Vous prenez un hôtel de Vegas particulièrement kitsch, comme par exemple le Luxor, excellente référence en matière de gigantisme bizarre. Vous multipliez tout par quatre ou cinq, en ajoutant des écrans géants encore plus lumineux, des musiques encore plus acidulées, et une décoration encore plus barrée. Vous y êtes ? Non ? C'est normal. L'esprit humain n'est pas équipé pour contenir un tel concept. C'est… Vegas en mieux. Ou en pire. J'ai plus les mots.

Vingt minutes plus tard, nous avons traversé au pas de course une succession de salles toutes plus immenses les unes que les autres. Certaines hébergent des jeux de casino, d'autres des cours de gym du troisième âge, d'autres encore des spectacles son et lumière. J'ai aussi compté deux salles de bingo, trois restaurants géants, une patinoire, un bowling à cinquante pistes, une garderie, sept *mini-malls* pleins de magasins de souvenirs, un hall de gare, le tout tapissé de moquettes si psychédéliques que la tête me tourne.

— On ne pourrait pas prendre par l'extérieur ? J'aimerais bien respirer un peu.

Seb me regarde comme si j'étais fada.

— Mona, il n'y a pas d'extérieur ici. On est sous terre.

Ah. Mince. J'oubliais ce détail. J'imaginais une ville sous la ville, avec des buildings et des routes, mais je comprends maintenant que c'était un délire. Vegas sous Vegas est comme un gigantesque hall des expositions. Comme Vegas, en fait, si on se cantonnait à l'enfilade des casinos qui communiquent tous entre eux pour mieux vous désorienter et vous enlever l'envie de retourner à la réalité. Vegas Underground a poussé cette logique jusqu'à l'extrême.

J'ai tout à coup l'impression que les murs se rapprochent.

— Essaye de te repérer, conseille Seb, les volumes ont tendance à être reconvertis sans préavis, un jour c'est un salon du vin, le lendemain c'est une piste de danse, et le samedi, ça se transforme en hammam. Il faut se fier à son sens de l'orientation. N'écoute surtout jamais le personnel. Ils ne sont là que pour embrouiller les visiteurs.

— Et on pourrait pas se procurer un plan ?

— Ça dépend. Tu tiens à tes cheveux ? Moi, je les aime bien et ça me chagrinerait que tu les laisses au comptoir.

Je fais la grimace, puis me résous à suivre d'un pas rapide ses enjambées immenses tout en me demandant comment je vais trouver mon chemin dans cet endroit horrible.

— Et niveau magie, créatures, ici, c'est comment ?

Il hausse les épaules.

— Tout tient sur la magie, évidemment. Je veux dire... l'architecture du lieu est théoriquement possible, mais tu ne la rencontreras pas dans la nature. On est juste sous les ley lines de Vegas. Et on est plus près de la magie que les rues de la surface. C'est tout l'intérêt de cette situation géographique : accéder à l'énergie sans restriction.

— Je suis vraiment étonnée que la douane laisse faire un truc pareil.

— La douane s'est fait avoir dans le deal originel de fondation de Vegas Underground, explique Seb. Il a été négocié par des gens comme Zeph, Carnale, Elsie. Les douanières ont un peu sous-estimé leur créativité.

— Donc ici, il n'y a que des parias et des dingues de magie ?

— Et des humains, soupire Seb. Les gens viennent pour des vacances ou pour un truc important, ou pour fuir la surface, et souvent, ils restent coincés ici. La ville est en plein boom, tout le temps.

Je déglutis, mal à l'aise.

— Et toi ? Tu passes beaucoup de temps ici ? Zeph a mentionné un visa permanent ?

— Moi… je fais partie de l'entourage d'Elsie.

Voilà, c'est dit. J'hésite, je bute un peu sur ma formulation.

— Tu lui appartiens ?

Il secoue la tête d'un air agacé.

— C'est plus compliqué que ça.

— Tu essayes encore de lui échapper ?

S'il a encore monté un coup pour voler de la magie afin de se soustraire à l'autorité d'Elsie, est-ce que ça pourrait expliquer la fuite que Salma et moi avons constatée dans les ley lines ?

Sa réponse se lit clairement sur son visage : bien sûr qu'il est continuellement à la recherche d'un plan foireux pour échapper à Elsie. Et en même temps, il n'a pas l'air d'y croire lui-même. Je parie que c'est une sorte de jeu entre eux. Au fond, je suis convaincue qu'il ne veut pas vraiment se faire la malle.

J'ai beau le savoir pertinemment, ça me donne le tournis, ça s'ajoute à la liste d'impressions déroutantes de la soirée, qui commence à s'allonger de manière inconfortable.

Vegas Underground est clairement conçu pour te faire perdre tous tes repères. C'est une zone de non-droit et de non-orientation, le havre idéal pour des gens comme Seb et Elsie. Du coup je me mets à dérouler en boucle la liste de mes objectifs, juste pour garder la cible en ligne de mire.

1. Chercher des petits sorts minuscules ou un monolithe maous (pour le monolithe, ça va être compliqué).

2. Saisir toutes les occasions d'espionner Elsie qui prépare sûrement quelque chose de louche.

3. Chercher Salma.

Je demande à Seb :

— Salma Trenton, ça te dit quelque chose ?

— Qui ça ?

Je le scrute avec attention. Sa confusion semble authentique.

— Qui c'est ? interroge-t-il. C'est à cause d'elle que t'es descendue ici ?

Je hoche la tête.

— Je la cherche. J'ai un bouquin à lui rendre et des questions à lui poser.

— Et elle serait à VU ?

— Je pense que quelqu'un à VU sait où elle se trouve, oui.

Il hausse les épaules.

— Ça ne me dit rien du tout, désolé.

— OK. Je te crois.

Voilà qui semble le détendre un peu. Je me rends compte qu'il accorde toujours du prix à mon opinion. Il me l'avait déjà avoué et j'avais oublié ce souci surréaliste de me convaincre.

J'en profite.

— Parle-moi de la fameuse foire. Qu'est-ce qu'Elsie va y faire ?

Il s'éclaircit la gorge, l'air très embarrassé.

— Ce sont les affaires d'Elsie, je n'en sais pas plus. Tout ce que je peux te conseiller, c'est de ne rien signer avec elle, de ne rien accepter verbalement. Tu fais ce que stipule ton contrat, mais tu n'acceptes aucune autre mission, de personne, OK ? Même pas de moi.

Je souris.

— Détends-toi. Depuis quand je fais ce qu'on me dit ?

Les coins de sa bouche se retroussent furtivement, mais il retrouve vite son sérieux.

— Je sais. N'importe quelle personne avec une tête juste un peu moins dure, je ne l'aurais pas laissée entrer ici.

Je plisse les yeux.

— Genre tu pouvais m'empêcher de descendre.

Il se tait un moment, puis concède :

— Elsie te voulait aussi ici, donc je suppose que ça aurait été difficile.

— Elle va essayer de me recruter pour son bestiaire ?

Nouveau silence gêné. Puis :

— Je ne sais pas grand-chose, et de toute façon je serai puni si je parle trop.

Je suis prise d'une vague de nausée. Quand Elsie punit

Seb… elle l'enferme dans une volière. Seb baisse la tête et conclut :

— Si je perds la liberté d'aller et de venir, ce sera… pas bon du tout. Désolé.

Merci pour la confirmation. C'est un piège, évidemment que c'est un piège. Je m'en doutais en descendant. Elsie n'a pas besoin d'un garde du corps ; elle veut juste me transformer en putois ou en hyène ou en mygale ou en bernard-l'ermite, pour se venger. Bien sûr que je le sais. Mais elle n'a aucune raison d'y arriver. Tout va bien se passer. Je peux faire confiance au bloc de granit qui me sert de crâne.

Nous dépassons un pâtissier-glacier qui propose au bas mot un bon millier de parfums différents. Il y a tout et n'importe quoi. Je lis en passant : chocolat… ail… boudin rouge… transpi… Chanel numéro 5… crème Nivea… cannabis… humeur vitrée... quel endroit bizarre. Il faut le ton préoccupé de Seb pour m'arracher à une sorte de fascination horrifiée :

— Je dois quand même te signaler un truc. Je suppose qu'Elsie n'a pas dû t'en parler. La foire en question. C'est une foire pour recruter des… créatures de compagnie.

Je m'arrête net, la colonne vertébrale électrisée par un frisson.

— Des créatures ? Comment ça ?

Il m'absorbe dans ces yeux noirs insondables et décline sa propre liste des parfums.

— Des animaux. Des humains. Des aliens. Des esprits. Des essences. Des métamorphes. Des monstres. C'est le plus gros salon mondial du dressage, de l'élevage et de l'esclavage, et il s'ouvre demain matin.

16

———

Quand je trouverai Elsie, je lui… je lui cracherai à la figure. Puis je lui collerai un pain comme tout à l'heure à Seb.

— Mona.

On a continué à tracer le long d'une piscine à balles, d'un terrain de futsal, d'une piste de danse de salon, d'une salle de black jack, d'un fumoir, d'un fast food… Aveuglée par ma détestation d'Elsie Hannigan, j'ai perdu le fil.

Seb me tend un sac en papier.

— Arrête de fulminer et mange ça. On est presque arrivés.

Je prends le sac en papier d'un geste rageur et j'en extirpe un hamburger à quatre étages. L'eau me monte instantanément à la bouche.

— Il vaut mieux éviter de consommer ce qu'Elsie te propose, explique Seb.

— Quoi ? répliqué-je d'un ton angoissé. Mais 60 % de mes raisons d'accepter ce job, c'était pour manger à ma faim !

— Désolé, dit-il en haussant les épaules. Elsie a l'habitude d'enchanter la nourriture.

Zut. J'avais déjà envie d'étriper Elsie, et là c'est décidé, je vais lui arracher les ongles.

Le hamburger est trop bon.

— Aaaaaaah. Mon âme pour un co… hmpf.

J'allais dire « coca » mais la main de Seb a jailli pour m'empêcher de finir.

— Mais t'es dingue ! chuchote-t-il, furieux, sa main plaquée sur ma bouche. Imagine si quelqu'un t'avait entendue. On plaisante pas avec ça ici. Ni d'ailleurs avec Zeph. Ni jamais, nulle part !

Il enlève sa main et je grommelle un « OK, c'est bon, pas la peine de partir sur tes grands chevaux », tout en avalant une bouchée de viande qui a curieusement un petit goût de Seb.

Il fait une drôle de tête et je m'énerve.

— Oh, ça va, arrête de me regarder comme ça !

On finit le trajet en fulminant chacun de son côté, et heureusement, l'hôtel d'Elsie n'est plus loin.

———

ON Y ACCÈDE par un ascenseur style seventies (mosaïque marron avec des bouts de miroir, moquette orange, musique funk) coincé entre un Dunkin Donuts et une boutique qui vend des chaussettes fantaisie. La moquette est d'un autre monde. Mais arrivés au quinzième, ce n'est pas du tout la même histoire. Il faut composer un code et les portes coulissantes de la cabine s'ouvrent directement sur une suite luxueuse. Je parlerais bien de penthouse, mais pour la vue, vous repasserez. Les immenses baies vitrées donnent sur des aquariums où évoluent de gros requins. Au moins, Vegas Underground a ça en commun avec la surface, cette passion incompréhensible pour les squales.

— Ce sont des animaux de compagnie à Elsie ? je demande. Elle s'est recyclée dans la poiscaille ?

Seb me fait signe de me taire et me conduit à travers un dédale de petits salons. Pour le mobilier, c'est un mélange de styles, du moment qu'il y a des animaux. Je repère une statue d'éléphant, un ours empaillé, un fauteuil avec des bois de cerf. Elsie aime les trophées de chasse et les bibelots.

Elle tient salon dans une pièce qui n'est pas la plus vaste de la suite, mais qui est de loin la plus agréable. Seb et moi entrons sans nous annoncer et Elsie ne lève même pas la tête. Elle est assise à une petite table ronde avec deux autres personnes, une jeune femme très brune, très blanche, et un homme qui doit être le frère de cette dernière, tant il lui ressemble.

Arrivée au milieu de la pièce, je suis frappée d'immobilité. Incapable de faire un pas de plus.

Seb m'a dépassée et il s'arrête à mi-chemin pour se retourner vers moi.

— Mona ! Viens, qu'est-ce qu'il y a ?

Je veux bien avancer, mais c'est impossible. Le type qui est assis avec Elsie — je le connais et je ne peux pas m'approcher de lui.

Les souvenirs affluent en masse, avec la vivacité brutale d'un clip de rap. Je me vois encore, adolescente, tomber sur un inconnu en rentrant chez moi dans la nuit. Tout me revient en bloc : sa voix suave, ses yeux durs, et le froid intense qui m'a paralysée quand il a essayé de me piquer mon sang et ma vie.

Lorsqu'il y a peu de temps j'ai rencontré Big Boss Black, alias B3, mon ancien patron, celui qui a tenté de me tuer par congélation magique, j'ai fini par comprendre que le dangereux inconnu de mon adolescence était peut-être un genre d'« homme froid » lui aussi.

En tout cas, j'ai failli y passer cette nuit-là, il y a sept ans. Mais j'ai survécu, je suis rentrée chez moi, j'ai dormi dix-huit heures. Quand je me suis confiée à mes parents, ils ne m'ont pas crue, vu que les vampires, ça n'existe pas. Seulement, quelques jours plus tard, il y a eu une autre victime — une fille plus jeune, sans doute plus fragile ou un peu moins butée que moi.

Le type qui prend le thé avec Elsie ressemble comme deux gouttes d'eau à cet inconnu croisé il y a si longtemps. Il a cette sorte de… signature, un froid que je reconnais, qui me reconnaît aussi. Aucun doute n'est possible.

Elsie lève la tête et me sourit. La fossette se creuse dans sa joue et ses yeux pétillent d'une lueur à la fois accueillante et moqueuse.

— Ah ! Mona. Viens t'asseoir. Tu dois avoir faim, tu veux manger quelque chose ? Ou boire ?

— Nan, merci, je dis, sans parvenir pour autant à me déraciner du sol ou à respirer correctement.

Seb fronce les sourcils.

— Mona, ça ne va pas ?

Je lui jette un regard courroucé. Sa sollicitude m'embarrasse au plus haut point. Je ne tiens pas à montrer la moindre faiblesse devant ces gens. Je suis peut-être terrifiée, mais pas question de me laisser impressionner.

Alors, je prends sur moi, je réunis toute mon énergie,

toute ma haine envers Elsie qui prend les gens pour des jouets, et je décolle mes pieds du sol, l'un... après... l'autre... et je m'approche de la table.

Le sourire d'Elsie se fait appréciateur et à l'expression de son visage je SAIS, sans l'ombre d'un doute, qu'elle a fait venir cet invité-là exprès pour moi. Elle est au courant.

En partie pour me laisser le temps de me resaisir, je baisse les yeux sur la table ronde. Entre les tasses de thé et les pâtisseries, une planche quadrillée de bois poli, d'apparence très ancienne, est couverte de petites pierres rondes blanches et noires. Derrière la régression de leur goûter, il y a quelque chose de solennel dans la façon dont ils sont assis tous les trois autour de cette table. Je dirais que ça sent à moitié le rite, et à moitié le concours de quéquette. Je me demande bien ce qu'ils fabriquent.

— Vous jouez à quoi ? Au go ? Vous avez quoi, quatre-vingt-dix ans ?

Ça les fait marrer et du coup, je me cherche aussitôt une autre idée pour les énerver. Je suis pas mal sûre qu'Elsie ne pourra rien faire contre moi sans mon consentement. Elle s'adresse aux deux autres :

— Vous ne connaissez pas encore Mona. Elle travaille pour moi. Elle va certainement rester.

— Ça m'étonnerait, je dis.

— Enchantée, dit la jeune femme très blanche et très brune, un peu distraitement, sans me tendre la main, sans faire le moindre geste dans ma direction. Je m'appelle Naomi.

Ses cheveux sont juste d'un ton plus clairs que ceux de Seb, et bouclés. Avec ses yeux d'un brun ambré, sa peau pâle, elle est jolie, mais glacée.

— Donc toi aussi t'es un homme froid, enfin, une femme froide ? Je demande avec curiosité.

Naomi rit et se tourne vers Elsie :

— Elle est amusante, tu l'as trouvée où ?

J'ouvre la bouche pour lui rappeler que je suis là et que c'est pas poli de parler des gens à la troisième personne quand ils sont juste sous votre nez, mais Seb me retient d'une main sur le bras, et pour une raison obscure, j'écoute son signal.

Elsie répond à son invitée :

— C'est Sebastian qui me l'a rapportée. Mais John la connaissait déjà, pas vrai John ?

Du coin de l'œil, j'aperçois l'homme froid qui opine du menton, sans pouvoir m'obliger à le regarder en face.

— Ça n'arrive pas tous les jours, concède-t-il. Une survivante. Je n'en laisse pourtant pas beaucoup.

J'en reste baba. Ce type est en train d'avouer explicitement qu'il est un serial killer, et les deux autres acquiescent, oui, oui, tu as raison, c'est intéressant.

Les yeux d'Elsie me quittent pour se poser sur Seb, qui semble tout à coup très perturbé. Il ouvre la bouche pour dire quelque chose. Il va m'expliquer ce qui se passe ici. Mais il n'en a pas le temps, car soudain l'ordre d'Elsie claque :

— Ici, mon corbeau.

Et sous mes yeux, Seb devient corbeau.

C'est un processus d'une beauté terrifiante. Je crois assister à toutes les étapes de sa transformation, et pourtant, elle est instantanée, totale et sans transition. Le grand type disparaît et à sa place, un oiseau noir va se percher sur l'avant-bras d'Elsie, gainé d'une manchette de protection en cuir bleu nuit.

J'ai poussé un hoquet audible et tous les regards se sont posés sur moi, aussi froids que ceux de trois rapaces. Puis Elsie se concentre sur l'oiseau, pour le tancer.

— J'avais envoyé Achibald, ce n'était pas ton rôle d'aller la chercher, Sebastian.

— J'avais pas compris, se défend le corbeau.

— Ce n'est pas ton genre. Tu es plus vif d'esprit, d'habitude.

— Désolé, craille Seb en baissant la tête. Pas la peine de punir.

— Non, rassure Elsie, je ne vais pas te punir, j'ai besoin de ton aide. Mais je te donne un blâme. Ne recommence pas.

Je suis restée vissée au sol, partagée entre une puissante envie de me barrer d'ici, et de la pitié pour Seb. Elsie lui fait manger un truc dans le creux de sa main et je me remémore son conseil — ne mange pas ce qu'elle te sert. Les deux autres s'intéressent à moi maintenant. Naomi m'interroge, d'une voix éthérée :

— As-tu ressenti des effets secondaires, après John ?

— Euh, bof, quel genre d'effets secondaires ?

À part un gros coup de barre suivi d'un besoin violent de zigouiller tous les monstres ?

— De la magie ? suggère Naomi.

— Non. Pourquoi, j'aurais dû ?

Mais ça y est, j'ai perdu son attention. Elle se plonge dans l'examen de son smartphone. À ce propos, j'espère que ça capte dans ce trou.

— Tu en es sûre ? insiste John, sourcils froncés, l'air vexé. Pas de magie du tout ?

Elsie se met à rire.

— Mais non. On ne fait pas basculer les gens comme ça, John. Il faut du doigté. Même toi.

— Son potentiel était sans doute insuffisant, gronde John, visiblement contrarié.

Même sa voix m'agresse, c'est comme si on me limait les os au papier de verre.

Je suis tenaillée par l'envie de réclamer mon planning à Elsie et de me tirer, mais je commence à me demander si je ne devrais pas assurer un peu mes arrières. Ce serait peut-être bien d'avoir une arme, juste au cas où. Je pense au sort de Brit-Brit dans ma poche. Si l'expérience de Brit-Brit fonctionne, et si l'un de ces zouaves fait de la magie devant moi, je serai théoriquement capable de l'imiter. Ça fait beaucoup de si, mais avisant une cible de fléchettes sur le mur, je croise les doigts pour que mon idée marche et je demande à John :

— Alors comme ça, toi, t'as de la magie ? Sérieux ?

— Évidemment que oui, sourit Elsie, la fossette soudain narquoise. Enfin, quand il arrive à se concentrer.

On dirait qu'elle aussi elle le cherche. J'ai un flash-back de ses échanges avec B3, lorsqu'ils se sont croisés il y a quelques semaines. On aurait dit des gamins du primaire.

— Mouais, je dis, j'y crois pas trop.

— Mona, croasse Seb.

— Tais-toi, corbeau, dit Elsie, une pointe d'airain dans la voix.

— Comment oses-tu mettre en doute ma magie ? grince John.

Cette fois je sens sa colère, douloureuse — j'ai l'impression qu'on me glisse des aiguilles de glace sous la peau.

Je m'oblige à hausser les épaules avec une nonchalance de façade.

— Je viens du monde ordinaire, je ne crois pas à ces choses-là.

— C'est normal qu'elle soit sceptique, John, taquine Elsie. Et si tu lui faisais une démonstration de ta puissance ?

John la considère d'un air blasé, incrédule.

— Tu cherches juste à voir dans mon jeu. Même venant de toi, Elsie, c'est cheap.

De quoi ils causent, là ?

— On s'en fout de la puissance, je dis. Ce qui est important, c'est le doigté, la précision. Tiens, t'arriverais à mettre une fléchette en plein dans le mille d'ici ?

Je désigne la cible accrochée au mur voisin.

— Chérie, glisse Elsie, à cette distance, j'y arrive même sans la magie.

— OK, je dis, alors, une combinaison de force et de précision. C'est ça le plus dur, au fond, non ? Est-ce que tu saurais planter ta fourchette à millefeuille dans la cible, là, par exemple ?

— Pfff, fait John.

— Je me demande s'il en est encore capable, s'amuse Elsie. Vois-tu, Mona, John n'est plus exactement de la première jeunesse. Je le soupçonne même parfois d'être guetté par le gâtisme.

Elle s'adresse à moi comme une amie, créant l'illusion parfaite de la complicité taquine. Elle est très forte pour ça. La première fois qu'on s'est vues, je suis tout de suite tombée dans le panneau. Je me raidis, et John aussi.

Puis il murmure quelques syllabes que je fais de mon mieux pour retenir (j'ai pas fait latin, moi), il fait un geste de la main, et bam. Dans un éclair vermeil, sa fourchette à dessert vole vers le mur, ébouriffant au passage les plumes de Seb qui proteste avec un croassement furieux, et va se planter dans la cible au cœur des cercles concentriques, en plein dans le rouge, délogeant même une fléchette attardée.

Elsie éclate de rire en caressant le corbeau qui bat des ailes, clairement énervé.

— Tout doux, mon cher John, je te prie. On est entre gens civilisés.

Elle sourit toujours mais j'entends dans sa voix un froid glacial qui n'a rien à envier à celui de B3 ou de ce John.

Je vais à la cible, et je constate que la fourchette est plantée dans le mur jusqu'à la garde. La feutrine est pleine de crème pâtissière.

Je me demande combien d'Anim John dépense quand il lance un sort comme celui-là, à la louche. Je me demande si les limitations magiques évoquées par Brit-Brit l'autre jour s'appliquent aussi à Elsie et à sa bande de copains bizarres. Je ne suis pas sûre qu'on puisse les considérer comme des praticiens ordinaires de la magie. Black n'a eu aucun mal à mettre Britannicus au tapis, tout sorcier de catégorie 1 que ce dernier puisse être. Et ensuite, Elsie n'a fait qu'une bouchée de Black. Même Seb carbure à la magie. Je me demande combien ça fait dans cette pièce, en équivalents-sorciers-ordinaires. Assez pour expliquer la méga fuite de potentiel dans les égouts ? Seb n'a pas l'air de connaître Salma, mais Elsie ne lui dit pas tout. Elsie et ses deux charmants amis pourraient définitivement être responsables de ce qui est arrivé à Salma.

Trouve les Anim, et tu trouveras la fille disparue, j'imagine.

— Mouaif, je dis, pas mal.

— Pas mal ?

Ça y est, John est furieux, et recommence à radoter dans une langue ancienne bizarre, et faire des grands moulinets de poignets. Elsie l'arrête d'une voix blasée :

— John, souviens-toi que tu es un invité chez moi et que Mona est mon employée. Pas de geste déplacé, je te prie. Tu connais les règles du jeu.

— Toi aussi, j'espère que tu les connais, crisse John.

Malheureusement, ni l'un ni l'autre ne se donne la peine de les énoncer à voix haute. Dommage, ça aurait pu m'éclairer, parce que là, je ne comprends pas tout.

— Ça vous défriserait de me dire à quoi vous jouez, à la fin ?

Elsie se tourne vers moi.

— Mona, arrête d'énerver John, son self-control n'est pas très bon. Et les affaires des grandes personnes ne te regardent pas, non.

J'ouvre la bouche pour grommeler que dans ce cas je vais jouer ailleurs, mais Elsie prend les devants.

— Ouah, baille-t-elle, il est très tard, et demain, la journée va être chargée. Moi, je vais me coucher. Mona, Archibald va te montrer ta chambre. John et Naomi, faites comme chez vous, mais n'oubliez pas que vous êtes chez moi, OK ?

Et elle s'en va, impériale dans sa robe bleu nuit, son corbeau sur le bras.

17
___

Archibald, obséquieux comme pas permis, insiste pour porter mon sac et je lui emboîte le pas le long de couloirs qui sont de plus en plus étroits, tapissés de moquettes de plus en plus bizarres. Avec son large dos, ses épaules voûtées, sa démarche qui emprunte beaucoup au déséquilibre, le chauffeur d'Elsie évoque plus que jamais son alter ego volatile. Il me fait un peu de peine.

— Désolée pour tout à l'heure, lui dis-je. Quand Seb est venu me chercher, j'ai pas imaginé une seconde que j'allais te faire faux bond. J'espère que ça n'aura pas de conséquences graves pour toi.

— Miss Harker, ne vous en faites pas pour moi, dit Archibald.

— Mais tu vas être puni ou pas ?

— Qu'est-ce que vous entendez par là ?

— Elsie ne va pas être méchante avec toi ?

— Maîtresse Elsie n'est jamais méchante, dit Archibald. Parfois elle est dure, mais ce n'est pas une mauvaise chose.

— Explique-moi pourquoi tu l'aimes tant. Je ne comprends pas.

— Elle rend ma vie lumineuse, dit Archibald. Je l'aime.

Ah, ouais, OK. Ça va être compliqué de discuter avec lui si elle lui a fait un lavage de cerveau.

— Je devine vos pensées, dit Archibald. Que je suis faible, que je me laisse mener par le bout du nez.

— Non, non.

Je démens, mais oui, c'est exactement ce que je pense. Le doux sourire qu'il m'adresse montre qu'il n'est pas vraiment dupe.

— Excuse-moi, je lui dis, c'est juste difficile à comprendre pour moi.

— Peut-être que vous ne croyez pas être le genre de personne qui a besoin d'une Elsie dans sa vie, dit-il avec gentillesse. Mais beaucoup de gens en ont besoin. La plupart, en fait.

— Et Seb ? Il en a besoin ?

Je suis obligée de poser la question, même si je connais déjà la réponse. Seb est resté avec Elsie. Il a déclaré sans ambiguïté qu'il lui fallait quelqu'un pour le « cadrer », quelqu'un comme Elsie. Et puis, il y a toute cette magie qu'elle peut lui offrir. Mais Archibald me surprend :

— Maître Sebastian a plusieurs personnalités qui ne sont pas toutes d'accord entre elles.

— Quoi, tu veux dire que sa face humaine veut prendre son envol mais que son corbeau est content de toujours pouvoir rentrer à la volière ?

Hum, ma métaphore ne fonctionne peut-être pas très bien.

— Non, dit Archibald. Ce n'est pas ça.

— C'est quoi alors ?

— Pardonnez-moi, mais il vaudrait mieux que vous lui posiez directement la question. Ce n'est pas mon rôle de raconter l'histoire d'un autre.

— Tu as raison. Et les deux invités ?

Les larges épaules d'Archie semblent se replier encore et il se recroqueville, pour autant que ce soit possible chez quelqu'un d'aussi massif. Il fait le dos rond, comme s'il se préparait à essuyer des coups.

— J'évite les interactions avec les autres joueurs de go, se contente-t-il de me répondre.

Hum. Les joueurs de go. Je crois bien avoir déjà entendu ce terme, dans la bouche de Seb. De quoi parle-t-on, au juste ? D'une sorte de club associatif magique ?

— Naomi et John sont des joueurs de go ? Comme Elsie ?

Archie confirme d'un signe de tête. Il n'a pas l'air de les porter dans son cœur. En fait, il a l'air terrifié.

— Et Blackie, euh, Mr Black, l'homme d'affaires, lui aussi c'est un joueur de go ?

— Oui, déglutit Archie, clairement mal à l'aise.

— Donc ils ont beaucoup de magie ?

Nouveau hochement de tête — et je me pose la question : en ont-ils assez pour vider des ley lines ? Assez pour déstabiliser Vegas ?

— Et ils dorment loin de ma chambre ?

— Oui, Dieu merci, les invités logent à l'opposé des chambres de service. Votre chambre sera juste à côté de la mienne. En cas de problème, n'hésitez pas à solliciter mon aide.

— Merci, Archie, t'es sympa. Il y a beaucoup de personnel à résidence ?

— Nous sommes une dizaine.

— Tous des, euh, oiseaux ?

Il acquiesce et je songe une seconde à lui parler de Salma, avant de me raviser. Il ira sûrement tout raconter à Elsie, alors, il faut que je fasse attention.

— Dis-moi, Archie, tu connais bien VU ?

— Raisonnablement, concède-t-il.

Il est sur ses gardes, se faire interroger comme ça ne le met pas très à l'aise.

— Si jamais j'ai le temps de m'échapper pour faire un peu de tourisme, qu'est-ce que tu me conseilles d'aller voir ?

— Je ne sais pas…

— Il n'y a pas de monuments impressionnants ? Des curiosités vraiment spéciales ?

Il réfléchit.

— J'allais proposer le musée de la peinture envoûtée. Les mortels s'y intéressent en général ?

— Ah, ouais. Tu y es allé ?

Il fait non de la tête.

— Et des trucs vraiment grandioses ? Des buildings géants, ce genre de trucs ? Moi, j'aime bien l'architecture. Les mausolées, les gros cailloux.

— Le tombeau de Persephone est pas mal, suggère Archie.

— Il ressemble à quoi ?

— À un temple géant ?

— En pierre ?

En même temps, je me doute qu'il n'est pas construit en barbe à papa, le mausolée.

— En albâtre. C'est un gigantesque monument d'al-bâtre. On lui prête des propriétés magiques. On raconte que le dieu des enfers l'a fait édifier pour sa bien-aimée quand il l'a perdue.

— Oh, je savais pas que Perséphone était morte.

— Elle n'est pas morte, dit Archie, sans expliquer ce qui lui est arrivé.

Il m'offre un sourire patient. Il va falloir que je révise mes classiques, parce que là, ma mémoire est un peu brumeuse sur la mythologie grecque. Je décide que le mausolée de Perspéphone constitue une piste intéressante et que je dois y aller pour voir s'il pourrait jouer le rôle d'accu magique. Pour ne pas éveiller la méfiance d'Archie avec mes questions étranges, je change de sujet.

— Tu l'as rencontrée comment, Elsie ?

Comme j'examine son profil en marchant, j'assiste à la naissance du plus affectueux des sourires.

— J'allais me faire lyncher par une bande d'homophobes rendus fous par l'alcool, et elle m'a sauvé, dit-il simplement. Elle était magnifique. J'ai vécu un coup de foudre miraculeux.

— Oh. Et tu as toujours été chauffeur ?

— J'étais artiste peintre avant de la rencontrer.

— Et maintenant ? Tu peins encore ?

Il hausse les épaules.

— Non. J'ai fait vœu de renoncer à l'art pour suivre Maîtresse Hannigan. De toute façon, ça m'a un peu passé. Ma vie est moins torturée aujourd'hui, plus simple, lumineuse.

Nous terminons le trajet en silence. Elsie ne congèle peut-être pas les gens, mais à mon avis, ses capacités vampiriques n'ont pas grand-chose à envier à celles de ses copains.

———

Restée seule dans une petite chambre sans chichis, mais avec un lit confortable, je pense à Seb. Est-ce qu'il doit dormir dans son corps de corbeau ? Est-ce qu'il aime Elsie avec la même force décérébrée que ce doux abruti, Archie ? Ça n'a pas l'air d'être son style.

Il m'a fait un sale coup en m'emmenant chez Zeph sans me prévenir, et en même temps, il m'a rendu un fier service en m'évitant de passer par Carnale. Et en m'avertissant de ne pas manger dans la main d'Elsie. Je me retrouve trois semaines en arrière : à être obligée d'accepter son aide ambiguë et sa protection que je ne comprends pas, que je n'ai pas demandées.

Qu'est-ce que je fiche ici exactement ?

Pour éviter de m'étendre sur les questions métaphysiques qui n'ont jamais été mon point fort, je décide d'élaborer un plan un peu plus construit pour retrouver Salma.

Je suis réticente, évidemment, à faire don de six mois de ma vie en l'échange d'une information sur les entrées à VU. Ça me scie qu'on puisse conclure ce genre de transaction. D'un côté, six mois de vie, ça paraît tellement abstrait. Est-ce que ça signifie que mon heure est déjà écrite quelque part ? Et si ça tombait dans moins de six mois ? Avec la vie que je mène, c'est possible. Je n'ai pas très envie de prendre ce risque.

Et s'il ne me restait pas six mois à vivre, est-ce que je ne devrais pas en profiter un peu mieux ?

Non, je fais ce que j'ai à faire. Il vaut mieux continuer à chercher la magie siphonnée, essayer de comprendre pourquoi. Elsie et ses copains demeurent mes suspects principaux. Et nous avons un compte à régler, elle et moi, que je le veuille ou non.

D'après Brit-Brit, si je ne trouve pas le monolithe envisagé ensemble, je dois chercher une accumulation vraiment remarquable de petits sorts gênants. Un processus continu. Et ça, c'est dans l'hypothèse où une poignée de joueurs de go n'est pas capable de tenir toute cette énergie qui est détournée des ley lines. Au fond, je cherche des réservoirs créatifs de magie qui échapperaient à l'imagination de la douane. Pas si difficile : la douane a autant d'imagination qu'un mode d'emploi électroménager.

Non, la personne à qui il faut que je pose la question, c'est Seb. Voler de la magie, c'est quasiment une seconde nature chez lui. Niveau créativité, il se pose là. Si je le cuisine, est-ce qu'il racontera tout à Elsie ? Dans tous les cas, il va bien falloir que j'essaye. Et que je continue à tous les surveiller.

Cherche le réservoir de magie, et tu trouveras la Salma disparue.

18

———

Seb toque à ma porte le lendemain matin à six heures. Il me tend un sac en papier, un autre hamburger. Ce n'est pas très varié mais je lui souris avec reconnaissance et commence immédiatement à manger.

— Je crève de faim.

Comme il ne répond pas, je m'interromps pour demander la bouche pleine :

— Sinon, ça va ?

Au moins, il est à nouveau humain ce matin, plus de plumes, juste un air un peu sinistre qui rappelle le corbeau qu'il était hier.

— Elle t'en a fait voir de toutes les couleurs ? je m'enquiers, en le regrettant aussitôt.

En fait, je n'ai pas envie de savoir ce qu'ils fabriquent derrière des portes fermées. Mais de toute façon, je me heurte à un mur.

— Pas envie d'épiloguer là-dessus. Et j'ai un autre truc plus urgent dont il faut que je te parle.

Ça tombe bien, moi aussi j'ai besoin de le cuisiner à l'écart des oreilles indiscrètes.

— Entre.

Je veux lui poser des questions sur la magie, sur ses projets en cours — il en a sûrement et je parie qu'ils ne sont pas bien catholiques. Mais dès qu'il a refermé la porte derrière lui, il attaque le premier, pressant :

— Il faut que tu remontes à la surface en urgence, Mona. Tu es en danger ici.

J'éclate de rire.

— T'es mignon avec tes mises en garde, mais on en a déjà discuté plusieurs fois. T'inquiète.

Mais cette fois il ne lâche pas prise :

— Je suis sérieux. Hier, je ne saisissais pas trop pourquoi Elsie te faisait descendre, et je pensais encore pouvoir me débrouiller pour limiter la casse, en évitant Carnale, en te surveillant pour que tu ne fasses pas de bêtises. Du moment que tu refusais d'entrer dans son manège, je pensais qu'il ne t'arriverait rien. Mais je ne savais pas que tu avais déjà croisé la route de John. Ça complique tout.

La bouche pleine, je l'arrête :

— Je comprends rien à ton charabia.

Avec un soupir, il se laisse tomber dans le fauteuil usé sur le dossier duquel j'ai balancé mes affaires hier soir. Il fourrage un moment dans le linge, rangeant les objets autour de lui pour se mettre à l'aise.

— Fais comme chez toi, je dis.

Et il ne se fait pas vraiment prier, étendant ses longues jambes devant lui, s'affalant dans le fauteuil, l'air épuisé.

— Il faut que je t'explique une ou deux choses sur les joueurs de go.

— Génial. J'adore quand tu passes à table, commenté-je

sans réussir à m'interrompre dans ma mastication. Becky ne parle pas trop des joueurs de go dans ses cours sur les monstres pour les nuls.

— C'est normal. Les joueurs de go sont un club très fermé, très select, indique Seb.

— Plus encore que la guilde ?

— Ô combien.

— Et qu'est-ce qu'on y fait, dans ce club ? Pourquoi est-ce qu'ils se retrouvent comme ça ? Ça leur arrive souvent ?

— Non, Dieu merci, soupire Seb. Ils se réunissent pour jouer. Leur version du go n'a pas grand-chose à voir avec celle du grand public.

Genre, comme si le grand public avait l'habitude de jouer au go, mais bon, passons.

— C'est un jeu très élaboré, poursuit-il, sans règles claires, qui fait toujours des dégâts. Ils y jouent depuis des millénaires et ont eu tout le temps de le sophistiquer. C'est littéralement leur seule raison d'exister.

Des millénaires ? Mazette. Je me disais qu'Elsie n'avait peut-être pas l'âge qu'on lui donnait, mais là, ça dépasse un peu mes estimations les plus folles.

— Oh. OK. Et ils jouent quoi ? De l'argent ?

— Non, fait Seb. L'argent n'a pas de sens pour eux, ils nagent dedans. Ils ont un système de points et ils jouent essentiellement pour gagner. Ça peut prendre beaucoup de formes différentes, suivant les parties. En général ils se battent pour du pouvoir, de la magie, ou de l'influence. Faire perdre la face à l'autre est considéré comme un coup particulièrement raffiné. Il leur arrive aussi, très souvent, de faire la course. Alors, c'est à qui détruira une cible en premier. Parfois la compétition porte sur la taille de leur écurie. Un rien les amuse.

— Et là ?

— Je ne sais pas, dit Seb, Elsie refuse de me le dire. C'est bien ça qui m'inquiète. J'espérais juste que ça n'aurait pas de rapport avec toi.

— Pourquoi ça aurait un rapport avec moi ?

— Tu ne trouves pas que ça fait beaucoup de coïncidences, Mona ? Elsie profite de tes difficultés en surface et te fait venir ici pile au bon moment pour toi, alors qu'elle n'a objectivement pas besoin de tes services.

— Je suis super en garde du corps, grondé-je.

— Arrête. On parle d'Elsie, là. Elle n'a pas besoin d'un garde du corps. C'est un prétexte et tu le sais aussi bien que moi.

Je suis bien obligée de hocher la tête.

— Je trouvais un peu bizarre que tout à coup elle invite John, qu'elle ne peut pas blairer, poursuit Seb. Et soudain il s'avère que tu as un lien avec lui.

— Je n'appellerais pas ça un lien, plutôt un passif.

Seb fait la grimace.

— Le jeu de go est très codifié. On peut remporter des points en éliminant des créatures suivant un certain nombre de critères ; mais il y a aussi des règles de politesse bizarres. On ne peut pas s'approprier ni tuer quoi que ce soit ou qui que ce soit lorsque la cible est marquée par un autre joueur.

Je fronce les sourcils.

— Qu'est-ce que t'essayes de me dire, là ?

— Que je ne t'aurais jamais laissée descendre ici si j'avais su que John et toi vous vous connaissiez. Parmi les joueurs de go, il est celui que tu dois craindre le plus.

Je fais la moue. John m'évoque de sales souvenirs, et j'ai des réactions réflexes désastreuses à sa présence, que je fais de mon mieux pour dissimuler. Mais c'est largement irrationnel. Je rappelle à Seb :

— Elsie lui a interdit de m'agresser hier soir, elle a invoqué les lois de l'hospitalité.

Il acquiesce.

— Ça a du poids aussi, admet-il. Les joueurs de go tiennent à leurs territoires, c'est sacro-saint pour eux. Mais en t'embauchant, Elsie s'est débrouillée pour compliquer encore la situation. Elle a provoqué John.

Euh…

— Quoi, je comprends pas. Tu veux dire que maintenant ils se tirent la bourre pour…

— Elsie a des vues sur toi, elle s'est arrangée pour couper l'herbe sous le pied de John, et j'ai peur de deviner où les entraînera leur esprit de compétition.

Oh. Je percute tout à coup.

— Elsie veut ma peau et elle ne peut rien faire elle-même, mais elle compte sur John pour s'en occuper. Elle veut le pousser à la faute de style, et se débarrasser de moi au passage.

Seb ne répond pas mais je lis sur son visage que nos analyses concordent. Je déglutis, parce que ce n'est jamais cool d'être dans le viseur d'un gros prédateur.

— Remonte à la surface, presse-t-il en sortant son téléphone de sa poche. C'est la meilleure chose à faire. J'appelle Zeph.

— Non. Je veux pas. J'ai encore du taf ici.

— Mona. Tu ne pourras pas taffer à six pieds sous terre.

Il n'a pas de pouvoir sur moi, et concrètement, je suis déjà à bien plus de six pieds sous terre, alors, je lui souris en mordant avec délectation dans mon petit déjeuner. Puis j'expose mon propre point de vue :

— Elsie n'a pas de lien magico-débile avec moi. Elle doit la priorité à John, même si ça la défrise parce qu'on est chez elle et qu'elle vit mon existence comme un affront à son autorité. MAIS elle est aussi en train de lui mettre des bâtons dans les roues. Et puis je n'ai plus si peur de John. Je l'ai déjà affronté et j'ai survécu.

Bon, j'exagère peut-être très légèrement. Mais c'est vrai, pour l'essentiel. J'ai survécu à John.

— Il va réessayer de t'avoir, estime Seb. Mona, tu ne peux pas battre les joueurs de go. N'y pense même pas.

— Mais ils se sont eux-mêmes empêtrés dans leur règle du jeu. Elsie me protège de John et John me protège d'Elsie. C'est parfait.

Seb se passe la main sur la figure avec une grimace incrédule.

— T'es complètement dingue.

— Le mal est fait de toute façon. Elsie a rappelé mon existence à John. Le meilleur endroit pour moi maintenant, le plus sûr, c'est sous la protection d'Elsie. Et puis j'ai juste un travail à finir à VU, et je m'en irai avant que mon contrat n'expire. Ça va bien se passer.

Je veux aborder les questions que j'avais l'intention de lui poser. Mais quand je veux l'interroger, on frappe à nouveau à ma porte. Il est six heures trente.

C'est Archie, et il tire la tronche en trouvant Seb dans ma chambre.

Zut. On n'a pas eu le temps de parler du plus important, des raisons pour lesquelles je suis à VU. Les ley lines. Salma.

Tout en me demandant quand j'aurai à nouveau l'occasion de parler à Seb sans éveiller l'attention d'Elsie, je les suis à travers les couloirs de plus en plus larges, avec des moquettes de moins en moins horribles, jusqu'au centre névralgique de la suite, l'endroit où se tiennent Elsie et ses invités. J'ai fini mon sandwich, je plie discrètement le sac en papier et je le fais disparaître dans ma poche. Quelque chose me dit que je n'ai pas intérêt à signaler à Elsie que je lui fais des infidélités sur la bouffe.

— Ah, Mona, m'accueille-t-elle avec un de ses grands sourires enjôleurs, comme si elle était authentiquement contente de me voir.

Je repense aux paroles d'Archie hier soir, à cette relation bizarre qu'Elsie noue avec « ses » gens. Elle doit le savoir, que ce n'est pas mon style. Elle le sait sûrement, seulement elle aime les défis. Je me demande comment était Seb avant d'être asservi à Elsie. Est-ce que lui aussi il était un peu récalcitrant ? Et Archie était un artiste. Ça n'a pas dû être facile pour lui de laisser tomber sa liberté. Je me demande à quel point elle les change quand elle les prend. Si elle les brise.

Puis je décide que ce n'est pas du tout une bonne idée de laisser mes pensées partir dans cette direction, que je ferais mieux d'ignorer tout ça. De toute façon, les affaires de Seb et d'Elsie ne me regardent pas, ça ne sera jamais mon problème.

Naomi et John sont assis l'un à côté de l'autre à la même table qu'hier, ce qui fait apparaître la ressemblance vraiment frappante entre eux : mêmes yeux, mêmes cheveux, même teint pâle. Ils partagent un petit déjeuner en picorant dans la même assiette. Bizarre quand même pour un frère et une sœur. Est-ce qu'ils sont jumeaux ?

Puis au moment exact où je les fixe avec curiosité, leurs visages se tournent l'un vers l'autre en se rapprochant, et ils s'embrassent à pleine bouche.

Je détourne les yeux précipitamment. Je ne suis pas particulièrement prude, mais j'étais absolument persuadée de l'existence d'un lien de parenté entre ces deux-là et je suis un peu prise au dépourvu.

Elsie suit mon regard et rigole.

— Oui, commente-t-elle, John n'aime que les femmes qui lui ressemblent. C'est pratique avec Naomi. Que veux-tu. Tous les goûts sont dans la nature.

Sans tout comprendre, je saisis bien qu'elle essaye d'énerver John, et d'ailleurs ça marche. Il montre les dents, mais se contrôle quand Elsie ne réagit pas. De toute façon, elle se lève et annonce :

— C'est l'heure, allons-y, je veux faire l'ouverture.

Et nous voilà partis à pied pour la grande foire annuelle aux esclaves de Vegas Underground.

19

———

Je décide de jouer mon rôle de garde du corps auprès d'Elsie, puisqu'elle me paye pour ça et que sa présence m'offre les meilleures garanties dans cet endroit bizarre. Aujourd'hui elle a revêtu un kimono traditionnel en soie, bleu nuit brodé d'or, et elle porte une petite ombrelle de la même couleur, ourlée de blanc. Ça n'a pas l'air de la déranger que le soleil ne brille pas ici. Son humeur semble aussi excellente que celle de Seb est sombre et pessimiste.

Naomi et John, de leur côté, avancent à quelques pas derrière nous. Quand je les vois, d'apparence si ordinaires, j'ai du mal à croire à la théorie de Seb qui voudrait me mettre au centre d'une compétition entre John et Elsie. Il me paraît manifeste au contraire que John se fiche de moi comme de sa première chemise. Il a surtout l'air intéressé par son trip narcissique dégoûtant avec Naomi. Il arrive un moment où je n'essaye plus de comprendre, les gens ont le droit d'être tordus.

Tout de même, je m'attendais à un entourage plus

important. Cela dit, vu que je me balade avec quatre sorciers clandestins dont le calibre est probablement de nature à exploser les catégories de la guilde, je ne crois pas que notre délégation risque grand-chose.

Je m'adresse à Elsie tandis que nous traversons une salle dédiée à un cours d'aérobic pour le troisième âge, avec des musiques et des chorégraphies qui sortent tout droit des années 80.

— Yo, patron, on n'a pas eu le temps de discuter hier pendant ton petit goûter. Tu m'as pas briefée sur les risques particuliers liés à ton déplacement. Qui tu veux que je surveille, que je filtre ? Tes hordes d'admirateurs en délire ?

Sans se départir de son sourire, Elsie précise :

— Les puissances démoniaques hostiles.

Ah. OK. Pourquoi pas.

— Tu peux m'en dire plus ? Tu as des personnes spécifiques en tête ? Tu n'es pas en règle avec les autorités locales ?

— Si, dit Elsie, mais je préfère prendre mes précautions.

Je zyeute autour de nous les féroces mamies en collants néoprène fluo.

— Mouais. T'as pas besoin de moi. Si tu me disais ce que tu veux vraiment ?

— Je veux que tu rejoignes mes équipes sur le long terme, Mona, dit Elsie. Je pense qu'on pourrait vraiment s'entendre, toi et moi.

— Bof.

— Songes-y. Je traite bien mes employés. Je leur accorde longévité et sérénité.

— Comme à Archie, tu veux dire ? Tu les dépouilles de leur personnalité. Tu leur voles leur liberté et leur vie.

Elle rit.

— Non. Pas du tout. Je les sauve de ce qui les mine. Toi, par exemple, si tu te laissais dresser, je pourrais te débarrasser de cette colère brouillonne qui te pousse en permanence à te saborder. Est-ce que ce ne serait pas beaucoup plus reposant pour toi ? Pouvoir t'intégrer dans la société, travailler sans te mettre toujours à toi-même tous ces bâtons dans les roues ?

— M'intégrer à la société ? Tu veux dire rejoindre ton entourage de fuyards et de criminels ?

À nouveau ce rire joyeux, comme si je venais de réussir un bon mot.

— Comme tu y vas. Nous ne sommes pas des criminels. Nous sommes juste des originaux. Nous n'aimons pas les lois stupides et les gouvernements qui passent. Nous avons notre propre code, notre propre solidarité.

Elle semble tout savoir de mes problèmes à la surface. Ça tape trop près de la cible, là où ça fait mal.

— Viens avec moi, Mona, et tu verras que tu peux être plus heureuse que tout ce que tu as imaginé jusqu'ici. Et tu pourrais être avec Seb.

— Qu'est-ce qui peut bien te faire croire que j'ai envie d'être avec Seb, je grommelle, avant de m'aviser qu'il est juste à côté de moi et qu'il a tout entendu.

— Certains animaux ont besoin de consignes claires et d'ordres, et parfois ils ont besoin d'être punis, poursuit Elsie en regardant droit devant elle, l'air serein. Et chacun doit apprendre à respecter sa place. Mais toi, tu as besoin d'autre chose. Accorde-moi un peu de crédit. Je donne à chacun ce qu'il lui faut, tu sais.

Je passe sur le fait qu'elle confond les gens et les animaux. Je commence à avoir l'habitude avec elle.

— Ah ouais ? Et qu'est-ce qu'il me faut, d'après toi ?

Je m'attends à une nouvelle proposition de dressage/sécurité financière/hamburgers à tous les repas, et je pense bien être capable d'y résister. Je sais que je peux me débrouiller pour résoudre mes problèmes avec la douane et remonter à la surface pour reconstruire ma vie, rebondir matériellement. Mais Elsie sourit avec douceur et répond, fossette incluse :

— Tu as besoin d'être crue et entendue. Ça se voit comme le nez au milieu de la figure.

Mon cœur se serre et je suis incapable de dégainer la moindre répartie narquoise. Seb me coule un regard en biais et j'évite son œil interrogateur.

— N'ai-je pas raison ? conclut Elsie.

Puis la conversation s'interrompt de manière abrupte, quand Elsie s'arrête à l'entrée d'un énorme centre de conférences bardé d'affiches et de vitrophanies géantes. Elle lance avec entrain :

— Ça y est ! On est arrivés ! Oh, c'est encore plus magnifique que l'an dernier. Il n'y a pas à dire, personne ne fait les salons et les conventions comme Vegas Underground. Naomi, chérie, je suis persuadée qu'ici on peut te trouver un amant beaucoup plus adéquat que John. Tu sais, je l'aime comme un frère, mais il commence à être vieux, et je suis sûre qu'il doit montrer des signes de fatigue. Sans compter qu'il n'a jamais eu trop d'imagination.

Contente d'être débarrassée de l'attention d'Elsie, je carre les épaules et je me prépare à pénétrer un nouveau cercle de l'enfer.

Nous franchissons d'abord un portique de sécurité et sommes contrôlés par une demi-douzaine de types en costume noir. J'attrape au vol un plan de la foire et je parcours rapidement la liste des attractions. Animaux à vendre, bourse aux humains, boosts de pouvoir, bar à sang, restaurant cannibale bénévole, supplément vital, transformations magiques pour vos animaux de compagnie, services de dressage. Je ne comprends pas tout ce que je lis, et je ne suis pas sûre d'en avoir envie.

Puis Elsie montre un badge et une fossette à un type qui ne sourit pas, et nous voilà à l'intérieur.

Ça ressemble… à un croisement bizarre entre un salon de l'agriculture et une foire hi-tech. Partout des animaux, de la réalité augmentée, des gens déguisés. Je finis par distinguer qu'on est un peu au-delà du cosplay ordinaire quand je percute une fille de trois mètres en jupette de fourrure.

— Ouille. Voilà ce que j'appelle des abdos durs comme du béton, commenté-je en frottant mon épaule endolorie.

Elle me regarde méchamment et je suis bien obligée de la contourner.

— Qu'est-ce que c'était que ce machin, grommelé-je en reprenant mon chemin.

— Une trolle, explique Seb qui m'a rejointe. T'en avais jamais vu ?

— Je pense bien que si j'avais déjà vu un truc pareil, je m'en serais souvenue.

Il se raidit.

— Ça me gêne que tu appelles une trolle un « machin » ou un « truc », Mona. C'est une personne.

Je soupire.

— Pardon. T'as raison. C'est un mécanisme de défense.

Il y a un mois, je ne me serais pas excusée. À l'époque pour moi, un monstre était un monstre, point final. Mais depuis, les frontières de l'humanité et de l'altérité se sont brouillées sous mes yeux. Et puis là, concrètement, je discute avec un type qui se transforme en corbeau de manière régulière et quotidienne, et qui n'est certainement ni un truc, ni un machin.

— Et toi, je demande, comment tu l'as rencontrée, Elsie ?

Je sais que je voulais l'interroger sur des points de magie, mais il semble si déprimé que j'éprouve le besoin de le faire parler. Ça ne peut pas être une partie de plaisir pour lui d'errer dans un endroit pareil.

— C'était il y a longtemps, dit-il, hésitant. Mes souvenirs sont… imprécis.

— Tu veux dire que tu ne te souviens pas ?

— Ce n'est pas ce que j'ai dit.

— Parce que prends Archie, par exemple, il se rappelle très bien sa rencontre avec Elsie, objecté-je.

Seb fait la moue.

— Mais Archie a croisé la route d'Elsie il y a quelques années tout au plus.

— Et toi ? Elle t'a volé au berceau, peut-être ?

Parce que bon, Seb doit avoir vingt-cinq ans à tout casser. Il hésite.

— Tu es sûre que tu veux savoir tout ça, Mona ? Pour moi ce sont des souvenirs difficiles que je n'ai pas vraiment envie de remuer, et pour toi… ça risque de t'emmener encore plus loin au cœur d'un ensemble de problèmes dont tu ferais mieux de te tenir éloignée. Je ne suis pas très content de te voir ici.

— Oh, merci du compliment. Moi non plus je ne suis pas super contente de te voir.

— Ce n'est pas ce que j'ai dit. Ce serait sympa que tu

commences à écouter un peu ce que je te dis, de temps à autre.

Je plisse les yeux.

— Avec grand plaisir. Et à cet effet, je te propose que nous choisissions un sujet de conversation qui m'intéresse. Si tu veux, on pourrait parler de ce qu'Elsie et toi vous mijotez en ce moment avec toute la magie que vous piquez dans les ley lines.

— Quoi ?

— Ne me dis pas que tu n'es pas au courant. N'essaye même pas de faire ta sainte nitouche, Seb. Ce n'est pas un look qui te sied vraiment, tu sais.

Il sait. C'est obligé. Si j'ai compris une seule chose sur lui récemment, c'est qu'il est connecté à la magie d'Elsie. Et vu la façon dont ils traînent ensemble… Il n'est pas stupide, il est même sacrément observateur pour un mec. Si Elsie fomente quelque chose, il est au courant.

— Bon, finit-il par admettre, peut-être que s'il se passe des choses étranges du côté des ley lines en ce moment, Elsie et ses amis y sont pour quelque chose. Quand les joueurs de go se réunissent, ça a toujours des effets secondaires.

— Tu peux être plus précis ?

— Non. Désolé. J'ai senti du mouvement dans la magie, oui, mais Elsie ne me raconte pas sa vie dans le détail, loin de là.

Elsie nous fait signe au bout de l'allée. Elle semble aussi excitée qu'une gamine dans une kermesse.

— Venez voir ! On a bien fait d'arriver tôt !

Elle désigne un enclos juste à côté, et j'ai d'abord du mal à comprendre vraiment ce que je vois. L'esprit encore accaparé par ma tentative de faire parler Seb, je lis les panneaux de signalisation, l'enseigne du box devant lequel Elsie trépigne presque d'enthousiasme.

« Vente d'humains »

« Arrivage récent »

« Capacités magiques, médiumniques »

Oh, merde, merde, merde.

Seb s'est encore renfrogné de deux crans et je suis prête à parier que c'est comme ça qu'il a rencontré Elsie, qu'elle l'a acheté dans une foire.

Puis mes yeux tombent sur les cages. J'ai un flash-back vers cet âge d'or maléfique de l'Amérique, cette traite des esclaves que je n'ai pas connue, mais qui nous a marqués pour toujours. L'acide envahit mon œsophage. Dans les cages, il y a au moins une vingtaine d'hommes, de femmes et *d'enfants* dans plusieurs compartiments séparés. Non seulement ils sont en cage, mais certains portent des fers. Et il y a des panneaux avec des informations : nom, taille, poids, origine, comme dans un zoo.

Mes yeux vont vers Seb, pour la première fois je fais vraiment le lien entre ses conditions de vie horribles auprès d'Elsie et la situation dans laquelle se trouvent ces gens. Ils ne peuvent pas avoir voulu ça. Seb se tient complètement immobile et fixe un point droit devant lui mais sa pomme d'Adam fait le yoyo. Pour ne pas donner de grain à moudre à Elsie, je ne formule aucun commentaire ; je me contente de suivre le regard de Seb et dois réprimer une bordée massive de jurons.

Nan, à la réflexion, je ne réprime pas.

— Bordel à queue, ta mère la goule, je lâche, le goût de bile de plus en plus prononcé au fond de ma gorge.

Là-bas, dans une des plus petites cages, une jeune femme châtain à queue de cheval se tient recroquevillée sur elle-même, les bras autour de ses genoux repliés. Elle porte une combinaison beige et la carte sur la cage indique :

Salma Trenton
Douanière (apprentie assermentée)
Affinités magiques supposées
21 ans (adulte fertile)
50 kg pour 1,69 m.

20

___

J e vais direct à Elsie. Je vais lui aplatir la face à mains
nues.

— Qu'est-ce que tu veux ? C'est quoi, ton plan ?

Elle m'offre un sourire innocent, comme si elle n'avait
pas orchestré tout ça.

La crainte formulée par Seb me revient immédiatement
à l'esprit — que les plans d'Elsie pourraient bien en effet
avoir quelque chose à voir avec moi. Mais ils me
paraissent soudain encore plus compliqués et tordus que
ce qu'envisageait Seb. J'avais raison, Salma est ici, mais du
coup je ne suis plus.

— Eh bien, m'apprend Elsie, je compte opérer quelques
acquisitions. J'ai besoin de refaire ma volière, à cause de
vos bêtises, à Sebastian et à toi. Mon train de vie est actuel-
lement au plus bas. Une joueuse de go avec un entourage
de moins de cent personnes, ça ne se conçoit pas. Pas vrai,
Naomi chérie ?

Naomi, qui d'après mes observations semble être
venue à VU les mains dans les poches sans le moindre

entourage, devrait peut-être se sentir insultée. Mais elle se contente de répondre par un bâillement profond puis déclare qu'elle va se rendre dans la zone F à la buvette, voir ce que ça vaut cette année. John, après un regard appuyé aux esclaves en vente, lui emboîte le pas. Au moins, une fois qu'il disparaît dans la foule, je respire un tout petit peu mieux.

— Venez, nous entraîne Elsie en poussant la porte d'un bungalow qui fait l'entrée du stand, vous allez m'aider à choisir.

— J'ai pas envie, je dis. Je reste ici avec Seb.

— Non, fait Elsie, tu viens avec moi. J'ai besoin d'une protection. L'an dernier, je me suis fait griffer la figure par une fillette enragée, j'ai failli perdre un œil. C'est pour ça que je t'ai embauchée, Mona, tu peux vérifier dans ton contrat. Article 14 alinéa 3. Sinon, tu peux remonter à la surface tout de suite.

Zut. Maintenant que j'ai trouvé Salma, pas question de battre en retraite sans elle.

— Et Sebastian m'accompagne toujours, dans toutes mes démarches et tous mes achats. Pas vrai, mon corbeau ?

Seb ne répond pas mais il suit Elsie et je suis bien obligée de faire de même. En passant à sa hauteur, je lui attrape la main, et je la serre brièvement, en passant. C'est juste une démonstration réflexe d'amitié et de solidarité. Il sursaute, comme si je le cueillais au fond d'une transe de dépression, mais pour finir il rend la pression sur mes doigts, fort, en s'y accrochant. Puis il les laisse partir, presque aussitôt, et fait un pas de côté.

Un type blond en costume gris-jaune, coiffé avec une raie à la con, accueille Elsie en cliente VIP.

— Maîtresse Hannigan ! Chaque année plus sublime. Comment allez-vous ?

— Bien, très bien, mon brave Keynes, sourit Elsie.

— Et Moriturus Persson ! ajoute Keynes avec une magnifique jovialité en toc, sa main droite tendue dans la direction de Seb.

— Juste Seb, corrige celui-ci.

— Ah ? s'étonne Keynes.

— Sebastian décline toutes mes invitations à prendre du galon, explique Elsie. J'ai beau insister et supplier, il ne veut rien entendre.

Je me demande de quoi ils parlent.

— Quel dommage ! déplore Keynes, qui continue à ignorer ma présence. Et cherchez-vous, du coup, à recruter un autre champion ?

Elsie l'arrête d'un geste.

— Non, merci, mon cher Keynes. Aujourd'hui ne suis juste là pour remplir ma volière.

— J'ai entendu des choses terribles, enchaîne immédiatement Keynes sur le ton de la confidence et en s'approchant d'Elsie, mais sans baisser le volume pour autant. Il paraît que vous avez perdu beaucoup de stock il n'y pas longtemps ?

Elsie pousse un franc rire de gorge.

— Oh, Keynes, vous connaissez les jeunes oiseaux. Des écervelés qui ne font que des bêtises. La vie d'une dompteuse est un éternel recommencement.

Keynes hoche la tête gravement.

— Enfin, embraye Elsie, voilà, vous savez tout : je suis là pour me remplumer.

— Et vous tombez bien. J'ai beaucoup de choses cette

année, du premier choix ! Vous avez bien fait de venir dès l'ouverture.

Et Keynes nous emmène voir les cages.

S'ensuit un long, et pénible examen de chacun des « spécimens » en vitrine. Elsie écoute avec intérêt, pose des questions, compare les qualités et les « catégories ». Seb semble littéralement à l'agonie. Et moi, je bous, chaudière au max. À quoi ça servait de libérer tous les oiseaux d'Elsie l'autre jour, au prix d'immenses efforts et d'un incroyable gaspillage de magie et d'énergie vitale, si Elsie peut tout recommencer à zéro trois semaines plus tard, dans l'impunité la plus totale ?

Nous voyons de tout. Il y a deux types en costumes de luxe qui disent être des lions et profèrent toutes sortes de menaces qui font rire Keynes.

— Oh, des lions, murmure Elsie, et je crois deviner à son expression rêveuse qu'elle considère la possibilité de les transformer en autre chose, d'aller contre leur nature.

Une fille vêtue d'une robe de cocktail rose fripée, mascara tout dégouliné, qui a perdu une boucle d'oreille et un escarpin, nous agonit d'injures et nous fait savoir que son père nous réduira en poussière dès qu'il saura. D'après Keynes, son père est un homme politique puissant, mais surtout, la « prise » présente des pouvoirs de médium encore en sommeil, très prometteurs. Elsie ne semble pas intéressée.

Dans la cage d'à côté, il y a un type qui dort.

— Celui-là est dangereux, c'est un sorcier de la guilde, indique Keynes.

— Ouh, se réjouit Elsie, je prends. Ce sont mes préférés. Tellement volatils.

À chaque fois qu'Elsie fait un achat, Keynes pose une

gommette rouge sur la carte à l'entrée de la cage qui correspond au sujet acheté. Puis il entre dans la cage et leur passe un collier rouge au cou, avec une décontraction qui me fait vibrer de haine.

Seb s'est arrêté un cran plus loin, devant Salma. Ma gorge se noue. Je ne l'avais pas remarqué depuis l'entrée, mais maintenant, je ne vois plus que ça : la stagiaire de la douane partage sa prison avec un petit garçon qui ne peut pas avoir plus de sept ans. Contrairement à Salma, il n'a pas été entravé et il fait les cent pas, l'air perdu. Ce n'est pas Salma que Seb regarde, c'est le môme. Je cherche une information sur lui à l'entrée de la cage, mais il n'y a pas grand-chose :

Enfant, origine inconnue, prénom inconnu, dispositions magiques intéressantes. 23Kg pour 1,30 m.

Je m'approche.

— Pssst, Salma !

Elle lève la tête et cligne des yeux dans ma direction. Elle ne semble pas avoir été maltraitée, mais elle est blafarde et sale.

— On se connaît ?

— Non.

Je me ravise. Je peux lui déballer la vérité, de toute façon, Elsie connaît mes liens avec la douane.

— Enfin, oui, moi, je te connais. Je t'ai succédé à ton poste de stagiaire quand tu as disparu.

Elle sourit.

— Ah ! Je savais qu'elles me trouveraient.

— Euh, je fais, non, c'est pas exactement ça. Désolée. Hum. Je crois pas qu'on soit encore tout à fait tirées d'affaire.

Avant que je puisse lui expliquer la situation, lui dire

que j'opère seule, sans filet, et que la douane n'a même pas commencé à examiner une solution concrète pour la sortir de là, Elsie et Keynes parviennent à notre hauteur.

— Je prendrai ces deux-là aussi, bien évidemment, déclare Elsie en désignant d'un geste vague et englobant la jeune femme et le petit garçon.

Je demande à Salma :

— Qu'est-ce qui t'est arrivé ? Qui t'a attrapé ?

— Je ne sais pas, dit-elle. Je rentrais chez moi un soir, j'ai senti un pic de magie dans mon dos, puis plus rien.

— Taisez-vous, ordonne Elsie.

— Je me suis réveillée à Vegas Underground, dans une cage, ajoute Salma.

Elsie lève la main et Keynes, qui est entré dans la cage, abat un sac sur la tête de Salma.

— Hé ! Je proteste. Arrêtez ça. C'est un être humain.

— Plus maintenant, dit Keynes.

— Si, je fais. T'as pas bien compris, là. C'est inaltérable, ces trucs-là.

Salma se débat en vain et Keynes jette un œil agacé à Elsie, qui éclate de rire.

— La jeunesse, commente-t-elle.

———

Elsie paye ses « achats » et demande à Keynes de les lui faire livrer à son hôtel. Une fois tous les détails réglés, elle décrète qu'on va faire un tour pour découvrir les autres attractions de la foire.

Une boule s'est logée dans ma gorge et je n'arrive pas à la faire partir. Le visage de Seb s'est fermé, il est ailleurs.

— Sebastian, appelle Elsie, si c'est pour faire le bonnet

de nuit comme ça, va plutôt voir Clemens et demande-lui de passer à la suite ce soir.

Voilà qui le secoue de sa morne rêverie.

— Quoi ? Clemens?

Qui que soit ce Clemens, Seb n'a pas l'air de le porter dans son cœur, à en juger par son expression dégoûtée.

— Oui, ajoute Elsie, il y a toujours trop de monde sur son stand, avec toutes ces démonstrations assommantes qu'il organise. Mais il ne peut rien me refuser. Ce sera plus pratique si c'est lui qui vient à nous.

Seb se raidit mais il obéit et bifurque sans un mot. Je reste seule avec Elsie, à me demander ce qu'elle mijote, et bien consciente qu'elle s'est débrouillée pour m'isoler.

— On va aller rejoindre les deux autres, m'explique-t-elle en fendant la foule de plus en plus dense.

— Ces gens que tu viens de… d'acquérir, dis-je. Tu vas en faire des oiseaux ?

— Oui, probablement, répond Elsie.

— Mais ils ne te donneront jamais leur accord pour les transformer.

— Je n'en suis pas aussi sûre que toi, affirme-t-elle tranquillement.

J'insiste. Je ne peux pas lâcher le morceau sur un truc pareil.

— Si tu les transformes, tu violeras leur consentement.

Elle me fait son sourire à fossette.

— Non, me détrompe-t-elle. Je ne ferai rien sans leur permission. Et tu verras qu'ils me la donneront très rapidement, tout comme toi-même tu y viendras.

La bonne nouvelle, c'est qu'elle ne va pas changer Salma en oiseau comme ça. Ça risque de prendre quelques jours. Et j'ai retrouvé la stagiaire, elle va pouvoir me dire ce qui lui est arrivé. Venir dans cet endroit horrible aura au moins eu cet avantage.

— Tu ne peux pas garder tous ces gens prisonniers comme ça.

— Si, je peux, dit tranquillement Elsie. Ici, à VU, j'ai le droit. Je me suis acquittée du prix, et maintenant, ils sont mes esclaves. Personne ne peut me les prendre.

— Mais ils ont des droits. Ils ont été enlevés à la surface.

— Et emportés ici. Tout est réglo, Mona, laisse tomber.

Je suis horrifiée.

— Libère-les.

— Pour quoi faire ? demande Elsie. Je viens de les acheter. Tout ça est parfaitement légal, je t'assure. Renseigne-toi. Le droit est différent à VU.

Comment une telle verrue peut-elle exister à la surface de la planète — je veux dire, sous la surface de la planète ? Aujourd'hui, au 21e siècle ?

— Mais si tu les veux toi, poursuit Elsie, on peut négocier.

— Bien sûr que je les veux. Salma. Et le gamin. Et tous les autres aussi.

Elsie me sourit en faisant tourner au-dessus de sa tête sa petite ombrelle inutile.

— Signe avec moi indéfiniment et j'en laisserai partir un.

— N'importe quoi. Sûrement pas.

Elle me sourit et je marche sans rien dire, sans la regarder. J'aurai sa peau, ce n'est qu'une question de temps.

— Ça ne sert à rien de t'énerver, gronde-t-elle gentiment après cent mètres. Tu ne peux pas empêcher l'esclavage à VU, de même que tu ne peux pas empêcher ma magie. Sais-tu seulement depuis combien de temps je l'exerce ? Je suis immortelle, Mona. Comme un phénomène naturel. Tu n'y peux rien. Alors, ne te ronge pas les sangs comme ça, c'est mauvais pour ta santé. Tiens, écoute plutôt une histoire. Est-ce que je t'ai déjà raconté comment Sebastian était venu me rejoindre ?

Il s'en faut de peu que je ne trébuche dans l'allée.

— Nan, mais t'embête surtout pas.

Cette histoire, je ne veux pas l'entendre de la bouche d'Elsie.

— Allez, insiste-t-elle, je te la raconte quand même. C'était il y a longtemps. Il y avait cette foire, beaucoup plus miteuse que celle que nous visitons aujourd'hui, bien sûr. Ça se tenait au milieu de la grande forêt.

— Aha.

— J'avais invité ce pauvre John pour qu'il se dégourdisse un peu. Il est comme un petit frère pour moi, tu comprends ? Il était dans un de ses coups de blues et il avait besoin de voir un peu de pays. Je l'ai amené à cette foire.

— Je ne vois pas le rapport avec Seb.

— C'est là que je l'ai rencontré, dit Elsie. Il voyageait avec des marchands canadiens. Ces yeux d'un noir profond, cette concentration intense, cet air astucieux, j'ai craqué tout de suite pour ce gamin magnifique.

— Gamin ?

— Il devait avoir neuf ou dix ans à l'époque.

Mon cœur est si serré dans ma poitrine que ça en devient douloureux. Je pense au gosse dans la cage tout à l'heure, à la façon dont Seb le regardait.

— Ah, voilà Naomi, s'écrie tout à coup Elsie, interrompant son histoire au pire moment.

Je la relance.

— Donc Seb — tu l'as acheté, tu l'as élevé comme ton fils et ensuite, convaincu par tant de bonté, il a décidé de rester avec toi ?

— Non, pas du tout, rectifie Elsie. Tu n'écoutes pas. Je n'ai pas eu à acheter Sebastian. Il est venu de son plein gré.

— Je ne comprends pas.

— Les marchands l'avaient pris comme apprenti, considérant qu'il était déjà assez grand pour travailler. J'ai acheté une petite fille, et Sebastian m'a suppliée de la remettre en liberté, et de le prendre à sa place.

21

———————

— Naomi, chérie, déjà bourrée à ce que je vois !

J'ai les oreilles qui sonnent et le cœur lourd. Je veux entendre la fin de l'histoire de Seb, mais Elsie est déjà passée à autre chose, parfaitement à l'aise dans cette foire hideuse. L'économie souterraine est en train de prendre un nouveau sens pour moi ce matin. Le monde était déjà laid en surface, mais à cinq cents mètres sous le désert, c'est bel et bien l'enfer.

Il doit bien y avoir un moyen d'empêcher le trafic d'esclaves qui se déroule sous mon nez. Et je ne comprends toujours pas le rapport avec les fuites de ley lines dans le sous-sol. À vrai dire, je ne sais plus vraiment si les fuites de ley lines m'intéressent à ce point. J'ai l'impression qu'il y a d'autres priorités, là. La douane peut bien exploser dans un grand feu d'artifice, en ce qui me concerne. Becky et ses collègues sont sûrement au courant de ce qui se passe ici. Comment pourraient-elles l'ignorer ? Et pourtant, elles ne font rien.

Elles ne méritent pas d'exister.

Je m'aperçois avec un sursaut que Seb avait raison. Je suis en train de me laisser happer par les affaires d'Elsie, par les anomalies gigantesques que sont Elsie, les joueurs de go, VU dans son ensemble.

La réalité finit par percer ma rumination, cependant. Naomi est en effet beurrée, elle saute sur tous les passants et essaye de les embrasser. Ses joues sont rouges, un sourire un peu idiot traîne sur ses lèvres parfaites, ses yeux étincellent et ses cheveux, électriques, se dressent sur sa tête. John, en revanche, a disparu.

— Tu n'as jamais su t'arrêter, tance gentiment Elsie.

— Ils ont eu un arrivage d'infidélités, s'enthousiasme Naomi, qui parle trop fort et tangue sur ses pieds.

Une fois n'est pas coutume, je suis larguée. Je lis les panneaux autour de moi. « Supplément vital », non, ça ne me parle pas trop. Et d'ailleurs ça ne m'intéresse pas plus que ça, pas envie de goûter le *moonshine* local dans l'immédiat. Je cherche Seb des yeux. J'ai besoin de confronter l'histoire d'Elsie avec la sienne, d'entendre la vérité. J'ai besoin de savoir ce qu'il fiche avec elle. J'ai essayé de l'ignorer, de faire comme si ça ne me concernait pas, mais je n'y arrive plus.

— Tu devrais goûter, propose Naomi en tendant son verre à Elsie.

Cette dernière décline.

— Ce n'est pas trop mon truc. Mona, tu en veux une ? C'est moi qui offre.

Plus loin, il y a une buvette. Un barman verse un liquide bizarre, luminescent, dans une série de verres de petite taille.

L'avertissement de Seb surgit à mon esprit, et je refuse, mais Elsie est déjà en train de passer commande. Elle revient avec un gobelet. Le liquide là-dedans s'agite et chatoie, paraît vivant. Je regarde, fascinée, et Elsie m'encourage à boire.

— Allez, vas-y. À la tienne. Tu te doutes bien que je n'ai pas ensorcelé tout le baril juste pour t'en faire boire un verre. Tu peux y aller. Il faut avoir goûté ça au moins une fois dans sa vie.

— C'est quoi ? je demande, mal à l'aise.

De toute façon, je ne vais pas le boire. Mais j'hésite à le renverser par terre. Ça a l'air précieux.

— Ne bois pas ça, dit Seb qui vient de réapparaître à côté de moi.

Il y a eu un courant d'air et sa voix est rauque, comme un croassement.

— C'est de l'âme, précise-t-il.

J'ai un haut-le-cœur.

— Comment ça, de l'âme ?

Il me prend gentiment le gobelet des mains et va le reposer sur le comptoir, m'entraînant à sa suite, à l'écart de Naomi éméchée et d'Elsie moqueuse.

— Tu te rappelles notre discussion chez Zeph, les choses qu'on reproche à Carnale ? Eh bien, il n'est pas le seul à pratiquer ce genre de trafic. D'autres font comme lui. Toute une industrie. Des malheureux y laissent leur âme, pour que d'autres puissent s'enivrer en la dégustant.

Une industrie.

Je décide que cet endroit est maudit et que je vais le détruire. Je ne sais pas encore comment, mais ça va arriver. Ça ne sert à rien d'avoir une douane ou d'être une chasseuse de monstres, tant que des lieux comme celui-ci existent. C'est construire sur de la merde, institutionnaliser une insulte à l'humanité.

Une main se pose sur mon épaule.

— Mona, dit Seb, parle-moi. Je ne sais pas à quoi tu penses, mais je crois que ce n'est pas une bonne idée. Tu me fais un peu peur quand tu as cette expression-là.

Je suis du coin de l'œil Elsie qui s'est finalement laissé convaincre et qui boit un verre avec Naomi, les joues plus roses encore et éclatantes de santé qu'à l'accoutumée. Quelqu'un a perdu son âme pour *ça* ?

— J'ai besoin de savoir, dis-je. Je veux comprendre ce qui te retient ici, Seb. Quand tu es parti, l'autre jour après cette histoire de zombis, quand la douane est arrivée et que tu as suivi Elsie, qu'est-ce que tu avais en tête exactement ? Je n'ai pas aimé te voir partir.

Je n'ai rien bu de leur cocktail barbare, et pourtant, j'ai l'impression d'être ivre. J'ai besoin de vider mon sac, je ne peux plus m'arrêter.

— Je commençais tout juste à me faire à l'idée de… de toi, quoi. J'ai toujours travaillé seule, toujours. Et je ne vais pas me bercer d'illusions, tu n'as pas vraiment travaillé AVEC moi, non, je sais que tu avais tes propres objectifs, mais je me suis habituée à toi, et quand tu es parti avec Elsie, ça a fait… mal.

Je n'ose pas le regarder. Dans une seconde il va me faire bien comprendre à quel point il est la chose d'Elsie, et ça va faire mal à nouveau.

— Je ne peux pas laisser faire… tout ça, dis-je en désignant la foire autour de moi. Je suppose qu'Elsie le savait, que c'est même la raison pour laquelle elle m'emmène ici. Elle se doutait que cet endroit me rendrait malade, folle de rage. Je ne suis pas faite pour travailler à la douane, je ne suis pas faite pour vivre dans un monde où ce genre d'absurdités, d'atrocités peut exister. J'ai envie de tout envoyer péter, de tout casser, et je suis… toute seule.

J'ai fini, alors je me tais, le nez baissé, avec le sentiment d'être en cage moi aussi.

La main de Seb bouge tout doucement, elle monte, hésite, s'élève dans mon champ de vision. Je la suis des yeux jusqu'à ce qu'elle touche ma joue, à peine un effleurement sans pression. Son pouce balaye ma pommette et laisse derrière lui une sensation humide, et une myriade de chatouilles comme la caresse d'une plume.

— Pleure pas, dit Seb. Je suis avec toi.

N'importe qui d'autre me dirait de me calmer, de ranger mon indignation, de grandir et d'accepter la façon dont le monde tourne, parce qu'on ne peut pas le changer.

Pas Seb.

Je lève le nez vers lui, peut-être dans l'espoir de déchiffrer quelque chose sur son visage, mais comme d'habitude, il pourrait en donner pour leur argent aux plus grands joueurs de poker. Surtout qu'Elsie a fini par nous calculer. Elle a bien dû voir que notre discussion prenait un tour sérieux.

— Je suis désolé pour l'autre jour, chuchote précipitamment Seb tandis qu'elle nous fait signe et s'approche de nous. Je n'ai pas réfléchi. J'ai eu peur de la douane, peur des conséquences.

Je hoche la tête. En se rendant à la douane, il aurait été traduit en justice. Elsie est horrible mais au moins avec elle, il doit savoir à quoi s'en tenir.

— Tout est un peu compliqué pour moi, ajoute-t-il, comme si l'admettre contribuait à éclaircir quoi que ce soit.

J'ai juste le temps de dire avec ferveur :

— Je vais vous faire sortir d'ici. Toi aussi, Seb. Mais j'ai besoin de savoir si c'est ce que tu veux.

Je ne pratique pas la magie, je ne fais pas signer des contrats à tire-larigot, mais quand je formule un engagement, ça signifie quelque chose, ça a du poids. Je ne sais pas ce que Seb lit sur mon visage, mais j'espère qu'il comprend que je suis sérieuse. Lorsqu'il acquiesce, j'espère que c'est bien en connaissance de cause.

Ma promesse, encore une fois, n'engage que moi. J'en suis bien consciente. Il n'a pas dit qu'il acceptait mon aide, ni qu'il me donnerait la sienne, et je suis obligée de lui faire confiance, à nouveau. Je dois me laisser porter par la force de quatre petits mots — *je suis avec toi* — et partir du principe qu'ils ont du poids eux aussi.

— J'ai grand-faim ! déclare bruyamment Elsie. Après cette matinée des plus fructueuses, laissez-moi vous inviter tous au restaurant.

Je me secoue et prie pour qu'on évite absolument le stand de recettes cannibales qui me terrifie depuis tout à l'heure.

22

Elsie a même l'élégance de refuser le restaurant de volailles que Naomi propose. Elle nous entraîne plutôt vers un *steakhouse* en périphérie de la foire. Je n'ai pas la moindre occasion d'échanger deux mots de plus avec Seb au cours des heures qui suivent. Il trouve juste le temps de me glisser que je peux, a priori, consommer la viande de ce restaurant sans risquer mon âme, ma santé et ma liberté. J'en profite pour faire honneur au menu avec un enthousiasme qui amuse Elsie. Mon coup de fourchette force même une réaction chez Naomi. John, de son côté, continue d'observer tout le monde en silence, tout en roulant occasionnellement des pelles à sa quasi-sœur jumelle. Beurk.

Tout en mangeant, ils se remémorent une partie de go qu'ils ont menée dans la Perse ancienne, du temps du roi Cyrus. Je les écoute, à l'affût d'indices sur la partie en cours, mais je ne vois pas ce que je peux conclure de leurs souvenirs, si ce n'est qu'ils montrent un mépris constant de la vie humaine, et une immaturité sidérante chez des êtres aussi vieux.

Au bout d'un quart d'heure, je n'y tiens plus, je suis obligée de commenter.

— Mouaif, vous avez dû foirer quelque chose à un moment, parce qu'au final le mec, là, Cyrus le Grand, il a quand même réussi à inventer les droits de l'Homme pendant que vous étiez là-bas.

Comme toute la tablée me dévisage avec étonnement, je hausse les épaules.

— Ben quoi ? Je suis fan des Achéménides.

Ensuite, je me tais, replongeant dans mon assiette. J'ai mieux à faire que de me laisser embarquer dans des discussions stériles avec ces gens ; j'ai besoin de revoir ma stratégie, et vite. Mon contrat avec Elsie se termine dans deux jours, et je ne tiens pas à m'éterniser ici. J'ai peur que la moindre brèche dans le programme prédéfini ne soit interprétée comme une décision de ma part de rester avec elle ou de prendre racine à VU.

Mon nouveau plan consiste à libérer Salma, le gosse, et Seb, et à remonter à la surface pour secouer la douane jusqu'à ce qu'elles passent à l'action. Basique, je sais. Pour y parvenir, j'ai besoin de comprendre ce qui peut se dresser sur notre route et nous empêcher de décamper d'ici.

———

DÈS QUE NOUS sommes de retour à la suite, je m'isole dans ma chambre pour passer quelques coups de téléphone.

D'abord, j'appelle mon cher et tendre.

— Zephounet !

— Mona ? Quel plaisir de t'entendre, ma colombe. Ta lune de miel se passe bien ?

— D'enfer.

— Toujours tentée par des informations sur les registres de VU ? enchaîne-t-il, tout suavité.

— Nan, j'ai réussi à me débrouiller autrement. Mais tu pourrais éclairer ma lanterne sur quelques points juridiques ? Ça pourrait être un genre de cadeau de mariage, à mon avis. Je t'en ferai un aussi, à ma discrétion.

— Qu'est-ce que tu veux savoir ? demande Zeph, soudain sérieux.

— Comment on s'y prend, à VU, pour affranchir un esclave ?

Un court silence s'ensuit. Puis :

— Mona, sois précise. Le code de l'esclavage à VU court sur trente-quatre volumes, et trois d'entre eux au moins sont consacrés aux affranchis.

— Ah. Tiens, ça me fait penser : tu connais quelque chose au code de la morvivance ?

— Ce n'est pas ma spécialité, dit Zeph, mais j'ai un cousin à L.A. qui déchire. Tu veux son téléphone ?

— Oui. Et en attendant, dis-moi, qu'est-ce qui se passe quand un esclave de VU se fait la malle ? Qu'il s'échappe ?

— Dans le cas classique, me renseigne Zeph obligeamment, on le rattrape et on l'ampute de quelque chose.

— Oh.

— Généralement un gros morceau de son âme.

— Merde.

— Ouais, donc comme tu suggérais, l'affranchissement est une approche plus saine et moins risquée. Mais il peut y avoir beaucoup de paperasse. L'équivalent d'une petite forêt canadienne, je dirais. Ça n'arrive pas tous les jours, quoi. Tu penses à des gens en particulier ?

Je lui décris les cas de Salma et du gosse, dont je ne sais pas grand-chose.

— Bon, résume mon époux, la jeune femme est majeure et elle a été enlevée à la surface. Elle peut être affranchie par son mari si celui-ci est citoyen de VU. Il faut que le mariage soit conclu dans les treize jours consécutifs à son arrivée. Ensuite l'affranchissement peut être consenti après un an et un jour.

— What?

— Cherche pas. Tu me l'amènes asap et je l'épouse. Après 366 jours dans mon donjon, je la remets en liberté. C'est simple.

Je passe sur l'absurdité globale de la discussion (je vous jure qu'on s'habitue) et je croise les doigts pour que Salma n'ait pas déjà dépassé le délai de treize jours.

— Et pour le môme, continue Zephyro, il va me falloir plus de renseignements. Son nom, ses capacités magiques. J'ai besoin d'évaluer sa valeur de marché.

Soudain nauséeuse, je ne réponds pas.

— Tu as parlé de trois personnes, ma douce, qui est la troisième ?

— M'appelle pas ma douce. C'est nul. Le troisième, c'est Seb.

Zephyro pousse un « Oh » réjoui suivi d'un « oh » prudent. Devant ce refroidissement brutal, je m'énerve.

— Tu m'aides ou pas ? D'ailleurs, si je peux me permettre, pourquoi tu t'es pas encore débrouillé pour l'aider, toi qui es si fort en droit bizarre ?

— Seb n'est pas lié à Elsie par le droit, mais par la magie.

— Ouais, c'est pas grave. C'est bonnet blanc et blanc bonnet pour moi. Je maîtrise pas l'un plus que l'autre. J'ai juste besoin de savoir ce qui viendrait à bout du problème. Un sort ? Une grande claque dans le nez d'Elsie ?

— Tout ce que je sais, murmure Zephyro dans le combiné, c'est qu'il y a une clef.

Comme pour toutes les cages.

— OK, ça me paraît logique. Tu sais à quoi elle ressemble ?

— Non, soupire Zeph, mais si j'ai bien cerné Elsie, ce sera un mécanisme particulièrement tordu qui requerra l'emploi de doses massives de magie.

— Mouais, je pense que t'as raison.

— Et celui ou celle qui arrachera Seb à Elsie y laissera forcément des plumes, conclut Zeph.

Je termine la communication en l'assurant qu'on a déjà vu des maris pires que lui. Ensuite seulement, j'appelle la douane.

— Douane de Vegas, j'écoute ?

— Salut Kayla, c'est Mona Harker.

— Mona ? Tu as oublié quelque chose ici ?

— Non. Je peux parler à Becky ?

— C'est à dire qu'elle est en réunion pour le moment.

— Tu veux bien la déranger pour moi ? Dis-lui que c'est urgent. J'ai retrouvé Salma Trenton et je pense que Becky a des responsabilités à assumer la concernant.

Kayla me dit qu'elle va essayer de me mettre en communication avec sa cheffe, mais qu'elle ne peut rien me garantir. Je patiente. Finalement la voix de Becky me parvient, une sous-couche d'agacement bien audible sous la fine croûte de bienveillance.

— Mona ?

— J'ai trouvé Salma. Quelqu'un l'a vendue sur un marché aux esclaves à VU. La foire du dressage, tu connais ?

— Oh, fait Becky. C'est regrettable.

— Tu viens la chercher, steup ?

— Je vais formuler une demande, dit Becky sur un ton incertain.

— Dis-moi plutôt que tu peux m'avoir un pouêt-pouêt magique qui te sert à téléporter les stagiaires jusque dans ton bureau.

Après tout, elle a toujours des gadgets si inattendus.

— Non, répond Becky, mais comme je le disais, il y a un formulaire de demande de transfert que je peux remplir…

Je ferme les yeux et je m'adosse au mur de ma chambre.

— Tu garantis que ça marche à tous les coups ?

— Nos taux de réussite sont assez corrects, indique Becky d'un ton pincé.

Zut.

— Corrects comment ?

— Trente, trente-cinq pour cent.

— Tu es sérieuse ?

Becky fait entendre un claquement de langue agacé. Ben oui, c'est sûr, elle est comme tout le monde, elle n'aime pas trop qu'on lui mette le nez sur ses propres limitations.

— Ce taux ne te plaît pas, Mona ? C'est la raison pour laquelle la douane demande instamment à ses effectifs de NE PAS DESCENDRE À VEGAS UNDERGROUND. Si tu avais lu le règlement interne, tu le saurais.

Je sens la moutarde me monter au nez.

— Mais je ne réclame pas pour moi. Moi, j'y suis descendue de mon plein gré. Et j'ai un plan d'extraction qui ne repose pas sur toi, merci bien. Ce n'est pas le cas de Salma. Elle a été ENLEVÉE.

Nous voilà à nouveau dans l'impasse, et je décide d'économiser mon énergie.

— Bon, merci, Becky. Je te laisse remplir ta paperasse. Je vais essayer de trouver une autre solution.

— Nos accords avec VU sont peut-être imparfaits, mais ils joueront en cas d'infraction de ta part, signale Becky juste avant que je raccroche.

C'est comme je le craignais. La douane est totalement inutile, pas la peine de compter sur elle. Même si Salma tombe dans le tiers de requêtes gagnantes, les délais seront tellement faramineux qu'elle a le temps de se faire transformer douze fois en piaf. Il va falloir passer par la solution alternative de mon cher mari.

23

Je dois parler à Seb. Mais quand on toque à ma porte et que j'ouvre en prenant mon inspiration, déjà prête à le cuisiner sur la nature exacte du boulet à son pied, je tombe nez à nez avec Archie.

— Maîtresse Hannigan se demande où vous êtes passée, miss Mona, énonce-t-il. Elle pense que le savoir-faire de Mr. Clemens vous intéressera.

Clemens, c'est le nom de la personne qu'Elsie a envoyé Seb chercher tout à l'heure. Même une fois sortis de la foire aux esclaves, on n'y échappe donc pas tout à fait.

— Tu es sûr que je dois y aller, Archie ?

— Maîtresse Hannigan vous fait savoir que votre absence constituerait un manquement au paragraphe 15, alinéa…

— C'est bon, c'est bon, j'arrive.

Décidément, la paperasse est partout. On dirait qu'elle me poursuit.

J'attrape ma veste et j'emboîte le pas à Archie en essayant de me faire une raison : de toute façon, j'avais besoin d'un prétexte pour parler à Salma, à Seb, aux autres. Alors, c'est parti.

Au moment où je sors de ma chambre, mon téléphone sonne et je décroche immédiatement, croyant avoir affaire à Zeph, avec une bonne nouvelle, qui sait ? Mais pas de voix à l'autre bout du fil ; j'entends un bruit de voiture dans le lointain, le chant des insectes, le cri d'un oiseau qui passe, et à part ça, rien.

— Qui est à l'appareil ?

J'attends encore deux secondes, et comme il ne se passe rien, je raccroche. J'ai sans doute été appelée par l'intérieur du sac à main de Brit-Brit, ce truc qu'il nomme une sacoche avec un petit sourire satisfait de son sens fashion. Pourtant le numéro ne s'est pas affiché. Va comprendre.

Au terme d'une progression tortueuse le long d'une série de couloirs, Archie m'emmène… dans une forêt.

Véridique. Une forêt souterraine, à des centaines de mètres sous la terre, sous Las Vegas. Dans un salon si vaste que l'on n'en voit pas les murs s'élèvent des arbres d'essences variées, dont certains sont gigantesques. Je m'enfonce sous la voûte à la suite d'Archie, tout en me demandant, en bonne fille du Nevada, d'où peut bien venir toute cette eau, dans une ville où l'écrasante majorité des gazons sont en plastique. Que fait Isadora la sirène vengeresse ?

L'éclairage diffus évoque la lumière blanche d'un jour nuageux, juste avant que le ciel ne se dégage. Des vaporisateurs diffusent par bouffées une brume fraîche, bienvenue car il fait très chaud. Mais je n'aime pas toute cette humidité. Je préfère l'atmosphère aride du désert.

Elsie trône au milieu d'une clairière, dans un transat, protégée de la lumière des plafonniers par un parasol bleu nuit irrégulièrement constellé de petits trous, comme percé d'étoiles. Elle s'est changée et porte une robe d'été à fines bretelles, des sandales spartiates dont les lanières lui escaladent la jambe, le tout d'un bleu très sombre.

À côté d'elle est fixée au sol une grande cage dont la vue achève de flinguer mon humeur. Une partie des « achats » de la matinée y sont rassemblés. Je compte cinq personnes, dont Salma et le petit garçon qui n'a pas de nom.

Je me demande où est Seb.

Quand mon regard retourne à Elsie, un fauteuil en rotin a fait son apparition à sa droite et elle m'invite d'un geste à m'y asseoir. Évidemment, je n'y vais pas.

— Je te présente Clemens, dit Elsie sans se formaliser de mon humeur contraire.

Un type massif au torse nu traverse la clairière dans notre direction. Il est grand, encore plus que Seb, et bardé de muscles avec une peau tannée par le soleil. Il luit de transpiration comme après un effort, ses cheveux mi-longs coiffés en demi-queue sont humides. Je trouve sa démarche un peu étrange, jusqu'au moment où je m'avise qu'il a deux jeux de jambes. Ce mec, autrement dit, est un centaure.

— Merde alors.

Elsie rit comme si elle trouvait rafraîchissant mon étonnement provincial. Clemens pile devant nous et mes narines saisissent une odeur de transpiration, de terre, de cuir, et de métal chaud battu. Je fronce le nez.

— T'es quoi, je dis, un maréchal-ferrant ?

Pour toute réponse le dénommé Clemens désigne un objet métallique suspendu à sa ceinture, qui évoque un mors et manque de me faire rendre mon déjeuner.

— Qu'est-ce que c'est que ce truc ?

Je regarde autour de moi, nerveuse. Où est Seb ? Je ne veux pas être ici. Je veux partir.

Les lèvres fines de Clemens se haussent en un demi-sourire sec et cruel. Elsie explique :

— Clemens nous conseille sur les opérations de dressage. J'ai régulièrement recours à ses services.

Clemens exécute une profonde révérence. Je ne suis pas experte, mais je crois que ce genre de plongeon est extrêmement casse-figure pour un cheval.

— Et il ne tient qu'à vous, Dame Hannigan, de vous les assurer sur le long terme.

— Il veut bosser pour toi, je traduis.

Elsie hoche la tête, tout en faisant la moue.

— Il veut entrer dans mon écurie, et devenir un de mes champions, confirme-t-elle.

— Des champions ? Tu organises des jeux olympiques ?

Clemens me trucide du regard et Elsie se met à rire.

— Non, explique-t-elle, les champions sont des êtres ordinaires qui ont reçu le droit de participer au jeu de go et d'avoir leurs propres esclaves, familiers ou animaux de compagnie.

— Hum, je suis désolée de te décevoir, mais Clemens ne me paraît pas exactement ordinaire. En dessous de la ceinture, il y a comme un truc.

Je me baisse vers elle et je chuchote à son oreille, assez fort pour être entendue de Clemens :

— Tu ne l'as peut-être pas remarqué, mais il se termine en queue de… enfin, tu vois ce que je veux dire.

Elsie se met à rire.

— Ordinaire ne signifie pas humain, Mona. Tout ce qui n'est pas un joueur de go est ordinaire.

— Ah. OK. Ça va, les chevilles ? Mais quel est l'intérêt pour les gens « ordinaires » de participer à vos jeux stupides ?

— Eh bien, sourit Elsie, en général, ils rêvent de revendre les points qu'ils gagnent sur le marché noir, à des joueurs de go dont le score est trop bas et qui s'abaissent à ce genre de transaction. Certains champions se débrouillent pour faire fortune. Les joueurs de go sont très riches, et ils adorent gagner.

Je me tourne vers Clemens.

— Eh ben, je comprends que tu postules, vu comme t'es sapé. Et t'as pas mal rogné sur le budget shampoing aussi, non ? Les temps sont durs ?

Clemens porte la main à sa ceinture, caresse du doigt l'espèce d'horrible mors qu'il exhibe de manière si obscène. Ses yeux brillent d'une lueur vicieuse.

— Dame Hannigan, je me ferais un plaisir de dompter cette jeune impertinente. Vous n'avez qu'un mot à dire.

— Merci, Clemens, mais je vais me charger d'elle personnellement. Et pour ce qui est de mon écurie, je vous ferai savoir si une position se libère.

— Elsie, dis-je d'une voix blanche, tu as dit que les oiseaux venaient à toi de leur plein gré. Tu n'as pas besoin de ce… masque… collier…

— Ne t'inquiète pas. J'abhorre ce genre de procédés. Mes méthodes sont bien plus subtiles que celles de Clemens. Aujourd'hui, j'essaye simplement d'acclimater mes nouveaux oiseaux, de les mettre à l'aise.

Je respire marginalement mieux.

— Super. Je vais leur parler.

— Non. Tu as autre chose à faire.

— Excuse-moi, j'observe, mais tu n'as pas vraiment

besoin de ma protection rapprochée au fin fond de ton propre appartement, si ?

Elsie sourit et répète :

— Tu vas être occupée ailleurs.

Elle claque des doigts et une pression inhabituelle se manifeste autour de mes avant-bras. Je secoue mes mains, paniquée.

— Chut, rassure Elsie, ne t'inquiète pas.

Je baisse les yeux. Je porte deux manchettes de cuir noir, mat et épais, fixées par de bêtes fermetures éclair. J'aurais pu les enfiler normalement, sans l'assistance de la magie.

— Espèce de frimeuse.

— Si tu avais autant de magie que moi, dit nonchalamment Elsie, tu t'en servirais toi aussi pour un oui ou pour un non.

J'agite les doigts. Mes poignets sont bloqués par les manchettes, pas souples. Ça me gêne. Je n'aime pas me sentir limitée dans mes mouvements, et certainement pas qu'on m'impose un équipement sans même me prévenir. Je sens la chaleur monter dans ma nuque, ma gorge, et le début d'une attaque de panique. Mon réflexe salvateur dans cas-là : ruer dans les brancards.

Cependant, je suis bien consciente qu'Elsie s'amuse et que je gaspillerais mon énergie à me mettre en colère. Alors, je fais un effort pour me calmer.

Jusqu'au moment où elle m'encourage :

— Bien, Mona, c'est très bien.

Comme si elle avait suivi mon débat interne, comme si elle savait apprécier la façon dont je gère mon inconfort pour accepter le joug. Ma colère flambe de plus belle, puissante, dévastatrice. Elle me prend pour un des « animaux » qu'elle aime dresser. Je crache :

— Va te faire foutre, vieille bique.

Clemens s'approche, menaçant, la main levée, mais Elsie l'arrête d'une voix d'airain.

— On ne frappe pas Mona.

Fils de goule, me voilà embarquée dans un jeu beaucoup trop compliqué pour moi. Heureusement pour moi, j'ai mon caractère de cochon pour me sauver. De la main droite, j'attrape la fermeture éclair de la manchette qui engonce mon avant-bras gauche et je l'arrache d'un seul geste avant de la balancer dans un massif de fougères.

— J'ai pas donné ma permission, Elsie. Fiche-moi la paix, lâche-moi tout de suite.

— Ces manchons sont là pour ta protection, Mona, rétorque-t-elle calmement. Tu ne vas pas me dire que tu ne supportes même pas une pièce vestimentaire de rien du tout ? Qu'est-ce qui t'est arrivé, dis-moi, pour que tu sois aussi mal embouchée, aussi écorchée ?

J'ouvre la bouche pour lui répondre qu'il m'est arrivé John, puis tout le reste d'un système qui ne fonctionne pas, et qu'elle le sait pertinemment, quand un croassement se fait entendre sur ma droite et qu'un grand oiseau noir déboule à toute vitesse entre les feuillages, fonçant vers moi. Mon cœur cogne douloureusement contre ma poitrine, mais c'est plus fort que moi : je tends le bras droit.

Le corbeau se pose dessus.

— Très bien, félicite Elsie, comme si j'avais exécuté ce geste pour ses beaux yeux, alors que c'était juste un réflexe.

Mais je l'ignore, elle me paraît très, très loin. L'espace

s'est refermé autour de moi et du corbeau qui vient de se percher là, juste sous mon nez. Mon attention est accaparée par l'oiseau, son poids sur mon bras, la pression de ses serres sur la manche de cuir, son odeur familière d'ozone et de désert sous l'orage.

Il n'y a pas un demi-doute dans mon esprit. C'est Seb. C'est beaucoup trop bizarre.

— Seb, qu'est-ce que c'est que ce plan ? je chuchote.

— N'obéis pas, croasse le corbeau. Pas obéir, Mona.

— Cette forêt a été enchantée, indique Elsie depuis son transat. Ici, chacun doit se présenter dans sa vérité la plus exacte. Et l'inverse est vrai aussi. Ce qui survient ici fait loi.

La succube. Elle est en train de m'expliquer à mots à peine couverts que Seb est plus un corbeau qu'un humain, je crois. Mais je ne souscris pas à sa théorie.

— Tu penses que t'es dans ta vérité, là, Seb ? Moi, j'y crois pas une seconde.

— C'est très malpoli de critiquer la vérité des autres, s'amuse Elsie. En même temps, je pense bien que nous avions établi à quel point Mona pouvait se montrer grossière. Vérité à nouveau.

Je l'ignore. Je me concentre sur Seb. Je ne peux tout simplement pas laisser dire des choses pareilles sur son compte.

— Seb, ça m'est égal que tu sois un oiseau, mais je ne crois pas que ce soit ton unique horizon. Tu t'es laissé emberlificoter par cette chipie. Moi, je pense que t'es un type. En tout cas, je te vois comme un type.

Puis je perds l'équilibre, parce que le corbeau s'est dissout et qu'à la place, un type s'est matérialisé sur mon bras. Je pars en avant et c'est Seb qui m'attrape pour m'empêcher de faire un plongeon dans l'herbe.

— Bien ! jubile Elsie. Je suis très contente de toi aujourd'hui, Mona. Tu vois que tu sais faire.

— T'en as pas marre de faire la voix off ? je lui lance. Et arrête avec les susucres verbaux. Je suis pas ton chien.

Ça m'énerve qu'elle fasse semblant d'avoir tout prévu, tout organisé, jusqu'au moindre de nos gestes, de nos interactions.

— Qu'est-ce que tu en penses, Seb ? demande Elsie, ignorant mon commentaire. Ça ne te plairait pas de faire un numéro sur scène avec Mona ? Mona, on doit repartir en tournée bientôt, tu viens avec nous ? Tu seras enfin capable de te payer le coiffeur.

— Plutôt crever.

— En tout cas, tu devrais prendre le temps de réfléchir à ce qui vient de se passer, conseille Elsie.

Surprise, je regarde dans sa direction. Elle sourit, l'air satisfait, pendant que Clemens nous observe, bras croisés, appréciateur, genre je profite de la masterclass.

— Pourquoi ? je demande, perplexe.

Qu'est-ce qui vient de se passer au juste ?

— Mona… intervient Seb. Je pense que tu devrais t'arrêter là.

— Mais arrêter quoi, à la fin ?

Ma voix est sortie plus paniquée qu'énervée. Je ne comprends pas. Je sais qu'Elsie joue avec ma perception pour m'amener à je ne sais quelle erreur fatale. J'éprouve la désagréable impression qu'elle a réussi à m'entamer peu à peu sans que je m'en rende compte. Mais si je garde mon sang-froid, elle n'arrivera jamais à ses fins. La balle est dans mon camp. Il suffit de rester calme. Je m'efforce de respirer plus lentement, de relativiser. J'essaye d'apaiser les coups sourds de mon cœur qui s'emballe.

Seb a posé une main sur ma nuque, chaude et rassurante, et je pense que ça aide. Je reconnais l'odeur de sa magie, qui suit son corbeau partout, ozone, pluie battante, pierres brûlantes, un orage dans le désert. Ces émanations se dissipent rapidement depuis qu'il a repris sa forme humaine, ce qui semble confirmer qu'il est bien humain avant tout : le déluge d'orage s'interrompt, les roches sèchent et l'ozone se dissout, ne laissant derrière eux que des effluves de désert ensoleillé, puissants et minéraux, parcourus par un bourdonnement d'énergie.

Seb s'est approché de moi et je suis pas mal sûre qu'il vient de fourrer son nez dans mes cheveux.

— Arrête, je lui dis en le repoussant des deux mains.

OK, j'avoue, c'est peut-être juste par curiosité, pour sentir ses pectoraux sous mes paumes.

Je me sens mieux, tout à coup. Je suis venue à bout de l'accès de panique. Tout va bien. Je suis même un peu euphorique, tiens.

Et puis Seb s'éclaircit la voix :

— Pardon Mona, je ne voulais pas envahir ton espace vital. C'est juste que ta magie sent vraiment trop bon.

24

———

Sa mère la goule en short. Qu'est-ce que c'est que ce délire ?

— Hum, Seb, tu peux répéter ce que tu viens de dire, steuplaît ? Je pense que j'ai mal entendu.

En arrière-plan Elsie pousse un rire joyeux, et Clemens commente avec un étonnement émerveillé.

— Dame Hannigan, c'est tout bonnement extraordinaire. Vous avez projeté de la magie vers cette humaine ?

— Non, dit Elsie avec modestie. Mona avait simplement besoin de quelques encouragements pour faire émerger une magie sous-jacente.

— Minute, je proteste. Je n'ai pas de magie. C'est juste un truc de ventriloque, c'est comme a dit le canasson.

Je croise le regard de Seb et reçois un mélange ambigu d'émotions. Il y a de l'admiration, du ravissement même, mais aussi de l'inquiétude et de la contrariété.

Oh-oh.

— Je suis baisée, c'est ça ? je lui demande à voix basse.

Il fait la moue. S'il me dit que c'est compliqué, je jure

que je lui fous un coup de boule. Il hésite, puis semble prendre une décision qui ne lui plaît pas plus que ça.

— Fais bien attention maintenant, Mona. Faire basculer des humains vers la magie ramène des points au go. Tu viens d'augmenter la mise.

L'avertissement d'Elsie claque comme un fouet au-dessus de nos têtes.

— Sebastian ! Ferme ton bec.

Mais Seb passe outre.

— Mona, se dépêche-t-il de m'expliquer, tu viens d'utiliser la magie dans l'espace d'Elsie et à cause de ça elle va vouloir te revendiquer, mais ne cède surtout pas, ne reconnais pers…

Corbeau.

Seb est redevenu corbeau.

— Non. Non, non, non. Laisse-le parler ! Elsie, fiche-lui la paix pour une fois !

Mais Elsie rit tandis que Seb fait du surplace entre nous dans de grands battements d'ailes chaotiques. Pas question qu'il reste comme ça, pas question qu'elle lui impose ça. Puisque j'ai réussi une fois, je vais le faire à nouveau. Je me concentre comme tout à l'heure, j'imagine Seb en type et pas en corbeau, je m'énerve, j'insiste, je force, sans résultat. Pourtant l'odeur minérale de fournaise monte, brûlante, asséchant l'atmosphère humide autour de moi. La sueur perle partout sur ma peau, bue aussitôt par la chaleur aride. Mon cœur bat à tout rompre, mais rien ne se produit. Alors que précédemment j'ai bien l'impression d'avoir réussi à casser le sort d'Elsie, le charme n'opère plus, Seb reste un oiseau noir, suspendu dans l'air devant moi.

Clemens me regarde soudain avec beaucoup d'intérêt, tandis que je m'escrime et que l'oiseau se débat.

— Captivant, vraiment, prononce Clemens.

— Mona, croasse Seb, arrête. Tu vas te faire mal. Laisse tomber.

Je lâche tout et je titube épuisée en demandant :

— Dis-moi où est la clef pour te débarrasser d'elle.

— Sebastian, fais bien attention, résonne à nouveau l'avertissement d'Elsie.

— Non, Mona, craille Seb. Trop de magie pour toi.

— Mais pas pour toi ?

— Trop de magie, c'est tout.

— Mona, lance Elsie, si tu voulais bien laisser mon corbeau tranquille maintenant. Sebastian, tu peux aller te coucher. Tu as très bien travaillé.

Ce n'est pas un remerciement, c'est un ordre, elle le congédie et le renvoie à la volière. Et je ne sais pas quelle énergie elle utilise, mais il s'envole sans protester et disparaît entre les arbres.

Je reste seule avec Elsie, Clemens, et les esclaves prisonniers dans leur cage. J'ai un bon petit coup de barre, aggravé par la sensation déplaisante de m'être fait avoir. Et j'ai du mal à croire vraiment que je viens d'employer la magie.

— Vous êtes témoin, Clemens, n'est-ce pas ? demande Elsie. Elle a basculé sous vos yeux.

— Dame Elsie, ce fut un honneur. Comptez sur moi pour en parler. Vos talents de dompteuse n'ont vraiment pas d'égal.

J'ai à nouveau l'impression d'être une gamine dont on gère le sort à la troisième personne, juste sous son nez. Je proteste, luttant contre l'épuisement. Ma voix sort toute pâteuse.

— Minute, papillon. Elsie, je ne marche pas dans la combine.

— Tu nies avoir fait de la magie, peut-être ? sourit-elle.

— Non. Je nie juste ton influence sur moi. Ce n'est pas toi qui m'as fait, euh, basculer.

Je refuse qu'elle se mette une victoire dans la poche aussi facilement. Et j'ai peur, comme dit Seb, qu'elle me revendique.

— Ah oui ? rétorque Elsie avec un sourire en coin. Qui est-ce alors ?

— C'est Seb.

Le sourire d'Elsie s'élargit lorsqu'elle conclut :

— Exactement. C'est aussi ce qu'il m'a semblé. Merci de le reconnaître explicitement, petite Mona. Et comme Seb agit en mon nom, j'accepte ta reddition avec plaisir, et je signe cette prise. Dix points pour moi.

— Quoi ? Pas du tout.

Mais sur un bref signal d'Elsie, Clemens s'avance vers moi en balançant son collier métallique chelou à la main, un sourire sadique aux lèvres. Je recule de plusieurs pas, jusqu'à buter contre la cage. Je m'accroche aux barreaux froids et je tente de mobiliser de la magie, j'essaye de reproduire cet effort qui m'a semblé si simple tout à l'heure mais qui me dépasse maintenant que j'en ai besoin. Et d'ailleurs pour quoi faire ? Je n'en sais rien. Je suis épuisée. J'ai juste besoin de fermer mes paupières et de me reposer cinq minutes. Après c'est bon, pas de problème, ça va repartir.

———

QUAND JE REPRENDS CONNAISSANCE, il fait nuit. Je sens quelque chose de froid et métallique sous ma joue, et contre le bas de mon dos, une masse chaude, de la peau, quelqu'un. Je bouge et réprime un grognement de douleur. J'ai mal partout.

— Elle se réveille, chuchote une voix.

— Mauve ? fait une autre voix. Mauve, ça va ?

Je réalise que c'est moi qu'on appelle Mauve, à cause de mes cheveux, je suppose. Je me redresse sur un bras. Tous mes muscles sont raides, mes articulations endolories. Comme si je m'étais pris une sacrée dérouillée, alors que…

Mes yeux ont beau être ouverts, j'ai du mal à faire le point, tout est trouble, et de toute façon il fait noir.

— T'inquiète, rassure un homme, c'est normal que tu te sentes groggy après ce que tu as balancé tout à l'heure. Tu vas être malade ? Il y a un seau là-bas si tu veux. C'est pas génial, mais…

Je me frotte le crâne. Je discerne plus ou moins les contours de mon interlocuteur. C'est le petit mec mince vêtu d'un costume joli mais très froissé. Celui qui a l'air gentil et qui ne paye pas de mine.

— C'était la première fois, dis-je bêtement.

— Eh ben, pour une première fois, c'était pas trop mal. Pour ce que j'y connais, en tout cas, c'était plutôt impressionnant. Je m'appelle Liam. Je suis un métamorphe, un lion.

Ce petit mec, c'est un lion ?

— Euh, moi c'est Mona. Salma, t'es là ?

— Je suis là, confirme Salma d'une toute petite voix. Qu'est-ce qu'ils vont nous faire ? La douane est au courant ?

J'essaye de lui expliquer la situation en passant rapidement sur le fait qu'il vaut mieux ne pas attendre d'aide de la douane avant un mois ou deux.

Avec nous dans la cage, il y a Liam et Mike, également un lion, plus Kim, qui tient un salon de thé transcendantal (quoi que ça puisse bien vouloir dire) et a été enlevée à la surface tout comme Salma. Kim, elle, a vu son ravisseur — un de ses clients, ce qui semble la mettre vraiment en rogne. Pour moi c'est une bonne nouvelle, enfin on va avoir un signalement à partir duquel bosser. Mais Kim décrit un type blond, cheveux en brosse, un peu enrobé avec un visage poupin, et ça ne me dit rien du tout.

— Et toi ? je demande au gamin. Comment tu t'appelles ? D'où est-ce que tu viens ?

Tout à l'heure, c'était lui qui était couché tout contre moi. Maintenant il a battu en retraite et s'est pelotonné à l'autre bout de la cage en se faisant tout petit. On ne voit plus que ses genoux cagneux, ses cheveux bouclés, ses mains croisées. Il porte autour du poignet une montre d'enfant verte en plastique.

— N'aie pas peur, je lui dis. Je ne mords pas les gentils.

— Il n'a pas ouvert la bouche depuis qu'on est ici, soupire Liam.

— Il s'appelle Reed, indique Kim. Il ne parle jamais des masses. C'est le fils de ma voisine. Il jouait chez moi quand j'ai été enlevée, il y a trois semaines. C'est de ma faute s'il est ici.

Reed secoue la tête d'un air triste, et sans un mot, il va prendre la main de Kim, comme pour la rassurer. Je demande au gosse :

— Tu comprends ce qu'on dit ?

Il hoche la tête, mais sans nous faire entendre le son de sa voix.

— Tu as peur ?

Oui, il a peur. Il a même l'air terrifié. Je lui souris.

— Ne t'inquiète pas. Je vais te sortir de là pour que tu puisses retrouver ta famille.

— Excuse-moi, ricane Mike, mais tu n'as pas l'air en tellement meilleure posture que nous. Comment comptes-tu t'y prendre pour nous faire évader ?

Que va-t-il se mêler de saper le moral des troupes, celui-là ?

— Je sais pas encore, mais j'ai pas dit mon dernier mot.

Mike, un type baraqué avec un cou de taureau et une crinière à la Brian May, garde son air narquois et je décide de l'ignorer pour me concentrer sur Salma. Elle semble furieuse mais fatiguée et quand je l'interroge, elle me confirme qu'elle a été enlevée il y a deux semaines et qu'elle n'a pas vu son ravisseur. On l'a emmenée chez Keynes deux jours plus tard. D'après elle, ça fait donc douze jours qu'elle est à VU.

Je pense à la solution douteuse proposée par Zeph pour la ramener à la surface. On n'a que treize jours pour lui passer la bague au doigt, pas un de plus. Autrement dit, ça urge. Je décide de garder ça pour moi pour le moment.

Je raconte à Salma que j'ai trouvé son cahier, à la douane, et son livre chez elle, et ce que j'en ai déduit. Je lui fais part de mes soupçons.

— Ce sont Elsie et ses copains qui siphonnent toute cette énergie dans les ley lines.

Nous discutons de ma théorie.

— C'est quand même bizarre, glisse Salma. D'après tes

informations, ce n'est pas la première fois que ces joueurs de go se réunissent à plusieurs dans une ville. S'ils faisaient systématiquement peser une telle charge sur les réseaux de ley lines, ça ferait longtemps qu'on les aurait topés.

Je m'autorise plus de scepticisme, dans la mesure où Elsie et Seb sont effectivement recherchés par la douane depuis un moment. À mon avis, Becky et ses amies savent exactement ce qui se trame, c'est juste qu'elles n'ont pas les moyens, ou l'envie, de creuser plus profond et de régler le problème une fois pour toutes.

Salma remarque peut-être que je ne porte pas la douane dans mon cœur, mais elle ne relève pas.

— Est-ce que vous avez revu le corbeau pendant que je dormais ? Je demande aux autres, dans l'espoir que Seb aura fait passer un message.

Par exemple, des informations sur une certaine clef.

Mais non, personne ne l'a vu. Elsie a quitté la clairière avec Clemens peu après mon blackout, et les prisonniers sont seuls depuis tout à l'heure.

— Et John ?

Je décris John, mais il n'a pas fait d'apparition non plus. C'est plutôt étonnant. Si l'analyse de Seb est la bonne, Elsie vient de lui faucher l'herbe sous le pied en essayant de m'incorporer dans sa joyeuse troupe. Je me serais attendue à une petite colère, au minimum. Mais il n'a même pas montré le bout de son nez.

J'ai promis de sortir tout le monde d'ici et je vais le faire. Le seul problème, c'est que pour l'instant, j'ai beau chercher une idée géniale pour tout résoudre, elle ne vient pas. J'ai retrouvé Salma, je pense bien tenir les responsables des perturbations dans les ley lines, mais je ne sais pas comment nous allons nous évader d'ici, et je n'ai toujours pas la moindre idée de ce que veulent les joueurs de go, à part se faire mutuellement bouffer leur chapeau et profiter de la vie sur le dos des mortels avec leurs jeux idiots.

Une seule chose est sûre, j'ai pas l'intention d'attendre sans rien faire qu'Elsie se mêle de me transformer en oiseau.

— Bon, je dis, récapitulons. Qui parmi vous a de la magie ?

Mike ricane à nouveau et je suppose que ça se voit que j'y connais rien, surtout quand il explique :

— On en a tous, à divers degrés, mais ça ne nous servira à rien si on ne peut pas la mobiliser. Les métamorphes sont des êtres magiques mais ce n'est pas notre forme de lion qui va nous aider à sortir d'ici. Si tu ouvres la porte de la cage, je te promets de planter mes crocs dans tous les crétins qui traînent, mais en attendant…

Il hausse les épaules et va se rasseoir dans son coin. Je pense au sort que j'ai dans la poche, le sort expérimental de Brit-Brit. Mais je ne vois pas à quoi il me servirait dans les circonstances présentes. Les joueurs de go semblent mettre un point d'honneur à ne pas exercer leur magie, à part pour faire des choses futiles, comme de vous coller des manchettes en cuir. Sur tous les sorts que j'ai vu accomplir récemment, il n'y en a pas un que je gagnerais vraiment à reproduire.

— Moi, dit Kim, je peux lire ton avenir dans les lignes de ta main…

— Sans façon, merci.

Le gosse ne dit rien et se contente de me dévisager avec ses immenses yeux sombres qui rappellent ceux de Seb.

— Moi, dit Salma, j'ai étudié quelques sorts, mais c'est largement théorique. Et je n'ai pas encore beaucoup d'Anim.

— Hum, essayons toujours de voir si l'on peut arriver à quelque chose à nous deux ?

Ça me fait bizarre de travailler en équipe, mais je suppose que c'est mieux que rien quand on n'a vraiment pas d'autre solution.

Salma et moi commençons par inventorier les sorts qu'elle connaît de près ou de loin pour examiner ceux qui pourraient éventuellement nous être utiles. Elle a lu beaucoup de choses sur les ley lines et la magie, mais sa connaissance est essentiellement livresque.

Nous discutons aussi de la théorie de Britannicus sur la méthode de stockage alternative du pouvoir piqué dans les ley lines. Salma ouvre de grands yeux.

— Tu penses qu'Elsie stocke l'énergie dans les sorts qui lui permettent de transformer les gens en oiseaux ?

Je lui raconte pourquoi Elsie est plutôt au niveau bas de son influence en ce moment, à cause de moi, et qu'elle essaye de se refaire. Même avec ses acquisitions récentes, elle n'aura pas assez d'oiseaux pour planquer la magie de dix mille sorciers.

— Ah, fait Salma en hochant la tête, ça explique pourquoi elle te déteste. Mais son familier t'a à la bonne, on dirait, ajoute-t-elle avec un regard malicieux.

— Son familier ? Késako ?

Salma m'expose la théorie : que les familiers sont des êtres asservis par les grands maîtres de la magie comme Elsie, qui les utilisent pour stocker leur énergie.

— Seb n'est pas le familier d'Elsie.

Cette idée me donne la nausée.

— De toute façon, conclut Salma, la présence de Seb ne suffirait pas à justifier la quantité de magie détournée. C'est beaucoup trop pour un seul type, aussi extraordinaire soit-il.

J'acquiesce et nous poursuivons notre inventaire dans la nuit, à la recherche d'un moyen de prendre la clef des champs.

25

Contre toute attente, la personne qui vient nous voir n'est ni Seb, ni John.

— Naomi !

— La ferme, dit-elle en s'approchant de moi. La forêt a des oreilles.

Je cligne des yeux, surprise. Ça doit être la première fois qu'elle m'adresse la parole autrement que sur un ton éthéré voire complètement apathique. Je pars du principe qu'elle a un message de John, que John veut reprendre le dessus sur Elsie.

— Je n'ai pas accepté les propositions d'Elsie, déclaré-je avec morgue. Je n'appartiens à personne. Et Seb non plus. Si John veut négocier, il va falloir qu'il aligne des arguments.

— John ne sait pas que je suis là, lâche Naomi.

Huh. Du coup je ne sais plus pourquoi elle est venue nous trouver.

— Qu'est-ce que tu veux ? je demande, perdue.

— Faire une… blague à Elsie, dit Naomi, une lueur ironique dans ses yeux d'ambre.

Je penche la tête de côté. Aha, une blague.

— Je vais te donner la clef, explique Naomi.

J'ouvre des yeux ronds.

— La clef ?

— Pour libérer le familier d'Elsie.

— Mais…

— Tu la veux, ou pas ?

— Bien sûr que je la veux, dis-je précipitamment en tendant la main entre les barreaux, vers l'extérieur de la cage.

Naomi se met à rire.

— Ce n'est pas le genre de clef auquel tu penses.

— Ah. Bon.

— C'est un sort, bien sûr, explique-t-elle. Tu balances de l'énergie dans une formule magique. Si tu n'en as pas assez, tu en piques à Seb. Il en a plein.

Seb a dit en effet qu'il faudrait beaucoup de magie pour le libérer.

— Ça suffira ? je demande, étonnée du coup que Seb n'ait jamais réussi à se libérer tout seul.

— Oui. Il faut avoir la bonne formule, et il faut que quelqu'un d'autre s'en occupe. Mais le corbeau peut fournir de la magie.

Naomi me glisse un bout de papier plié en quatre. Je commence à le déplier mais elle m'arrête.

— Non, il faut le lire au dernier moment. Sinon, ça ne marchera pas.

— Ah. C'est en anglais, au moins ?

— Oui. C'est tout expliqué, sans ambiguïté. Tu verras, c'est hyper facile, ajoute-t-elle avec un sourire de loup. Il suffit que Seb soit présent quand tu prononces l'incantation.

Je suis nerveuse. Clairement je n'en sais pas assez pour éviter de me faire avoir à nouveau.

— Pourquoi tu fais ça ?

Naomi hausse les épaules.

— Pour faire une blague à Elsie, je te l'ai déjà dit. Elle m'agace en ce moment. Son attitude vis-à-vis de John…

Elle secoue la tête, comme pour dissiper une impression désagréable. Bon, c'est vrai que les motivations de Naomi sont semi-crédibles. Elsie les harcèle en permanence, John et elle. Et c'est vrai aussi que les joueurs de go ont tendance à faire preuve d'excentricité quand ils définissent leurs buts dans la vie. Est-ce que je la crois ? Je n'ai pas trop le choix.

— OK, dis-je, alors c'est quoi le plan ? Tu veux lui sucrer son oiseau favori, juste pour l'embêter ? Et puis ?

J'aimerais autant m'assurer que je ne vais pas libérer Seb d'Elsie uniquement pour le voir tomber sous l'influence de Naomi. Je préfère me fader le boulet que je connais déjà.

Naomi sourit.

— Ce que je veux ne te regarde pas. Contente-toi de prendre ce que tu veux, toi.

— OK. Bon, tu nous ouvres ?

— Non, dit la joueuse de go. Ça attirerait l'attention d'Elsie si je vous libérais.

Zut.

— Attends qu'Elsie et Seb reviennent, conseille Naomi. Ça finira forcément par arriver. Tu pourras utiliser la clef à ce moment-là.

— Mais je veux sortir d'ici avec Salma et les autres, je dis.

— Pour ça, dit Naomi, je ne peux pas t'aider.

Et elle disparaît dans la nuit.

— Génial, maugrée Mike une fois qu'elle est partie. J'espère que tu ne vas pas la croire ? C'est complètement foireux.

— Pas forcément, tempère Liam. Ces gens agissent parfois pour des motifs un peu puérils. Mona, tu penses que l'oiseau peut nous aider ?

— Sûre et certaine. Dès qu'il sera débarrassé de l'influence d'Elsie.

— Tu devrais regarder ce qui est écrit sur le papier, insiste Mike. Moi, je te dis que ça sent mauvais.

Mais Salma intervient.

— Non, si Mona ouvre le sort et qu'elle l'arme maintenant, il risque d'avoir perdu toute puissance quand elle voudra l'utiliser. Naomi a probablement injecté aussi de sa magie quand elle a tracé l'inscription. J'ai déjà entendu parler de ce genre de procédés.

Elle semble soucieuse.

— Le problème, c'est la quantité de magie disponible. S'il en faut vraiment beaucoup, il est possible qu'à vous deux Seb et toi n'en ayez pas assez.

— Et qu'arrivera-t-il dans ce cas-là ?

— La magie compensera en utilisant les réserves vitales de la personne qui lance le sort. En clair, ça risque de nuire à ta santé.

— C'est absurde, dis-je. Quand les humains ordinaires tentent de jeter des sorts, ça ne les tue pas, que je sache.

— Non, bien sûr, dit Salma. On a tous essayé sans succès quand on était petits, avec des cousins, sur les grimoires trouvés au grenier. Il y aurait plus d'accidents tragiques si ça marchait.

Je la regarde. J'ai l'impression qu'elle et moi on a eu des enfances assez différentes.

— Ta famille est chelou.

— La magie ne se laisse pas berner comme ça, continue-t-elle. Mais si tu en as une quantité significative, elle peut se laisser emporter, et toi, tu peux y perdre gros. Ça arrive régulièrement aux sorciers qui se plantent dans leurs calculs.

— OK, dis-je.

— Et il y a aussi un autre risque à prendre en compte, ajoute Salma. La probabilité très réelle que le sort de Naomi soit plus gros que ce que tu peux supporter.

— Le seuil des fameux 300 Anim au-delà duquel toute vie est impossible ?

— Voilà, c'est ça, fait-elle avec une grimace.

— Eh ben, je dis, j'ai plus qu'à prier pour être la Boucle d'or de la magie, et en avoir tout pile juste assez. Je le sens bien.

Les expressions sur les visages des autres en disent assez long quant à leur optimisme très relatif sur la question.

26

Quelques heures plus tard, les plafonniers se rallument d'un coup, et peu de temps après, Elsie est de retour avec Clemens.

— Où est Seb ? lancé-je aussitôt.

— Il va très bien, m'assure Elsie. Je l'ai laissé en train de picorer des fruits secs.

— Si tu l'as encore mis en cage, je vais t'arracher les yeux.

Elle s'en fiche comme d'une guigne et je sens le découragement me gagner. Tant que Seb n'est pas là, je ne peux pas utiliser le sort de Naomi. Je suis obligée de prendre mon mal en patience, et je m'assieds dans un coin de la cage en grommelant, tandis que commence le deuxième jour du soi-disant dressage.

Salma et moi, nous avons élaboré une stratégie expérimentale pour ouvrir la cage, mais je préférerais éviter de prendre ce risque si nous pouvons employer le sort de Naomi. Je lui fais signe. On attend un peu, et si Seb ne vient pas, on passe au plan alternatif.

Ce matin, Elsie a décidé de s'en prendre aux lions. Clemens ouvre la cage dont il barre la porte, haut et massif. Il demande à Mike et Liam de sortir.

— Pas de blagues, prévient-il en agitant un fouet à sept lanières dont chacune se termine par un crochet.

— Je fais jamais de blagues avant le troisième café, je dis.

Personne d'autre n'est d'humeur à se rebiffer et Clemens semble presque déçu.

Les deux métamorphes sortent et font face à la dresseuse de go, dans une attitude qui parvient presque à faire oublier qu'ils ne sont pas chez mémé, mais plutôt des prisonniers/esclaves très mal barrés dans la vie. Liam en particulier maîtrise tellement bien la pose « je suis un prince et je t'emmerde » que je l'observe en prenant des notes.

Puis Elsie ordonne :

— Montrez-moi vos animaux.

La magie se réveille, avec une odeur de forêt, champignons, feuilles pourrissantes et chlorophylle, que j'identifie aussitôt comme appartenant à Elsie. Les deux hommes se tendent. De là où je suis, je vois les muscles se raidir dans la nuque de Mike qui s'est mis à trembler. La réaction de Liam est plus discrète.

Puis dans un craquement sourd, Mike disparaît et pouf, un lion se tient à sa place. C'est la première fois que je vois un métamorphe en action et je suis impressionnée, par l'animal lui-même, qui rugit, magnifique, et par sa magie, dont l'odeur me parvient bientôt elle aussi — herbe sèche, musc, épices, soleil. Elle est vite engloutie par les parfums de la forêt tempérée.

Voir Mike dans le feu de l'action m'amène à considérer

la façon dont Seb devient un corbeau. Je savais que Seb n'était pas un métamorphe et je viens de comprendre la différence. Quand Seb passe d'un état à l'autre, il se produit un truc quasi mystique dans la magie. On dirait que c'est le monde qui se tord autour de lui pour s'accommoder du changement. Avec Mike, c'est plus prosaïque, comme une explosion causée par la présence d'un animal trop gros contenu dans un humain trop petit. Mike se retourne comme une marionnette-gant de toilette. Avec Seb, c'est le monde qui fait un double salto et se retrouve la tête à l'envers. Je ne trouve pas d'image plus adaptée pour décrire le phénomène. Ça lui va bien.

Le lion également connu sous le nom de Mike bondit aussitôt vers Elsie, gueule ouverte et toutes griffes dehors. Mais malgré sa détente puissante, son saut est trop court, et il se casse la figure au milieu. Il se viande la tête la première et roule dans l'herbe avec un miaulement plaintif.

Liam, de son côté, craque moins vite que Mike. Campé sur ses pieds, il semble résister à un vent trop violent et fournir un effort colossal de volonté pour lutter. Mais il se fait avoir lui aussi à la fin. Quand Mike tombe au sol, Liam part à son tour dans une débauche d'énergie.

Je cligne des yeux. Mazette. Le lion de Liam est presque deux fois plus gros que celui de Mike. C'est un monstre. Pour le coup, je ne vois vraiment pas comment il fait pour contenir un géant pareil dans sa petite enveloppe de crevette calme et affable.

Liam ne se jette pas sur Elsie. Plus prudent, il s'approche et reste debout à quelques pas, comme pour évaluer la joueuse de go. Cette dernière le considère aussi, avec un sourire moqueur qui révèle déjà une fossette.

— Tu veux garder ton lionceau en main ou bien je m'en occupe ? interroge-t-elle d'une voix mielleuse.

Liam ne bouge pas un muscle mais l'odeur de savane s'intensifie, et le plus petit lion rampe dans l'herbe pour se placer à son côté, contre son flanc.

— Bien, dit Elsie. Aujourd'hui est à marquer d'une pierre blanche. C'est le jour où vous devenez enfin des vrais fauves.

Liam ne réagit pas à l'insulte. Il s'assied et examine avec attention sa patte avant, l'air pas intéressé. Mike se contente d'un miaulement plaintif entrecoupé de grognements piteux.

Elsie semble avoir décidé, cependant, de faire une pause dans la magie. Elle se laisse aller dans son transat, joue avec les volants de sa jupe bleu marine, puis avec son collier de pierres d'onyx, noires et brillantes.

— Discutons.

Liam considère Mike de haut et Mike se tait, s'immobilise au ras du sol.

— Merci, dit Elsie. Je suis là pour vous faire une offre honnête. Vous avez vu mon corbeau hier, je pense. Vous saisissez ce que je peux apporter à un animal. Et quelles contreparties j'exige.

Le plus grand des deux fauves la fixe de son regard jaune, impassible.

— La magie dont vous jouissez aujourd'hui, c'est évident, n'a rien à voir avec celle que je vous propose — un pouvoir ancien, sans limites, qui puise dans la nuit des temps. Mon choix de m'entourer d'oiseaux est personnel. Je les aime parce qu'ils représentent la liberté. Si vous venez avec moi, vous serez puissants et libres, débarrassés de tous les préjugés humains. Vous pourrez enfin être de vrais prédateurs, sans contraintes.

Liam n'a pas bougé mais Mike a dressé l'oreille.

— Je peux vous offrir l'immortalité, dit Elsie. Des siècles et des siècle de longévité, au-dessus des hommes et des autres proies. En l'échange, je ne demande que votre loyauté. J'ai dit à la chasseuse que cette pièce était celle où chacun trouve sa vérité, et c'est exact. Je récuse le terme dompteuse. Je suis celle qui rend les êtres à leur vérité nue, qui les libère.

Mike s'est mis debout. Liam lui jette à peine un œil, puis fixe à nouveau son attention sur Elsie. Je ne le sens pas hyper sensible à son bullshit. Mike, en revanche…

— Vous avez bien senti tout ce que je peux vous offrir, quand j'ai forcé votre transformation à l'instant, dit Elsie. Vous n'avez qu'à approcher, venir à moi, et ce don est à vous pour toujours.

Je crie aux deux fauves :

— Si vous n'acceptez pas, elle ne peut rien vous faire !

Clemens tape un grand coup sur les barreaux de la cage, faisant sursauter Reed qui se couvre la tête avec ses mains, l'air terrifié.

— Espèce de brutasse, je râle.

Pendant ce temps, Mike a fait quelques pas en avant. Il est maintenant à mi-chemin entre Elsie et Liam qui s'est mis à gronder.

— Mike ! appelle Salma. Tu fais une méga connerie !

Mais Mike semble hypnotisé par Elsie. Je ne sais pas ce qu'il a senti quand elle lui a sorti le grand jeu avec sa magie. Je ne sais pas s'il souffre dans la vie de traîner avec un type plus petit que lui mais dont le lion est deux fois plus gros que le sien. Les mecs sont parfois cons comme ça. Toujours est-il que Mike est sur le point de se faire avoir. Je secoue les barreaux de la cage.

— Arrête, Mike !

Une odeur de sable chaud monte à mes narines. Zut. Quand je m'énerve, ça fait de la magie ? Magnifique. Génial. Top pratique.

Clemens a fait le tour de la cage et s'est planté devant moi, immense. Il a apporté le machin horrible qu'il a fabriqué pour Elsie, le mors, et il joue avec sous mon nez.

— Dégage, crétin.

Pour finir, c'est moi qui me translate pour voir ce que décide Mike. Comme dans un film au ralenti, sous les yeux de Liam immobile, Mike progresse pas à pas vers Elsie, d'une démarche de chaton qui hésite. Quand il arrive à sa hauteur, il pose délicatement la tête sur ses genoux. Elsie le caresse entre les oreilles, les deux mains plongées dans sa crinière épaisse, et il ronronne.

— Bien, bien, dit Elsie. Tu acceptes mon cadeau ?

Le ronronnement redouble d'intensité et Elsie sourit.

— Dans ce cas…

Un vent de magie à l'odeur de sous-bois parcourt la clairière, déstabilisant les occupants de la cage, et même Clemens sur ses quatre pattes. Seul Liam reste à peu près debout.

Quand la bourrasque est passée, Mike est un dindon.

— Glou ! Glou !

— Oui, sourit Elsie. Le dindon de la farce. Je t'ai bien dit que tout ce qui arrivait ici était vrai ? À mon avis, toi en dindon, c'est une des choses les plus vraies du monde. Allez, va jouer ailleurs.

Comme l'oiseau s'énerve et refuse de partir, elle le dégage gentiment.

— Ne t'inquiète pas. Je vais bien m'occuper de toi. J'aime tous mes oiseaux, mais j'ai beaucoup à faire aujourd'hui. Encore cinq nouveaux arrivants à accueillir.

J'échange un regard avec Salma. À mon avis, il faut passer au plan B sans attendre.

27

Ça tombe bien, je commençais à avoir VRAIMENT envie de me dégourdir un peu les jambes. Et les bras. Et le reste. J'ai besoin de taper sur quelque chose. J'ai dû faire un sourire mauvais car Clemens s'est approché de moi.

— Qu'est-ce que tu mijotes, petite sorcière ?

— Le dernier mec qui m'a appelée comme ça s'en est pris pour son grade, Ducon, je fais remarquer, en pensant affectueusement à B3, mon ancien patron, banni de Vegas par Elsie.

Je porte la main à ma poche, le sort de Brit-Brit s'y trouve encore. Je suis prise d'une envie quasi irrésistible de transformer Clemens en dindon, ou en tout autre oiseau qui correspondrait à sa « vérité ». Je suis sûre que ce serait cocasse. Mais Salma s'est approchée de moi et pose sa main sur mon bras.

— Ignore ce cave, me glisse-t-elle.

Elle m'entraîne à l'autre bout de la cage, près de Kim et

du gamin qui sont recroquevillés dans les bras l'un de l'autre.

Le problème de notre plan B, ce sont les éléments les plus fragiles de notre groupe. On ne peut pas demander à Kim ou à Reed de faire le coup de poing contre un centaure adulte. Et Salma est sûrement très forte en théorie de la magie, mais elle a avoué qu'elle ne s'était jamais battue et qu'elle doutait un peu de ses propres réflexes.

Je vais devoir me charger de Clemens. Et on va avoir besoin d'une diversion.

Liam a tourné la tête vers moi, une lueur de violence dans ses yeux jaunes. Il est le seul à pouvoir détourner l'attention d'Elsie et il le sait.

Je décide qu'on a assez attendu, et que rien ne vaut l'instant présent pour profiter de la vie. Je passe mon bras dans celui de Salma, en m'imaginant que je suis une des cousines fadas avec qui elle s'entraînait à faire de la magie quand elle était môme.

— T'es prête ?

Elle hoche la tête.

On a essayé d'ouvrir la cage toute la nuit et par tous les moyens, tous les sorts à notre disposition, donc on sait que ce n'est pas possible. Quand la porte se referme, elle se ressoude, et on ne distingue même plus ses charnières. Elle a très vraisemblablement été envoûtée. Là aussi, il y a une clef. Clemens s'en est servi tout à l'heure, et maintenant, elle pend à sa ceinture.

Salma connaît un petit sort facile pour la lui piquer. Je me suis entraînée sur des cailloux. Ça marche pas si mal, mais je suis incapable de retenir la formule. J'ai d'abord pensé que c'était dû à mes difficultés personnelles d'apprentissage, jusqu'à ce que Salma m'explique une vérité fondamentale de la magie : la puissance c'est bien, mais il faut de la connaissance pour la modeler, et la connaissance prend du temps. Concrètement, pour exercer la magie, il faut reconfigurer ses neurones et faire évoluer sa matière grise. Sinon, on ne peut rien actionner.

Du coup, elle me sert de cerveau et je répète après elle, à voix basse, les sons incompréhensibles qu'elle murmure à mon oreille, tout en essayant de mobiliser de la magie.

C'est sûrement d'une efficacité très relative. Je n'ai aucune idée de ce que je dois faire, et vu le régime golf/whisky/méditation/célibat/New York Times que s'impose mon ami Brit-Brit, je ne suis peut-être pas dans les dispositions d'esprit requises pour pratiquer. Très probablement, j'essaye de planter une punaise dans un panneau de liège avec un marteau géant.

L'odeur de sable chaud s'élève autour de moi tel un vent du désert. Mes cheveux s'envolent et mes yeux, tout secs, me donnent envie de cligner des paupières, mais je me retiens — Salma m'a expliqué qu'il fallait fixer l'objet du sort sans jamais rompre le contact visuel. Elle n'a pas su me dire si c'était un vrai truc de sorcier, ou une légende urbaine.

Ça marche ou pas ? Difficile de trancher. En tout cas, Clemens semble attiré par le tandem que nous formons, Salma et moi. Il s'approche. Et bien sûr, la magie que je répands ne tardera pas non plus à éveiller l'attention d'Elsie. Passé l'instant d'amusement, elle voudra nous faire rentrer dans le rang. Salma accélère et je répète syllabe pour syllabe. Puis soudain, la litanie s'arrête et la magie claque.

Une main immense et bouillante se pose sur mes épaules. Je pousse un cri de surprise. Une chose s'enroule autour de moi, enveloppe mon dos d'un manteau de lave en fusion. Je veux la secouer, mais elle s'accroche avec mille griffes acérées.

Clemens freine des quatre fers, tiré par le trousseau de clefs à sa ceinture. Je tends la main sans y penser, tout en essayant, de l'autre, d'arracher l'écharpe brûlante qui m'étouffe.

Mes doigts se referment sur la clef.

Le seul problème, c'est qu'elle est toujours suspendue à la ceinture de Clemens. Les liens de cuir mordent sa taille, l'écrasent contre les barreaux. Je n'ai rien pour les couper. Clemens crie, terrifié, rue des quatre fers pour échapper au sort, dans un chaos de métal, de muscles tendus et de coups de sabot, tandis que Salma fait ce qu'elle peut pour détacher le trousseau de clefs de sa ceinture. De mon côté, je ne lâcherai pas la clef. Je cherche des yeux la serrure.

Hum, ouais. C'est ballot, il n'y a pas de serrure. J'aurais dû prévoir ce détail. Zut. J'appuie la clef contre la porte. Elle s'ouvre.

La gorge desséchée, la voix éteinte, je fais ce que je peux pour bousculer tout le monde.

— Tout le monde dehors ! Reed, debout, Kim, courez !

Je leur indique la sortie. Au moment où Kim entraîne le gosse à l'extérieur de la cage, Liam bondit sur Elsie. Salma se tourne vers moi et je lui fais de grands signes pour qu'elle déguerpisse aussi.

— Fuis, c'est compris ? je coasse. N'oublie pas qu'Elsie ne peut pas te transformer sans ton accord.

Elle hoche la tête avant de filer. Puis je sors à mon tour, lâchant la clef. La magie retombe d'un coup et laisse une sensation de brûlure intense sur mes épaules, ma gorge, ma nuque. Clemens s'écroule dans l'herbe comme un gros bébé.

Je fonds immédiatement sur lui. Il est deux fois plus haut, cinq fois plus lourd que moi, concrètement ma meilleure chance de l'avoir, c'est de l'attaquer quand il est au sol. Je commence par lui balancer un bon coup de botte dans les côtes.

Hah, Mona Harker, rien dans la tête, tout dans le style.

Clemens grogne mais déjà il patine dans l'herbe pour se remettre debout. Il est coriace en plus d'être un géant, et moi, je n'ai pas d'arme. Je saisis au vol la première idée crétine qui se présente, je bondis et…

Ta-daaa ! Maintenant Clemens est sur ses pattes, et moi, je suis assise sur son dos. Je veux dire, si tu cherches à faire une clef au bras à un centaure, je ne vois pas trop de moyens vraiment pratiques de t'en sortir. Et ce cas de figure n'a pas exactement été couvert en détail par mes cours de Krav Maga. Et je ne suis pas non plus le genre de nana à avoir bénéficié de leçons d'équitation, donc quand Clemens se met à se cabrer et à ruer, tout ce que je peux faire, c'est m'accrocher à son cou en espérant que ça passe.

Il est fou de rage.

— Descends, humaine ! Personne ne monte les centaures. Descends ou sois maudite !

Puisqu'il le prend comme ça je descends, mais sans lâcher son cou. Déséquilibré, il se vautre à ma suite. Ça fait une chute plutôt impressionnante, que je gère comme je peux avec mes restes de judo.

Tout en dégringolant, j'aperçois du coin de l'œil Liam qui roule sur l'herbe, comme un chaton qui se ferait chahuter par un autre chat plus gros, sauf qu'on parle d'un lion de huit cents kilos. Je n'ai pas le temps d'en voir beaucoup plus avant de mordre la poussière. Mes poumons se vident de tout leur air et mes côtes hurlent, puis ma jambe, quand Clement tombe dessus, écrasant ma cuisse gauche sous son torse poilu et massif.

— Mona !

Salma court vers nous. J'ai beau être coincée, je peux encore passer mon avant-bras sous le menton de Clemens et l'immobiliser pendant que Salma se jette sur lui.

— Ouille ! crie-t-elle tandis que Liam strie à nouveau mon champ de vision, à la vitesse d'un boulet de canon.

Non seulement le centaure m'écrabouille et essaye de me filer des gnons, mais il rue dans tous les sens. Si je me sors de là, je vais me débrouiller pour que les scientifiques le classent, lui et ses semblables, dans la famille des insectes. On n'a pas idée de se balader avec six pattes comme ça.

— Salma ?

Un cri de triomphe me répond. J'essaye de me redresser. Salma a noué les pattes avant de Clemens ensemble en utilisant sa propre ceinture.

— T'en aurais pas une autre ?

— Pas le temps, dis-je en voyant Liam qui roule dans l'herbe à nouveau. Il vaut mieux qu'on file.

En appuyant de ma botte contre le torse du centaure, et en me contorsionnant, je finis par me dégager. Il essaye de nous suivre, mais avec les pattes avant entravées, il se ramasse.

Nous filons vers les arbres, vers la sortie. Au moment d'entrer sous le couvert, je me retourne. Clemens est encore occupé à se débarrasser de la ceinture de Salma, Liam à agonir Elsie de rugissements furieux. Je l'appelle.

—Liam! Dépêche !

Ce serait trop bête de perdre un autre lion pour une question de sang-froid.

Finalement Liam se déroute et s'élance dans notre direction. La magie d'Elsie le poursuit, en longues vagues d'énergie qui déstabilisent le grand fauve. Il se prend les pieds dedans, se rétablit au dernier moment. Le voilà. Je reprends ma course entre les arbres. Quelques secondes plus tard, je tombe sur Kim et sur le môme qui s'accroche à sa main.

— C'est par là !

Je vois déjà la porte. Je laisse le lion me dépasser et j'arrête Salma juste avant qu'elle franchisse la porte.

— Je vais rester.

— Quoi ? s'écrie-t-elle. Tu veux rire ?

— J'ai signé un contrat avec Elsie, pour le moment elle est mon employeur, elle ne peut rien me faire… et j'ai encore des trucs à régler avec elle. Je ne veux pas partir sans Seb.

Je lui tends mon téléphone.

— Allez-y sans moi, je vous rejoindrai. Tu appelles Zephyro Armageddoni et tu acceptes sa demande en mariage tout de suite. Et tu l'obliges à trouver des solutions pour les autres.

— Hein ?

— C'est un copain, OK ? Seb lui fait confiance, donc moi aussi. Il connaît le droit de VU et il peut te sortir de là. Tu lui dis que s'il te fait un sale coup, je viens emménager chez lui et qu'il peut s'attendre à un cauchemar éveillé. Les chaussettes qui rétrécissent au lavage, les casseroles carbonisées, les réveils à cinq heures du matin, il aura tout.

Salma fronce les sourcils.

— T'es sûre que c'est une bonne idée ?

— Non, mais j'en ai pas de meilleure. Et Zeph est bizarre, mais plutôt réglo pour un citoyen de VU. Ensuite, tu vas chercher Becky, si t'arrives à la faire bouger. Dis-lui que je vais lui offrir Elsie Hannigan sur un plateau.

Salma accepte et prend mon téléphone. Elle hésite une seconde, puis m'enlace rapidement avant de disparaître. Le battant de la porte coupe-feu claque derrière elle.

Je repars en sens inverse. J'entends déjà les sabots qui percutent le sol humide. Trente mètres plus loin, je suis arrêtée par un Clemens au galop. Je fais ce que je peux pour rester de marbre, m'attendant à ce que la masse de muscles lancée à toute allure pile devant moi, mais non. Il m'attrape par la taille et me jette sur son épaule et c'est dans cette position un poil humiliante que je regagne la clairière, et au final, la cage.

28

Je suis seule avec Elsie dans la clairière artificielle.

Elle s'est encore changée et maintenant, elle porte un fourreau bleu nuit plein de sequins. Et elle s'est fait apparaître un siège qui tient plus du trône que du mobilier de jardin : un grand fauteuil droit en bois sculpté et doré, mais qui prend racine dans le sol et se termine par des branches fleuries. Des oiseaux viennent s'y poser à l'occasion. En revanche, nous n'avons pas revu Mike le dindon depuis tout à l'heure.

Elsie semble parfaitement calme et presque souriante, mais je vois d'ici que c'est un leurre. Elle essaye de donner le change. Elle m'ignore avec application.

Moi, je suis dans la cage. Grosjean comme devant, à un détail près : la porte de la cage est ouverte. Mais ça aussi, c'est une arnaque. J'ai voulu sortir et j'ai failli me péter les dents. Il y a bien une porte, bien qu'elle ne soit ni métallique ni visible. Une couche d'air très dense me sépare de la liberté.

Pour le moment, ce n'est pas un problème. Le

problème, c'est que Seb n'est toujours pas venu et que ça ne me sert à rien d'avoir en poche le sort pour le libérer tant qu'il ne pointe pas le bout de son bec.

— Il est intéressant que tu demeures ici de ton plein gré, commente Elsie. Cet endroit, n'est-ce pas tout simplement merveilleux ? Comme il décrit si précisément notre état ?

Gah. Elle va me refaire son discours bizarre, qu'on est dans un lieu de vérité ici, que personne ne peut mentir. Elle va essayer de me faire dire que je suis une esclave dans l'âme, ou un truc du genre.

J'ouvre la bouche pour me rebeller contre cette notion, lui couper l'herbe sous le pied, quand il me vient une meilleure idée.

— Moi, ce que je trouve intéressant, Elsie, c'est que tu n'oses pas laisser venir Seb. Tu as peur de voir que sa vérité a changé ? Tu n'es plus sûre de ton autorité sur lui ?

Elsie balaye mes paroles d'un revers de main gracieux.

— S'il n'est pas là, c'est qu'il ne le souhaite pas.

— À d'autres. Tu l'as laissé dans une cage avec des graines. Il viendrait s'il le pouvait.

— Qu'est-ce que tu en sais ? Tu penses que tu es la première humaine à avoir des vues sur Sebastian ? Il y en a eu de plus belles. Et de plus puissantes.

Je hausse les épaules.

— Mais moi, je suis la plus attachiante.

Elsie se met à rire.

— Tu es un bébé.

Peut-être. Peut-être que je suis trop petite, trop faible, trop humaine, trop bête. Mais je ne lâche jamais le morceau.

— Puisque t'es si sûre de toi, Elsie, je ne vois pas pourquoi tu ne lui permets pas d'aller et de venir librement. Les maîtres qui ont vraiment confiance en eux laissent la bride sur le cou de leurs esclaves. Regarde Liam tout à l'heure avec Mike.

— Liam a perdu Mike, rétorque Elsie.

— Mais Liam est une bonne influence, et Mike reviendra vers lui à la fin. Tu veux parier ? Sur le long terme, c'est Liam qui va gagner.

Elle rit mais ses narines frémissent.

— Sur le long terme, vous serez tous morts, lâche-t-elle.

— Ah, ça, j'admets. Sur l'échelle de temps de la géologie et des fossiles, tu es toute seule avec tes autres amis bizarres. Mais moi, je ne te parle pas de l'éternité. Je parle de ton pouvoir ici et maintenant. Laisse Seb se balader comme il l'entend, Elsie. Ou bien ce n'est pas ta vérité ? En fait, cette confiance en toi excessive que tu montres en toute occasion, c'est juste une façade ? Tu as besoin de t'accrocher à tes gens comme un petit tyran pour ne pas les perdre ? Tous ces grands discours sur ta bienveillance et ta patience, c'est du flan ?

Elsie finit par craquer.

— Tu penses que tu peux me battre sur mon propre terrain, mortelle ?

Je hausse un sourcil.

— J'observe la loi de ce lieu, c'est tout. C'est toi qui as inventé la règle du jeu.

À ce stade, je me fiche pas mal que cette forêt soit vraiment envoûtée comme elle le prétend, ou pas. Le principal, c'est qu'Elsie en semble convaincue. J'essaye un autre angle d'attaque.

— Qu'est-ce qui arrive si tu mens ici ? Est-ce que tu deviens ce mensonge ? C'est pour ça que tu t'es dégoté un trône digne de Cléopâtre, dans l'espoir de te faire plus puissante que tu ne l'es en réalité ? Moi, je ne crois pas que ça fonctionne comme ça. Je pense que si tu mens ici, tes fondations se craquellent. Tu risques gros à jouer à ce jeu-là, ma cocotte.

Elsie lâche un rire méprisant et sec.

— Cléopâtre ne m'arrivait pas à la cheville.

— Bah, je ne sais pas en quoi votre rivalité a bien pu consister, mais moi, jusqu'au mois dernier, la seule de vous deux dont j'avais entendu parler, c'était elle. Son nez, ses conquêtes, son sphinx, sa beauté. Pas les tiens.

— La beauté show off des parvenus n'est qu'un feu de paille, décide Elsie avec dédain.

— Je suis d'accord, mais alors, Elsie chérie, pourquoi le trône ce matin ? Il ne faut pas te sentir obligée de faire des chichis avec moi.

— Je ne fais pas de chichis ; ce que tu vois, ce n'est qu'un pâle reflet de ma véritable puissance.

— Si t'es si forte, qu'est-ce que tu as à craindre de moi ?

— Rien, en effet.

— Bon, alors tu peux laisser Seb tranquille.

— Mais Sebastian *est* libre de ses mouvements dans VU.

Ah. Enfin on arrive quelque part. Elle se la joue impériale, mais elle vient de céder du terrain. Puisqu'elle est dans son espace de vérité, si elle le déclare libre, ça veut dire qu'il l'est, pas vrai ? Quelque chose me dit que je vais voir arriver un type ou un corbeau.

— De toute façon, je ne crois pas qu'il ait envie de venir ici, conclut Elsie avec un sourire satisfait.

Je laisse passer quelques minutes en surveillant les

arbres autour de moi. Pas d'éclair noir entre les feuilles, pas de silhouette entre les troncs.

Nous attendons en silence pendant un long moment.

Puis Elsie se lève d'un mouvement gracieux.

— Peut-être qu'il a peur de sa propre vérité, lance-t-elle en se mettant en route vers la sortie, en m'abandonnant seule dans ma cage ouverte.

29

La journée s'écoule, interminable. Je me demande si Salma, Liam et les autres ont fini par arriver à la surface, s'ils ont pu se mettre en sécurité. Si Becky et les autres douanières vont se décider à intervenir. Mais surtout, je me demande ce que Seb peut bien fabriquer. Mon interprétation, c'est qu'en le déclarant libre de ses mouvements dans son espace de vérité, Elsie a dû le laisser sortir de sa cage, mais je peux me tromper. Ça pourrait aussi être pire que ça.

Et s'il avait vraiment décidé de se tenir à l'écart ? Vingt fois je tâte au fond de ma poche le sort plié en quatre que Naomi m'a confié. Deux cents fois j'essaye de m'extraire de cette fichue cage, pour me heurter toujours au même mur invisible.

Je finis par m'endormir, le dos contre les barreaux qui me procurent un peu de fraîcheur, parce que ma peau est en feu là où la magie m'a brûlée tout à l'heure, c'est-à-dire, à peu près partout sur mes épaules et ma gorge, jusqu'au bas de mon dos, sur ma poitrine, mon ventre. Tout mon torse me cuit comme après un énorme coup de soleil.

Quand je me réveille, tous les plafonniers sont éteints. Je prête l'oreille avant même d'ouvrir les yeux. Je perçois les gargouillis des brumisateurs qui crachent leur bruine jour et nuit, les chants de quelques oiseaux nocturnes. Et plus près, en tendant mes sens, j'accède à un froissement discret, un bruit de pas dans l'herbe, et dessous, collé au silence, le rythme ample et calme d'une respiration.

Je me retourne au moment où Seb atteint la cage.

— Hey.

— Coucou, je lui dis. Longue journée, hein ?

Il s'accroupit près de l'enclos et me sourit.

— Désolé d'avoir tardé. Je ne voulais pas venir tant qu'Elsie était là. C'est bien que tu aies réussi à faire sortir les autres.

Je hoche la tête.

— Et puis tu as fait de la magie, poursuit-il. Ce n'est pas rien.

— Surtout que j'ai coopéré avec une nana de la douane. Ça, c'est plutôt inédit.

Seb soupire et s'appuie d'une épaule contre les barreaux.

— Tu t'aventures dans un univers dangereux, Mona.

Je lui ris au nez.

— Première nouvelle. Tu crois que je le fais exprès ?

Il incline la tête sur le côté, dans un de ces gestes d'oiseau un peu déroutants.

— Comment tu te sens ? La première expérience de magie peut générer des effets secondaires.

Je soupire.

— M'en parle pas. J'ai l'impression que je viens de

passer deux jours en microkini dans le désert sans crème solaire.

Il fait la grimace, mais je vois bien qu'il a surtout envie de rire.

— Montre-moi, offre-t-il. Ça fait mal ?

Je fais la moue.

— Non, pas du tout.

— Tu te fiches de moi, Mona.

Je soupire.

— Bon, OK, j'admets, c'est horrible. On peut discuter d'autre chose ?

— Je peux t'aider à faire passer la brûlure, propose-t-il, mais il faut que tu me laisses jeter un coup d'œil.

— Nan. Inutile d'insister, je vais pas te montrer mes nibards. Pas ici, espèce de pervers. Change de sujet, vraiment.

— Si tu y tiens.

Sans bruit, il s'assied contre les barreaux, de l'autre côté. Dans l'obscurité, je vois surtout son profil de trois quarts dos, sa nuque, ses cheveux aussi noirs que la nuit.

En même temps, ça me cuit et ça me pique sévère.

— OK, dis-je, alors peut-être juste sur les épaules.

— Fais voir.

Je tire sur le col de mon T-shirt et il émet une exclamation sifflée.

— Ouh. Mona. Je ne sais même pas comment tu as fait pour dormir. Approche-toi.

Je m'assieds et me recule, dos aux barreaux métalliques, tout en écartant l'encolure de mon haut pour dénuder le plus de peau possible.

Je sursaute quand un doigt léger se pose sur mon épaule.

— Pardon. Je ne voulais pas te faire mal.

— C'est quoi ton truc, un sort de tortures chatouillantes ?

Il tousse un rire surpris.

— Non, normalement tu ne dois rien sentir. Mais tu as largement dépassé la dose. C'est dangereux d'abuser de la magie. Surtout au début.

— Ouais, ben j'avais pas le choix.

— On a toujours le choix. L'autre épaule.

Je tâte ma peau qui était bouillante et boursouflée il y a dix secondes. La sensation de coup de soleil a disparu. Je tire sur mon col pour dénuder l'autre épaule.

— Merci en tout cas.

Ses doigts effleurent ma nuque à nouveau. Ouaip. Le coup de soleil s'est envolé et ça me laisse une impression indéchiffrable.

— Tu ne veux pas que je m'occupe du reste ?

— Je préfère pas.

J'ai besoin de rester concentrée, là. Trop de choses importantes à discuter.

— Bon, récapitule Seb quand il m'a rafistolée autant que possible. Désolé d'enfoncer des portes ouvertes, sans mauvais jeu de mots, mais il semblerait que tu aies relâché tous les prisonniers. Et toi, pourquoi est-ce que tu n'arrives pas à partir ? Je ne sais pas si tu as remarqué, mais il n'y a pas de porte sur cette cage. D'ailleurs…

Il se lève et fait le tour de la cage avant de se poster devant l'entrée et de risquer une main dans ma direction. Il fronce les sourcils.

— On dirait qu'il y a un mur.

— C'est bien observé, dis-je. Tu vois, c'est fermé.

— Ce n'est pas la magie d'Elsie qui fait ça, Mona.

— Ah ?

— Non. C'est la tienne. Je la reconnaîtrais entre mille.

Je rougis dans le noir en me remémorant sa réaction, tout à l'heure, quand il s'est avéré que j'avais généré de la magie.

— Tu peux partir de là sans problème, et même, je te conseille de le faire dès que possible, Mona. Les joueurs de go vont bientôt arriver à la fin de leur partie, je le sens. Je préférerais vraiment que tu ne sois plus là. Tu veux bien essayer de sortir ? Insister ?

J'acquiesce, je me lève. Je vais à la porte. Je me prends le mur. Je retente, avec le même résultat.

— Je crois pas que ce soit la bonne méthode, dis-je en frottant mon épaule endolorie. Ça me paraît assez crétin, comme approche.

— Hum, fait Seb. C'est ta magie qui te retient ici. Il faut que tu arrives à la détricoter. A priori, c'est juste une petite gymnastique mentale…

— Hum, je ne sais pas si *toi* t'as remarqué, mais je suis un peu têtue parfois. Les « petites gymnastiques mentales », c'est pas trop mon truc.

— Viens, dit-il.

Je tends la main vers lui. Le mur est toujours là. Il humecte ses lèvres.

— Je n'aime pas faire ça, mais si tu es d'accord, je vais mettre un peu de magie. OK ?

— Si tu veux.

— Mona, viens.

La magie de Seb s'infiltre dans la cage et m'enveloppe comme une tentation, électrique et délicieuse.

— D'accord.

Je fais à nouveau un pas en avant. Le mur est toujours là.

— Je veux vraiment te rejoindre de l'autre côté, dis-je, mais ça ne marche pas. T'aurais pas un plan B ?

Il renouvelle l'expérience, mais ça ne fonctionne pas davantage. Seb secoue la tête d'un air frustré, retourne sur le flanc de la cage que j'occupe, pour se rasseoir contre les barreaux.

— Tout ce que je sais, conclut-il, c'est qu'on a intérêt à faire vite. Elsie veut te recruter, et tu as opposé jusqu'ici une résistance honorable. Mais tu as compliqué les choses quand tu m'as reconnu comme instigateur de ta magie. Tu m'as placé entre vous deux, tout en acceptant son autorité indirectement à travers moi. Elle pensait gagner en déclenchant ta magie, en t'obligeant à « basculer » comme ils disent, mais tu as délayé ses efforts, et maintenant, elle a autant de droits sur toi que John. Le problème, c'est qu'Elsie a besoin de ton accord pour te faire quoi que ce soit, mais que John ne s'embarrasse pas vraiment de ce genre de scrupule.

Je frissonne. Finir chez John n'est VRAIMENT pas mon scénario idéal. Seb a raison, il faut que je me tire d'ici au plus vite.

— Mais tu es sûr que John est vraiment dans la course ? J'ai plutôt l'impression qu'il s'en fiche, qu'il n'est venu que pour tenir compagnie à Naomi. Et Naomi n'est pas à fond non plus. Je crois bien qu'Elsie est seule dans son trip.

— Ne te laisse pas abuser par les apparences. Les joueurs de go dévoilent rarement leur jeu et leurs intentions avant le dernier moment. Je préférerais vraiment que tu sortes d'ici. Comme je te le disais, il suffit que tu le veuilles.

Je hausse les épaules.

— Je pense que je suis ici parce que j'ai encore un ou deux détails à régler dans ce trou. Genre toi.

Il sourit.

— Je suis très flatté d'être un détail sur ta to-do, Mona.

— Débile. Un énorme détail barré douze fois et réécrit treize, avec des taches d'encre et des grosses traces de doigts.

J'ai pivoté pour lui faire face, mais il continue à me montrer son profil, avec ces traits découpés, ce nez intéressant, puis un bref flash d'onyx, ses yeux noirs qui brillent dans l'obscurité.

— Merci, Mona.

Je ne sais pas pourquoi il me remercie. Pour avoir fait sortir le gamin, ou pour être restée avec lui. Ça va un peu ensemble, je suppose. Je pense au gosse aux yeux sombres, à la façon dont Seb l'a regardé à la foire, avec une tristesse, une mélancolie si profondes.

— Elsie m'a raconté des trucs horribles hier sur toi, quand on s'est quittés chez Keynes. Elle m'a dit comment tu avais atterri chez elle.

— Comment j'ai atterri chez elle ?

— Les trappeurs canadiens, la petite fille…

— Ah, ça.

Il hoche la tête d'un air nostalgique, les yeux dans le vide, puis, lorsqu'il reprend, sa voix a la texture d'un commentaire rêveur, comme si elle venait d'ailleurs.

— J'avais réussi à me faire embaucher par ces trafiquants. Ils n'ont jamais su que la petite fille était ma sœur.

Bonté divine. Il s'est vendu à Elsie à la place de sa frangine ?

— Mince, Seb… T'as eu de ses nouvelles par la suite ? Tu sais si elle va bien ?

Il émet un rire sec.

— Très bien. Elle est morte en 1612. Ses arrière-arrière-petits-enfants vivent toujours dans le Maine. Je garde un œil sur eux quand je peux.

Nom d'un zombi séché. Seb remonte sacrément.

— Mais tu m'as dit que tu ne savais plus si tu étais un type ou un corbeau à la base ? En fait tu savais ? Ton histoire, tu la connais ?

Je me souviens aussi que lors du spectacle de prestidigitation auquel il m'avait invité, il avait déclaré être originaire du Maine.

Mais il hausse les épaules.

— C'est juste une de mes histoires. J'en ai beaucoup d'autres. Certaines sont vraies, d'autres non. Je ne sais plus trop. J'ai des problèmes de mémoire qui empirent quand je passe trop de temps dans un corps d'oiseau. Et Elsie s'amuse à m'embrouiller.

Une nouvelle bouffée de détestation envers Elsie me prend comme un coup de soleil magique.

— Mais la petite sœur ? Les nombreux descendants ?

— C'est Elsie qui les a retrouvés pour moi, explique-t-il. Elle m'a aussi créé d'autres passés. Tu veux les entendre ? Certains sont très pittoresques.

Sa voix est devenue très dure, amère, et je suis désolée d'avoir creusé, de lui avoir rappelé les contradictions qu'Elsie lui impose. Cette conversation est nécessaire, cependant.

— Je préfère l'histoire de la petite fille, décidé-je. Tu n'as qu'à choisir celle-là. Un mec plein de ressources, qui embrouille tout le monde pour sauver sa petite sœur des démons de l'enfer, ça te ressemble bien.

Il se met à rire et fourre les mains dans ses cheveux sombres. Si je voulais, de là où je suis, je pourrais toucher les mèches brunes, rien qu'en étendant le bras.

— Mais si elle était fausse ? demande-t-il, angoissé.

— Je ne crois pas qu'elle puisse être vraiment fausse. Je t'ai vu regarder le gosse dans la cage. Tu n'aurais pas réagi comme ça si l'histoire avait été 100 % fausse.

Il secoue la tête.

— Deux ou trois autres de mes prétendues biographies contiennent un gamin similaire. Tu ne sais pas ce que j'ai pensé en trouvant ce gosse, Mona. Je n'en suis même pas sûr moi-même. En réalité, je n'ai aucune idée d'où je viens, je ne sais plus où est la vérité.

Je me rapproche de lui.

— Ce n'est pas grave. Tu as peut-être plusieurs histoires. Tu es assez antique pour en avoir des tonnes. Et de toute façon, ce n'est pas Elsie qui décide. C'est toi.

Un autre ricanement secoue ses épaules.

— Retour à la case départ.

Je m'anime.

— Tu veux que je décide à ta place ? Je ne crois pas que ce soit ce dont tu as besoin. Moi, je pense que t'as besoin que je te donne des coups de pied aux fesses jusqu'à ce que tu choisisses par toi-même. T'as pris la fuite l'autre jour, mais je ne vais plus te lâcher.

Même dans le noir, je peux voir discerner un mélange de tristesse, de pessimisme, et de nostalgie dans son sourire.

— Peut-être, admet-il. Mais choisir… c'est plus facile à dire qu'à faire.

— Mets de côté tes histoires une seconde, et décide ce que tu vas faire maintenant. Je m'en fous que tu aies toute une collection de semi-vérités dans ton passé. Ce qui compte, c'est l'avenir. Si tu as besoin d'une histoire, tu t'en construis une nouvelle toi-même, libre d'Elsie et de tout le reste.

Il acquiesce.

— Du moment que tu gardes ça en tête, Seb, tout va bien se passer.

Je sors le papier plié en quatre dans ma poche et je l'exhibe à la lueur pâle des veilleuses.

— Naomi m'a donné la clef pour te libérer.

— Quoi ?

Il se détend d'un bond, lance un long bras en travers des barreaux pour attraper le bout de papier, mais je suis plus rapide et je m'éloigne avant de me rasseoir hors de sa portée. Il s'agrippe aux barreaux.

— Mona, n'ouvre pas ce truc-là. C'est dangereux. Je n'en reviens pas qu'elle t'ait donné ça.

— Elle veut priver Elsie de son corbeau. C'est pour ça qu'elle me l'a donné.

— Je suis sûr que ce n'est pas une bonne idée, dit-il, nerveux. Ne rentre surtout pas dans les plans étranges des joueurs de go. Ça fait toujours des victimes collatérales. Tu n'imagines pas le nombre de gens que j'ai vus tomber à cause d'eux.

Je pense à Mike le lion métamorphosé en dindon, bien sûr. Mais je rétorque tout de même :

— Naomi veut poignarder Elsie dans le dos, c'est cohérent avec ce que j'ai compris des joueurs de go, alors, pourquoi pas ? Il doit sûrement y avoir aussi des occasions de profiter de leur jeu, de se servir d'eux au lieu d'être juste des victimes, non ? Regarde ton plan avec Black le mois dernier. C'était exactement ça.

— Et vois comme ça a bien marché, fait-il valoir, désabusé.

— Ça a très bien marché. Et maintenant, une autre opportunité se présente. Tu n'as pas envie d'essayer ?

— Absolument pas ! Mona, je ne veux pas. Pas à ces conditions. C'est beaucoup trop dangereux.

— Tu préfères rester avec Elsie ? Parce que, si tu ne tentes rien, c'est ce qui va arriver.

Je commence à trouver sa trouille presque vexante, à vrai dire. Il s'est mis à faire les cent pas autour de la cage, clairement perturbé. Il me donne le tournis.

— Mais non, Mona, je… écoute… voilà la vérité que je peux te donner. Je préférerais venir avec toi que rester avec Elsie. Je suis prêt à essayer de revenir à la surface, à me cacher de la douane ou à négocier, si c'est pour être avec toi. Mais si tu utilises ce sort pour me libérer, tu n'y survivras pas. Je ne le sens pas du tout. Il vaut mieux rester comme ça. Ou du moins attendre.

Non. Moi, je crois que ce sont des prétextes. J'insiste :

— À mon avis, c'est la clef de Naomi, maintenant tant que l'occasion se présente, ou rien du tout. C'est normal d'avoir peur mais il faut passer outre.

Sans cesser de tourner en rond, il enfouit ses mains dans ses cheveux, l'air frustré.

— Mais comment fais-tu pour être aussi butée ? Je te jure que ça n'aide pas. Tu devrais vraiment apprendre à lâcher l'affaire de temps en temps.

— Nan.

— Écoute, Mona, je veux juste que tu prennes le temps d'examiner le problème. J'admire ton énergie, j'apprécie ton offre d'assistance, mais peut-être que ce n'est pas le moment. Ça ne te ferait pas de mal d'acquérir un peu de perspective.

— J'ai toute la perspective dont j'ai besoin. Toi, tu considères le même problème depuis 400 ans, en vain. Tes efforts ne débouchent sur rien de concret. Tout seul, tu n'y arrives pas.

Il lève les mains dans un geste d'accablement.

— OK. Admettons. J'ai besoin d'aide, je n'y arrive pas tout seul. Mais peut-être que tu n'es pas la bonne personne pour le job. Tu y as pensé, à ça ?

— Je suis peut-être pas la bonne personne, mais je suis celle qui va s'en occuper.

— Mais POURQUOI, à la fin ?

Je hausse les épaules.

— C'est ce que je fais dans la vie. Résoudre les problèmes par la manière forte.

— Mais ça va mal finir ! s'emporte-t-il. Tu ne voudrais pas mettre un peu d'eau dans ton vin ? Essayer de durer plus de cinq minutes ?

— Nan.

— S'il te plaît, supplie Seb.

— Je peux pas. Ça te va, toi, comme avenir ? Continuer pareil *ad vitam* sans savoir si t'es un piaf ou juste un crétin ?

Il m'énerve, mais je vois déjà qu'il ne cédera pas, lui non plus.

— Tu vas vraiment te dégonfler à nouveau, comprends-je enfin.

Il s'interrompt dans ses déambulations pour me dévisager d'un air hagard.

— Peut-être bien, dit-il lentement. Peut-être bien que je vais me dégonfler.

J'exhale doucement. Il a dit qu'il était de mon côté, qu'on faisait équipe en quelque sorte, j'ai quand même pas rêvé ? Et moi, comme une poire, je l'ai cru. Je suis d'une bêtise incurable. J'en reviens pas. Il est en train de me faire le faux bond pour la deuxième fois.

— Tu vas *vraiment* rester planqué ? Rester pour toujours avec Elsie ? Autant te l'avouer tout de suite, Seb. Arrête de reculer pour mieux sauter, si tu sais déjà que ça n'arrivera jamais. Tu seras plus heureux si tu laisses tomber pour de bon. Heureux comme Archie.

Il a l'air d'encaisser un coup bas, mais tout ce que je lui inflige, c'est la vérité.

— Oui, dit-il d'une voix sourde, je crois bien. Oui, je vais rester planqué.

Ça me fend le cœur de l'entendre prononcer ces paroles définitives dans cet endroit prétendument magique et solennel. J'espère qu'il ne croit pas à ces balivernes. Il semble hésiter une seconde.

— Je… je voudrais que tu me fiches la paix maintenant, Mona, si c'est pas trop demander. Arrête de retourner le couteau dans la plaie et laisse-moi respirer.

— Comme tu voudras, je réponds, les mâchoires tendues à m'en faire claquer les tendons.

— Bien. Génial, dit-il avec l'expression nauséeuse d'un type qui s'installe dans le fauteuil du dentiste. Et maintenant, rends-moi ce fichu bout de papier. Je me trouverai quelqu'un d'autre de… de plus calé en magie pour le prononcer, ce sort.

Je secoue la tête, je ne le crois pas. Il va détruire mon papier, et j'ai pas envie.

— Nan, dis-je. Y a pas moyen. Je le garde. Souvenir. Tu n'as qu'à en demander un autre à Naomi, je suis sûre qu'elle te le donnera avec grand plaisir.

— Mona…

Il me lance un regard quasi désespéré qui me fait un peu mal. Puis il soupire et quand il parle, sa voix tremble un peu, mais elle est dure, corsetée de colère.

— Mêle-toi de tes oignons, Harker. Trouve-toi une vraie occupation dans la vie, une qui correspond à tes vraies compétences. Et sors de la mienne, s'il te plaît. Ça ne sert à rien de t'obstiner comme ça. On ne joue pas du tout dans la même catégorie. Tu ne pourras jamais sauver la planète, et j'en reviens même pas que tu essayes encore. C'était mignon quand tu t'en tenais au menu fretin, mais si tu insistes pour entrer dans la cour des grands, et que tu te mêles de jouer avec la magie, tu vas te cramer en moins de deux, et je ne tiens pas à être là pour voir ça. Et arrête ta comédie. T'es libre, barre-toi maintenant, c'est ridicule.

Il s'arrête, probablement faute d'autre chose à me balancer.

Je hausse les épaules.

— Comme tu veux. Je le fais quand même.

— Mona. Et si je ne VOULAIS PAS quitter Elsie ?

— Tu viens de m'affirmer le contraire.

— Eh bien, là, je change d'avis.

Je brandis mon papier.

— Tu dis ça parce que tu as peur.

— Je dis ça parce que j'ai le CHOIX. Tu viens de me le rappeler toi-même.

Nous restons tous les deux face à face, furieux et dégoûtés. Peut-être que Seb cherche lui aussi une autre issue à cette conversation qui n'en a pas vraiment. Moi, en tout cas, je ne trouve pas.

Après un silence, il pivote sur ses talons et s'éloigne à grands pas. Il est vite absorbé par la pénombre. Je me rassieds contre les barreaux frais. J'ai un peu moins mal à mon coup de soleil magique. À part ça, ça ne va pas des masses.

Et je suis bien finaude avec mon bout de papier qui ne sert plus à rien. Naomi a bien dit que Seb devait être présent pour que ça fonctionne. Et qu'il devrait fournir de la magie. Quelque chose me dit qu'il va se tenir à l'écart, à présent. J'aurais dû finir le boulot, au lieu d'écouter sa frousse avec lui et de gaspiller un temps précieux en discussions inutiles. Et maintenant, pour réparer mon erreur, il faudrait que je lui coure après. Mais quand j'essaye à nouveau de sortir de la cage, je n'y arrive pas plus que tout à l'heure.

Le lendemain matin, je suis toujours au fond de mon chenil lorsqu'Archie m'apporte à manger et à boire. Lui, il n'a aucun mal à franchir la porte pour venir déposer le plateau juste devant moi. Il sort ensuite de la cage sans problème. Je le suis des yeux, bouche bée. Ça ne lui pose pas la moindre difficulté.

— Merci, Archie, soupiré-je en contemplant le pichet d'eau fraîche, le sandwich coupé en triangles. C'est gentil. Mmmh, un BLT.

— Maîtresse Hannigan ne laisse jamais ses gens manquer de rien, glisse l'albatros avec son sourire bienveillant et un peu distant.

Je hume le bacon-laitue-tomate qui sent la mayo fraîche maison.

— Je ne fais pas partie des gens d'Elsie, rectifié-je machinalement, tout en salivant comme une malade. T'aurais pas du café ?

— Non. Désolé.

Je ne devrais pas manger la nourriture d'Elsie ni boire

son eau, mais devinez quoi ? À ce stade, je m'en fous totalement. J'ai la gorge en feu depuis mon sort de la veille, l'estomac dans les talons et le moral dans les chaussettes. J'ai ruminé ma discussion avec Seb toute la nuit et je me sens comme un zombie bien coulant dans une étuve.

Je pense que Seb ne quittera jamais les jupes d'Elsie de lui-même et j'en suis mortellement déçue. Je sais bien qu'il est apparemment coincé là par des quantités massives de magie. Et je comprends un peu mieux sa terreur à l'idée de partir. Vraiment. C'est juste que tout au fond de moi, ça me fait bugger et je n'arrive pas à lâcher l'affaire.

J'espère quand même que ce n'est pas pour ça que je reste coincée dans cette cage. Objectivement, je n'ai plus rien à faire dans cet endroit. J'ai libéré de là les gens que j'ai pu. J'ai retrouvé Salma et si la douane veut arrêter les joueurs de go qu'elle semble rechercher depuis un moment, elle peut venir les cueillir. Pour autant qu'elle en soit capable.

Rien ne me retient ici, à part la promesse que j'ai faite à Seb de lui accorder une aide dont il ne veut pas. Mais même si je décide de braver sa trouille à sa place et de lui forcer la main, je ne pourrai rien faire tant que je resterai enfermée ici.

Je ne rêve que d'une chose, retrouver le monde extérieur, le désert, les étendues infinies agressées par le soleil. Cette serre artificielle où tout est censé être vrai mais rien n'est réel, c'est pas du tout pour moi et ça commence à me taper sur le système. J'appellerais bien Becky pour l'insulter, ou mon petit mari pour me plaindre, mais je n'ai plus de téléphone.

Seb a raison, Becky a raison. Je ne ferai pas de vieux os dans ce job. Je suis condamnée à travailler seule et comme je n'arrive pas à avaler les réalités déplaisantes du monde surnaturel, il n'y a de place pour moi nulle part. Je ne peux pas continuer comme ça, pas si je veux survivre à mon propre taf. Je ne suis tout simplement pas taillée pour réussir.

Peut-être que tout est fichu depuis que je suis tombée sur John dans une ruelle sombre il y a sept ans. Peut-être qu'en effet, les humains ne sont pas faits pour s'occuper des choses surnaturelles, qu'ils devraient continuer d'en ignorer l'existence. Et si quelques malchanceux sont témoins de choses qu'ils ne doivent pas voir, s'ils se font attraper et broyer par le système, tant pis, c'est la dure loi de la nature.

Je ricane. Je ne me convaincs pas moi-même.

Je suis distraite par une toux légère — Archie est debout devant la cage et il m'observe pendant que je mange, ou plutôt, que j'engloutis son sandwich.

— Respectueusement, dit-il, il me semble que vous n'êtes pas alignée avec vos propres objectifs, miss Mona.

— Sans blague.

— Vous violez la vérité de ce lieu, poursuit Archie sans se laisser perturber par mon sarcasme. C'est la seule explication possible à votre, hum, problème technique actuel. Je suis sûr que Maîtresse Hannigan vous accueillera parmi les siens quand vous serez prête. J'ai foi en elle, elle seule peut vous sortir de là. Il suffit que vous acceptiez son autorité. À la seconde même où vous vous rendrez à l'évidence, vous serez capable de quitter cette cage, j'en suis certain.

— Où je me rendrai à l'évidence ? À quelle évidence ?

— Que vous êtes faite pour rester avec Maîtresse Hannigan. Depuis des années, j'admire le soin avec lequel elle collecte les individus rares pour les amener à leur propre vérité. C'est là son art. Et vous, miss Mona, vous êtes une personne rare.

Je renifle bruyamment, pas vraiment d'humeur à écouter les déblatérations d'un oiseau lavé du cerveau.

— Ouais, merci.

— Seulement, enchaîne Archie, il faut se montrer digne. Et il faut accepter son aide.

J'ouvre la bouche pour réaffirmer mon indépendance à toute force, quand il me désarçonne avec une réflexion philosophique :

— Certaines personnes, miss Harker, n'arrivent pas à résoudre leurs contradictions sans assistance. Il n'y a pas de honte à cela. Les peines de cœur surviennent quand on s'enferme dans ses problèmes au lieu de voir la main tendue.

Je ricane à nouveau, parce que son analyse s'applique aussi bien au cas de Seb. Nous voici bel et bien coincés dans une voie sans issue, semblerait-il.

31

———

Archie repart avec son plateau vide, mais je n'ai pas tellement le loisir de me morfondre plus, car quelques instants plus tard, Clemens déboule avec un gros sac sur le dos.

Quand il s'avise que la cage est ouverte, il s'arrête net. Un sourire cruel étire ses lèvres et sa main se pose sur le mors qu'il porte toujours à sa ceinture, caressant le métal. Je fronce le nez.

— Essaye un peu, espèce de cave. Tu veux encore que je te mette la pâtée ? Ça ne t'a pas suffi, la dernière fois ? Ou bien alors peut-être que t'y as pris goût ?

Il ne répond pas, mais approche en se baissant déjà pour passer la porte de la cage. Je bloque mes muscles et ma respiration, pas question de reculer d'un millimètre. Il avance un sabot à l'intérieur. Un grésillement se fait entendre et une odeur de cochon grillé s'élève dans l'air.

— Wouah, l'odeur de ta magie est délicieuse, Clemens. Ça rappelle un truc subtil… comment dire… le pied de porc ? Et tu pourrais te laver de temps en temps. Le look ciselé à la transpi, là, je suis sûre que tu pourrais l'obtenir avec de l'huile ou un autre onguent moins pestilentiel.

— Si je pratique la magie sur toi, gronde-t-il, ça sentira très fort le sang.

— Haha. C'est que de la gueule, Clemens.

Je ne devrais peut-être pas l'asticoter comme ça, mais c'est plus fort que moi.

— Qu'est-ce qu'il y a dans ton sac ? Ta conscience et ta dignité ?

Sans répondre, il se décharge et jette son paquet au sol devant la cage, sous mon nez. Puis il défait le lien d'un geste brutal. Le sac de toile grossière s'entrouvre et j'aperçois une main. Une main d'enfant immobile, un poignet avec une montre verte.

Reed ?

Mon estomac se tord et je me jette sur les barreaux de l'enclos.

— Qu'est-ce que tu lui as fait ? Je vais te démonter en kit, Clemens.

Il se contente de rire tandis que je contemple avec panique la main inerte, le sac au sol. J'essaye de me convaincre que la toile bouge, que son contenu respire. La matinée de violence et de sarcasme ordinaire a pris un virage en épingle à cheveux vers l'horreur.

— Reed, je chuchote, Reed, tu m'entends ? Réveille-toi. Parle-moi.

Pas de réponse. Je décide que la plaisanterie a assez duré et qu'il est temps pour moi de sortir de mon trou. Je marche jusqu'à la porte de la cage d'un pas décidé. Au dernier moment, je lève un coude pour me protéger la tête, et je fais bien. Je me prends le mur, de plein fouet, comme toutes les autres fois.

— Nom d'un succube syphilitique !

J'en ai marre, je ne comprends rien, et ça a cessé d'être drôle depuis un moment. Si encore j'étais la seule à moisir ici. Mais d'autres ont besoin d'aide pendant que je suis réduite à l'impuissance.

Je suis en train de secouer les barreaux, et de donner de grands coups de pied dedans tout en jurant profusément, quand Elsie débarque à son tour dans une grande robe en crêpe de soie bleu nuit, les bras nus, sans ses éternelles manchettes de cuir. Elle me voit et me salue d'un rire cristallin.

— Quelles sont ces manières de chimpanzé, Mona ? Si tu veux sortir, tu n'as qu'à utiliser la porte.

Je lui lance mon regard le plus noir mais bien sûr, elle s'en fiche éperdument, occupée comme elle est à conjurer un trône de dimensions épiques, encore plus imposant que celui d'hier. Cette fois c'est une sorte de mix pas très harmonieux entre une chaire de marbre noir et le sphinx de l'hôtel Luxor, plus kitsch tu meurs, et je rappelle qu'on est quand même à Las Vegas. Ici, le kitsch, c'est dans les gènes.

Elsie s'installe entre les pattes du sphinx, apparemment satisfaite.

— T'as pas bien dormi ? je m'enquiers. Besoin de cocooner ton ego blessé ?

Malgré moi je me demande ce que Seb a bien pu fabriquer depuis que nous nous sommes quittés. Ça ne me regarde pas, mais je voudrais savoir où il est, ce qu'il pense. Si quelqu'un l'a mis au courant que le gamin n'avait finalement pas réussi à s'échapper. Ça le ferait probablement venir, pensé-je, tout en me sentant sale de trouver de l'espoir au fond d'une mouise pareille.

— Et Kim ? Qu'est-ce que vous avez fait de Kim ?

— Qui est Kim ? demande Elsie.

— La jeune femme qui était avec le gosse.

— Oh. Elle. Je ne sais pas, dit Elsie avec un haussement d'épaules.

Elle s'en fiche, Kim ne l'intéresse pas. Elle l'a pourtant achetée l'autre jour à la foire.

Je ne peux pas continuer à répondre à sa désinvolture par de la colère et de la frustration. Ça ne me mènera nulle part. Je déglutis ma panique, je l'avale.

— Bon, fais-je, alors, c'est quoi le programme aujourd'hui ?

— Troisième et dernier jour de ton dressage, m'informe Elsie. Ton contrat te libère ce soir, non ? Aujourd'hui, on conclut.

Un long frisson court dans mon dos. Je me ramasse autour de mon noyau dur, celui qui ne dira JAMAIS oui à Elsie, même si elle me gardait ici dix millions d'années.

— Je crois pas, non.

— Pourquoi ? demande Elsie avec un joli sourire à fossettes. C'est déjà presque fini. Il ne reste que les formalités, vraiment.

Qu'on m'arrête si je me trompe, mais dans un contrat, tout ce qui compte, ce sont les formalités. Je me force à rire.

— Ouais. T'as rien du tout pour me garder. Tu vas devoir me laisser partir, Elsie chérie.

— Ce n'est pas moi qui t'en empêche, observe-t-elle. Tu t'es déjà arrangée pour camper ici deux jours pleins. À mon avis, quelque chose au fond de toi aspire à rejoindre ma famille, Mona. Cette histoire de porte est tellement parlante. Il faut juste que tu apprennes à écouter tes propres besoins.

— Mouais. Comme tu dis, mon contrat se termine tout à l'heure, et je rentre chez moi, que ça te plaise ou non.

— Si tu le dis, me répond-elle, fossette en action. Ah, voilà John et Naomi.

Je suis son regard, pas hyper jouasse à l'idée de me retrouver seule avec Clemens et trois joueurs de go. Le moment est probablement venu d'appliquer mes propres méthodes géniales, et de tout faire pour les monter les uns contre les autres. Le problème, c'est que je ne comprends pas ce qu'ils veulent.

John s'approche d'un pas tranquille, avec Naomi à son bras. Ils ont coordonné leurs tenues vestimentaires et se ressemblent plus que jamais, lui habillé d'une veste en cuir d'un marron très sombre sur une chemise et un pantalon noir, et elle, dans une robe d'un noir mat ceinturée d'un corset de cuir brun. Très rock'n'roll chic bobo. Bras dessus, bras dessous, ils jouent sur leur ressemblance troublante en me saluant de sourires identiques. Je manque un battement dans la conversation, rendue stupide par leurs expressions symétriques, yeux jaunes, cheveux bruns, dents carnassières.

Je m'obstine à chercher Seb des yeux, mais évidemment, pas de Seb.

— Venez, les amis, je vous attendais pour commencer, dit Elsie. Mettez-vous à l'aise, faites comme chez vous.

Faites comme chez vous, mais pas trop quand même, semble dire sa moue lorsque John, d'un geste ample de la main, fait apparaître derrière lui un gigantesque dais de bois sombre et de fer forgé, tendu de voilages noirs. Au sommet de ses trois marches, j'aperçois un canapé de cuir brun à deux places.

— J'ai pas trop envie de m'asseoir, dit Naomi, je préfère me dégourdir les jambes.

Galant, John la suit dans ses déambulations, et Elsie pousse un soupir excédé.

— Les réunions du club de go sont un plaisir infini, du moment qu'elles ne durent pas trop longtemps, m'explique-t-elle en aparté. Vers la fin, on a généralement envie de se séparer, de reprendre ses aises.

— Ah oui? dis-je. Tu crois que Naomi ne va pas repartir avec John?

Malgré ma question désinvolte, je suis préoccupée. Ça sent la fin de partie, et si j'en crois tout ce que Seb m'a dit au sujet de ces tarés, la conclusion risque de ne pas me plaire.

— Personne ne sait jamais vraiment ce que Naomi va faire, dit Elsie avec un sourire froid, avant de s'adresser à John. On commence? Je pense que vous serez d'accord pour admettre que nous nous sommes assez vus.

Naomi acquiesce avec un sourire bienveillant.

— Tout à fait.

— Bien, poursuit Elsie, dans ce cas, je vais juste encaisser mon point pour la partie en cours, et nous nous quitterons aussi bons amis que nous pouvons l'être.

John ne dit rien. Il s'est arrêté à quelques pas de moi et j'ai aussitôt commencé à frissonner. Décidément, je ne peux pas me trouver à moins de trois mètres de lui sans éprouver cette satanée impression que mes organes s'entre-rejettent les uns les autres. Mais ce n'est pas moi que John regarde.

Il a aperçu la main de l'enfant qui émerge du sac.

Naomi s'approche elle aussi et ses lèvres se crispent en une moue de déplaisir quand elle aperçoit Reed à son tour.

— Qu'est-ce que tu as là, Elsie ? demande-t-elle, acerbe.

John s'est agenouillé à côté du sac, et délicatement, il saisit la main de l'enfant. Il la tourne, la retourne entre ses doigts, puis avec maintes précautions, il ouvre le sac, dénudant la tête, les épaules de Reed inconscient.

Je m'accroche si fort aux barreaux métalliques que j'en ai des crampes dans les doigts et les poignets. Je pense à cette soirée d'hiver où j'ai rencontré John dans les rues de la ville. Et j'ai un flash-back sur une petite fille exsangue dans un Dumpster du quartier. Je pousse un grondement profond.

— Lâche-le, espèce de pédophile.

Des effluves de désert s'élèvent autour de moi, une chaleur sèche râpe ma peau, m'enveloppant d'une présence rude, mais rassurante. John lève la tête. Il me regarde sans me voir, puis retourne à l'examen de Reed, qu'il continue de dégager du sac avec une infinie douceur.

— Cette fille a de la magie, signale-t-il aux deux autres. C'est ça que vous essayiez de me cacher ? Dix points pour moi.

Mais ça n'a pas l'air de l'intéresser plus que ça, il énonce son score d'une voix lointaine, les yeux concentrés sur le môme. On dirait qu'il déballe le plus précieux des cadeaux. Le parfum de désert monte encore en nuées autour de moi. Ça commence à me chauffer les épaules, la nuque, là où Seb a fait disparaître les brûlures cette nuit.

— Tu devrais te calmer, humaine, prononce John distraitement. Je vais t'enseigner la magie, puisque tu m'appartiens désormais. Mais ne dépense pas ton énergie pour rien. Tu apprendrais une leçon désagréable sur ce qu'est l'autorité d'un joueur de go.

Je grince des dents.

— Cours toujours. J'ai dit non à Elsie, c'est pas pour accepter de venir avec toi.

John continue à considérer Reed inconscient avec une intensité qui me renverse l'estomac.

— Mais si, murmure-t-il. Elsie demande l'avis des gens avant de les recruter, mais je procède différemment. Je prends, c'est tout. Je t'ai marquée il y a des années. Et maintenant, je viens collecter mon dû. Je n'ai pas besoin de ton accord. C'est une limite qu'Elsie se fixe à elle-même, parce qu'elle pense que cela la rend plus puissante.

Nom d'un centaure à bascule. Elsie suit un code de déontologie ?

— Tu rêves, Johnny. Ton pote Blackie m'a « marquée » aussi soi-disant, et pourtant aucun de vous n'a de droits sur moi. Vous pouvez tous aller vous faire voir.

— Tu t'es débarrassée de Black grâce à ma protection, rappelle Elsie.

John ne semble toujours pas lui accorder la moindre attention. Il répond cependant, distrait, sans nous regarder.

— Blackie n'était pas le premier. Moi, je suis ton premier.

C'est le môme qui l'intéresse avant tout. Il est dans une bulle avec Reed et je perçois à présent une certaine inquiétude chez Naomi.

— John, chéri ? Qu'est-ce que tu fais avec ce gosse ?

— Il est parfait, murmure John.

Naomi s'approche d'un pas vif et sous mes yeux, tout en marchant, elle change de forme. La femme aux cheveux bruns ondulés et aux yeux presque jaunes disparaît en quelques secondes pour laisser la place à une gamine — queue de cheval châtain, pommettes roses, rondeurs et fraîcheur de l'enfance, jupe plissée, socquettes aux genoux.

— Johnny, appelle-t-elle gentiment.

Elle se déhanche, une main sur la taille. John lève les yeux, mais retourne immédiatement au gamin comme s'il était mille fois plus captivant.

— John ?

John soupire.

— Désolée, Naomi, tu sais que tu es mon âme sœur, débite-t-il un peu machinalement.

— Toi aussi, tu es mon âme sœur, John, susurre Naomi en faisant onduler son nouveau corps prépubère.

Je détourne le regard, dégoûtée, tandis qu'Elsie s'esclaffe.

— Tu es son âme sœur les jours pairs, lance-t-elle, quand tu ne fiches pas le camp avec Blackie, hein, chérie ?

Naomi l'ignore et continue de se trémousser face à John.

— Je sais exactement ce que tu aimes, John.

Il penche la tête de côté, l'air navré.

— Tu sais ce que j'aime, admet-il, mais tu ne peux pas me donner la seule chose dont j'aie vraiment besoin, Naomi. La véritable innocence.

Gasp. Ça y est, je vais gerber. John vient d'ouvrir une lucarne sur son âme, et tout ce que j'ai vu à l'intérieur, c'est de la pourriture.

Je me demande combien d'enfants il a détruits. Elsie le fait figurer dans l'histoire de Seb qu'elle m'a racontée. Je me demande s'il a posé ses sales pattes sur Seb. Cette simple question réveille en moi une supernova de rage qui me fait peur.

Je vais à la porte de la cage, j'avance une main en direction du seuil. Le mur est toujours là. Le môme est en danger, cette ordure de John se balade en liberté, et je ne peux rien faire. Furieuse de cette impuissance, perdue au milieu d'une nappe de chaleur désertique, je cuis dans ma propre colère, je me confis dans ma frousse.

— John, intervient soudain Naomi d'une voix très adulte et exaspérée, arrête avec ce môme. Ce n'est pas drôle. Tu veux son innocence, et moi, je suis là pour te dire que tu dois le laisser tranquille.

John lève la tête, un sourire moqueur aux lèvres.

— Ah bon ? Qu'est-ce qui te prend tout à coup ?

Naomi ouvre grands des yeux tout ronds et tout bleus qui me rappellent un peu ceux de Becky Morinsky.

— « Tout à coup » ? Tu te fiches de moi, John ? On se dispute toujours pour la même chose. Je ne supporte pas ce que tu fais aux mômes.

— Tu n'étais pas si à cheval sur tes principes l'autre jour, avec le petit serveur.

Naomi roule des yeux exorbités.

— Il avait 18 ans. Il était majeur et vacciné

— C'était un bébé, juge John, et tu le sais très bien.

Naomi soupire.

— Il faut bien mettre la limite quelque part, John. Tous les humains sont des bébés comparés à nous. Je ne comprends pas ce goût idiot que tu as des êtres sans défense. Je suis prête à jouer la comédie si ça te fait plaisir, mais pour l'amour du ciel, cesse tes enfantillages.

J'hésite à trouver Naomi sympathique. Ses arguments me paraissent un peu bizarres. Je suppose que c'est lié à son âge avancé.

— Je ne peux pas te laisser prendre ce môme, conclut-elle avec fermeté.

Elle rejoint John et attrape Reed sous les bras, le soulevant avec une force inattendue compte tenu de son petit gabarit. John tente de l'en empêcher. Maintenant ils tiennent l'un le torse, l'autre les hanches de l'enfant. Reed se réveille à ce moment-là et crie aussitôt d'effroi. J'explose.

— Mais foutez-lui la paix, à la fin !

Nom d'une sirène de vase, à quoi est-ce qu'ils jouent ?

— Viens, Reed, dit Naomi, je vais te protéger de ce vilain monsieur.

Le môme jette un œil à John, à son expression avide, intensément inhumaine, puis il choisit Naomi, plus rassurante, et se blottit dans ses bras.

Je voudrais vraiment que Seb soit là. Ça sent trop mauvais ici. Lui, il pourrait décoder tout ce merdier, il saurait peut-être quoi faire.

Naomi caresse les cheveux du môme.

— Ne t'en fais pas, petit, je suis là pour prendre soin de toi. Tu me crois ?

Reed hoche la tête en se cramponnant au sweat-shirt jaune citron de la joueuse de go.

— Reed, je dis, fais attention ! Tu ne devrais pas lui faire confiance comme ça.

Je préférerais vraiment que le gosse prenne ses distances. Il ne se rend pas compte qu'il est encore en danger. À quoi joue Naomi ? Pourquoi m'a-t-elle donné ce sort pour libérer Seb ? Et ce numéro super chelou pour ressembler à John ?

Je demande à Naomi :

— T'es quoi, en fait ? Une métamorphe ?

Elle éclate de rire.

— Non, chérie, je n'ai rien en commun avec tous ces

animaux puants. Pardon, Clemens. Toi aussi, Elsie. Je suis une Changeante.

— Une quoi ? Jamais entendu parler.

— Tu n'as pas beaucoup voyagé, sourit Naomi avec indulgence, avant de s'adresser à Elsie : Ton corbeau n'est pas là ?

Elsie affecte un étonnement amusé.

— Il va arriver, pourquoi ?

Naomi hausse les épaules.

— Je l'ai croisé tout à l'heure sur le chemin des ascenseurs.

Elsie fronce les sourcils et mon cœur tombe au fond de ma poitrine. Seb se barre ? Qu'est-ce qu'il fabrique ? Mais ce n'est que la conclusion logique de notre dernière confrontation. Il met de la distance entre nous.

— Il m'a raconté ce qui s'est passé hier, ajoute Naomi. Comment il a fait basculer celle-ci.

Elle me désigne d'un mouvement du menton.

— Et comment ensuite elle s'est débrouillée pour l'inclure lui, ton corbeau, comme un intermédiaire dans votre chaîne hiérarchique.

— Je sais tout cela, dit Elsie avec un geste dédaigneux.

— Ton lien avec elle est affaibli, juge Naomi. Tu sais, Elsie, tu devrais cesser d'injecter autant de sophistication dans ton jeu. Tu n'arrêtes pas de te mettre toi-même des bâtons dans les roues.

— Je m'en sors plutôt bien, rétorque Elsie. J'ai plus de magie que tu n'en verras jamais. En dépit de mon goût pour l'éthique. Tu devrais essayer. C'est plus amusant avec quelques contraintes et un peu de finesse.

Elsie produit son téléphone et compose un message, affichant une expression parfaitement neutre. Dix contre un qu'il s'adresse à Seb. Naomi berce Reed et le console comme s'il était un tout petit enfant, alors qu'il a au moins l'âge d'être au primaire.

Et pendant ce temps-là, c'est John qui s'approche de moi.

32

— Il est l'heure de partir, humaine, dit John. Cette partie devient ennuyeuse. J'ai gagné.

— Nan, je dis.

Une vague de magie s'élève autour de John. Une tempête de glace et de vents hurlants tourbillonne dans l'air, et je suis instantanément congelée.

— Vous, les hommes froids, dis-je en claquant des dents, vous n'avez pas peur des clichés au moins. Il ne t'est jamais venu à l'idée que si la partie était ennuyeuse, c'était à cause de toi ? Parce que tu es un gros rabat-joie sans conversation ? Pas mieux que Blackie.

Franchement, j'ai des griefs contre Elsie, mais je trouve que sur le point du fair-play et de la beauté du sport, elle tient un argument valide.

— Tais-toi, dit John en balayant l'air d'un revers de main.

Un glaçon géant se forme autour de mon menton, jusqu'à mes pommettes. Mon visage entier est saisi dans la glace, j'en ai plein la bouche.

— Voilà, constate John avec satisfaction.

Mais moi, ça me fout en rogne, qu'il essaye de m'empêcher de m'exprimer. Et quand on me fout en rogne, apparemment, ma magie entre en ébullition.

Deux secondes plus tard, le bâillon glacial de John s'est changé en eau, je lui crache sa glace fondue à la figure, et je me retrouve avec mon pire cas de brûlure faciale depuis des années. Quel crétin.

— Viens, ordonne John.

Cette fois, il doit mettre de la magie derrière, et je suis prise d'une irrépressible envie de le suivre, alors même que je continue à le considérer comme un terrible gros naze. Je me dirige vers la porte de la cage.

Et bam.

Je me retape le mur.

— Viens, insiste John.

— Arrête ça. Tu vois bien que ça ne marche pas.

— C'est ton mur, dit le joueur de go.

—Yep. Et c'est pas le tien.

Il plisse les yeux, ses lèvres se retroussent en un rictus de déplaisir, et la magie glaciale autour de lui se remet à tournoyer avec fureur, fascinante. La chaleur résiduelle que j'ai dégagée plus tôt ne tarde pas à être dispersée.

— On ne détruit pas le prix avant la fin de la partie, John, rappelle Elsie de loin. C'est moins cent points, même toi tu le sais. Au cours actuel du point, tu vas donner une apoplexie à Clemens.

La magie se calme et John tourne vers Elsie.

— La partie est finie. J'ai gagné. Il n'y avait même pas de partie. Tu m'as fait venir pour m'infliger l'ennui d'un jeu gagné d'avance. Cette fille était à moi depuis le départ.

— Non, dit Elsie. On joue à ce jeu depuis des millénaires et tu n'arrives toujours pas à te rappeler ses règles ? Le gagnant doit attendre l'accord de tous les autres joueurs. La partie n'était pas jouée d'avance. Et d'ailleurs elle n'est pas terminée.

— Je gagne et tu le sais, grince John. Aucune idée de ce que je vais faire de ce prix, mais je l'ai remporté. Dix points pour un sujet qui a de la magie. C'est inévitable, Elsie.

Mais Elsie n'est pas d'accord.

— On dirait que la règle du jeu a changé, *John chéri*. Maintenant le lot a développé — grâce à MON équipe — une magie propre qui l'empêche de quitter sa cage. Cage qui, jusqu'à nouvel ordre, se trouve *chez moi*. Pour gagner, il va falloir la faire sortir. SANS la détruire, John.

Je m'assieds. Pendant que John et Elsie se disputent, Reed s'est calmé dans les bras de Naomi, et s'est rendormi.

— Naomi est en train de dompter ton esclave, note John à l'attention d'Elsie.

— Oui. Ça ne te rend pas jaloux ? Moi, je m'en fiche, déclare Elsie avec une moue dédaigneuse, il y a des enfants partout, et celui-ci a joué son rôle.

Elle vient d'avouer, je pense, qu'elle a placé l'enfant là dans un but bien particulier — si je devais parier sur une interprétation, je dirais que c'était pour me manipuler, pour bien me montrer à quel point John est une ordure, afin que j'accepte de partir avec elle.

Mais si le « rôle » qu'Elsie avait attribué à Reed était un peu plus complexe encore ? Semer la discorde entre John et Naomi ? Est-ce qu'elle avait prédit leur désaccord ? Ou bien est-ce pour Seb qu'elle l'a acheté ? Ou pour m'obliger à entrer dans son jeu en libérant ses prisonniers ? Je ne me serais peut-être pas autant démenée pour une bande de métamorphes et de douanières ?

En tout cas, si Elsie se sert du môme pour parvenir à ses fins, elle ne vaut pas mieux que John. Sous le vernis de fair-play, elle est aussi pourrie que lui.

Leurs intrigues sont trop alambiquées pour moi et j'ai envie de tout envoyer promener. Je veux juste régler mon différend avec Seb. Ensuite, je suis certaine que j'arriverai à remonter à la surface sans problème. Je prendrai un job en cuisine chez McDo si vraiment c'est nécessaire. J'en ai assez.

Au moment où je contemple ma déprime, un cri rauque se fait entendre dans les arbres, et un corbeau fait irruption à toute allure dans la clairière.

Pas n'importe quel corbeau, bien sûr. Je pousse un soupir de soulagement.

— Ah, sourit Elsie, Sebastian. Tu en as mis du temps.

— Naomi, croasse le corbeau en se posant au sol.

— Quoi, Naomi ?

— Naomi a dit que Mona était partie.

— Explique-toi mieux, ordonne Elsie.

Le corbeau reprend forme humaine. Malgré moi, je garde les yeux rivés sur lui, le nez entre les barreaux pour surprendre un peu de son parfum d'orage. Je sais, je suis pas mal pathétique en ce moment.

— Naomi m'a dit qu'elle avait vu Mona se diriger vers les ascenseurs, raconte Seb à Elsie.

Je fronce les sourcils. Il pensait que j'étais partie ? Que je l'avais laissé tomber et que j'avais vidé les lieux ?

— Seb, intervient Naomi, tu as compris de travers. Quand je t'ai trouvé aux ascenseurs, j'ai dit que nous allions tous voir Mona pour la conclusion de la partie. Tu t'embrouilles, c'est ta petite cervelle d'oiseau.

Seb tourne la tête vers le dais et le canapé où Naomi

s'est installée avec Reed. Il a un sursaut en découvrant le gamin, mais ne formule aucun commentaire. Puis, terminant son tour d'horizon, il repère John et, sourcils froncés, s'approche de la cage.

— Libère l'humaine, exige John en s'adressant à Seb. Elle t'a attribué le mérite de sa bascule vers la magie, mais elle était à moi. Elsie me fait perdre mon temps. Si tu renonces à l'humaine, je pourrai la prendre, et nous serons tous libres de vaquer à nos occupations.

Seb se raidit, l'air contrarié. Il pensait que le problème était réglé ? À cause de cette histoire d'ascenseurs, il pensait que j'étais déjà partie ? Je ne crois pas une seule seconde à la fable de Naomi. Le cerveau de Seb ne m'a jamais semblé particulièrement embrouillé. Pourtant, il y aurait de quoi, avec la vie qu'il mène, les gens qu'il fréquente. Je pense que Naomi l'a effectivement croisé plus tôt, qu'elle lui a bien dit que j'étais partie, et qu'il l'a crue. Elle a probablement agi ainsi pour faire gagner John, je suppose.

Je me souviens soudain que Seb m'a renvoyée dans mes foyers cette nuit. Il m'a congédiée pour que je renonce à l'aider. Et si ça avait des conséquences magiques ? Et si John se trouvait tout à coup libre de m'embarquer ?

— J'attends, presse John.

Seb pince les lèvres, semble hésiter. Puis il dit :

— Nan.

J'exhale doucement, soulagée. Quand j'inspire à nouveau, la température dans mes poumons baisse de dix degrés. Puis l'air autour de John devient glacial. Le duvet se hérisse sur mes bras, puis gèle tout à fait.

— John, prévient Elsie.

— Impertinent, éructe John. Obéis.

— Sebastian n'a pas à t'obéir, dit Elsie qui peine à cacher sa satisfaction. Tu vois. L'humaine est à moi via mon familier. Les dix points sont pour moi.

— J'hésite à m'établir à mon compte, déclare Seb tout à coup.

Les bras m'en tombent.

— Quoi ?

John semble aussi surpris que moi. La bouche ouverte, il considère Seb comme si celui-ci venait de pondre un œuf.

— Oh, Sebastian, s'écrie Elsie ravie, quelle excellente idée ! Je pense que tu feras un champion tout à fait flamboyant.

— Attends, je fais, rembobine, steuplait. De quoi tu parles ?

J'y comprends rien. Seb me répond sans quitter John des yeux.

— Elsie me tanne depuis toujours pour que je gagne son équipe. J'avais refusé jusqu'ici.

Quelque part, je suspecte que c'est encore pire que d'être son corbeau.

— Mais… Seb, réfléchis. Ne jette pas le bébé avec l'eau du bain. Tu n'es pas obligé…

Il hausse les épaules. J'en reviens pas. Au lieu d'accepter mon aide pour se libérer d'Elsie, il s'apprête à embrasser son jeu de barges.

— Attends, c'est parce que je t'ai mis la pression que tu réagis comme ça ?

— En tant que champion d'Elsie, déclare Seb sans me répondre, je conclus cette partie, l'humaine est à moi, et les dix points aussi. Je les reverse à Elsie, qui remporte le jeu. Et je garde Mona comme la règle du jeu m'y autorise.

Naomi se rapproche. Elle a laissé Reed dans le canapé. Elle n'a pas l'air très contente.

— Tu vas un peu vite en besogne, corbeau.

Seb lui adresse un froid sourire.

— Tu peux m'appeler Moriturus, lui fait-il savoir.

— Elsie ne peut te coopter seule, signale Naomi. Et certainement pas en cours de partie.

— Eh bien, dans ce cas, déclare Elsie pleine d'enthousiasme, nous n'avons qu'à convoquer tous les autres ! Une grande réunion à Las Vegas, comme au bon vieux temps !

Encore un peu et elle va se mettre à battre des mains.

Je crois que je vois ce que Seb essaye de faire. Il gagne du temps. Enfin, il me semble. Mais c'est beaucoup trop barré comme idée, même pour lui.

— J'envoie le message tout de suite, décide Elsie en produisant à nouveau son téléphone.

Je m'écrie :

— Non, Elsie, attends une seconde !

Et Naomi sourit :

— Ta future esclave humaine n'est pas d'accord, Seb. Elle est rigolote. Mais elle va te donner du fil à retordre. Tu ferais mieux de me la confier.

Seb la dévisage d'un air insondable tandis qu'Elsie tapote comme une furieuse sur son téléphone. Quant à John, il a l'air aussi dépassé que moi.

— Ça ne marchera pas, estime Naomi. Tu sais ce qui arrive aux candidats malheureux, Persson ?

Il hoche la tête et ma gorge se noue.

— Seb, qu'est-ce qui arrive aux candidats malheureux ?

Pas de réponse. J'insiste.

— Seb, ne fais pas ça. Ce n'est pas la peine ; il y a forcément une autre solution. Rappelle-toi ce dont on a parlé.

— Tais-toi, esclave, coupe-t-il, ce qui me donne juste envie de lui mettre la tête au carré.

— Ça y est, claironne Elsie triomphalement, c'est organisé ! Ils arrivent tous. C'est l'affaire de quelques heures, un jour tout au plus.

Pour quelqu'un qui ne pouvait plus blairer ses alter egos il y a dix minutes, elle est vachement guillerette à l'idée de tous les inviter sur son territoire.

— Je ne comprends pas ton enthousiasme, Elsie, je dis. T'es en train de perdre ton corbeau.

— Mais non ! Je perds un esclave, je gagne un gladiateur ! rayonne Elsie. Et de toute évidence, il reste mon familier.

— Hein ?

Elsie hausse les épaules.

— C'est encore mieux. Un familier libre et consentant. Ça ne m'était littéralement pas arrivé depuis Mathusalem.

— Seb, je dis. Explications.

Il se tourne vers moi, enfin.

— Tous les joueurs de go vont se réunir à Vegas pour examiner ma candidature, indique-t-il avec une grimace. Si je suis reçu, je deviendrai un champion à la solde d'Elsie, tout en restant son familier. Je prendrai part au jeu de go pour son compte.

Huh. Oui. Ça résume bien pourquoi il a évité jusqu'ici tout recours à cette échappatoire.

— Pour être admis, poursuit Seb, je vais devoir gagner la prochaine partie, pour remercier Elsie et convaincre les autres. C'est la tradition. En attendant, la conclusion de celle-ci est suspendue.

Elsie semble aux anges.

— Si je gagne, complète Seb, l'air sinistre, John et Elsie, vous laissez Mona tranquille. Elle part avec moi.

Il est dingue. Son idée est dix mille fois pire que la mienne. Je demande :

— Et si tu perds ?

— Il ne perdra pas, sourit Elsie.

— Il meurt, dit John.

33

— Mais quelle idée pourrie de chez Pourrie ! Tu te fous de moi, Seb Persson ?

Un courant d'air froid m'enveloppe et la voix d'Elsie claque aussitôt :

— John, laisse Mona tranquille jusqu'au dénouement de la partie. Elle n'a qu'à rester ici. Personne ne touche à un cheveu de sa tête. Je sais qu'elle est horripilante, mais tu n'as qu'à l'ignorer. Archibald et Clemens peuvent continuer à s'occuper d'elle.

Clemens a l'air dégoûté que Seb lui rafle sous le nez la place qu'il convoitait avec tant de ferveur. Quant à Elsie, elle s'éloigne déjà pour quitter son jardin d'Eden inverti de mes deux, apparemment satisfaite de la tournure que prennent les événements.

— Viens, mon corbeau.

Cette fois je la sens dans l'air, la magie d'Elsie, semblable à une zone plus dense de la forêt, une surcouche d'humus qui méthanise un peu plus fort que les autres. Elle va encore obliger Seb à prendre la forme d'un oiseau, esclave ou champion ou quoi qu'il devienne, elle ne lui fichera jamais la paix.

Pour moi, c'est la goutte d'eau qui fait déborder le vase. Cette situation a assez duré, je ne peux plus l'accepter.

Je réagis comme je l'ai fait hier, avec une dose de ce truc instinctif qui ne s'explique pas. C'est un réflexe — un vent du désert se lève, desséchant l'herbe sur son passage. Seb tangue sous le double impact, mais il reste sur deux jambes, sans se changer en corbeau.

Quand Elsie se tourne vers moi, l'air agacé, je l'interpelle :

— Tu vas l'affranchir sous peu, il serait temps que tu t'habitues et que tu le traites un peu mieux, tu ne crois pas ? Arrête de jouer avec lui comme ça, c'est puéril. Ou bien tu penses que tu n'en es pas capable ?

— Je ne vais pas l'affranchir, corrige Elsie. Je vais juste l'armer.

— Eh ben, je suis pas d'accord.

Sans même m'en rendre compte j'ai sorti le papier de ma poche. Je vais l'utiliser. Je viens d'avoir la preuve que Seb était capable de faire littéralement n'importe quoi pour m'aider, et je vais lui rendre la politesse. Et s'il n'est pas content, tant pis pour lui.

Naomi a suivi mon geste et un sourire apparaît sur ses lèvres. Je sais, au moment où je déplie le papier, que je joue son jeu, sans bien comprendre où elle veut en venir, à part que tout ça, c'est pour contrarier Elsie, et peut-être aussi John en passant.

Mais je m'en fiche. Je ne peux pas laisser Seb mettre son idée horrible à exécution sans intervenir. C'est juste… non, sans moi. Pas possible.

— Mona ! s'écrie Seb. Non, ne fais pas ça !

Bien qu'il soit sous sa forme humaine, sa voix sort comme un croassement. Je l'ignore. Je déplie le bout de papier et je m'arrête, perplexe.

C'est une simple page de cahier d'écolier à petits carreaux, couverte de signes tracés par une main brouillonne. Je n'arrive pas à les déchiffrer, et très franchement, ça m'étonnerait fort que ce soit de l'anglais.

— Oh, zut.

Mais à mes oreilles, mon exclamation frustrée résonne de manière étrange. J'ai voulu pester et j'ai prononcé des paroles qui n'ont pas de sens pour moi.

— Qu'est-ce que c'est que ce truc ?

Et à nouveau, mon cerveau forme les mots « qu'est-ce que c'est que ce truc ? », mais mes lèvres, elles, profèrent tout autre chose.

— Mona, stop ! supplie Seb.

Mais en fait, il doit le savoir comme moi — c'est trop tard. J'ai déjà commencé à lire, et maintenant, une force irrésistible me pousse à continuer. Même si je voulais m'arrêter, je n'y arriverais pas.

Alors, je lis.

C'est-à-dire que je dis :

— Seb, je suis vraiment désolée. Tu n'aurais pas dû passer ce marché stupide avec Elsie. Tu penses sincèrement que ça arrange les choses de te jeter au milieu de l'arène comme ça ? Tu crois que t'es fichu, mais je ne suis pas d'accord.

Et à nouveau ça sort bizarre :

— Dubba wubba badaxinu mesperu kesl gha !

(ou un truc du genre, hein, je cause pas la magie, moi, je suis dyslexique.)

Et ce n'est que le début, les mots cascadent de mes lèvres et je perds le contrôle comme j'avais déjà perdu le sens. Naomi avait raison, avec le papier c'est facile. Le sort s'écoule, fluide, évident.

Seulement alors, j'entrevois toute la magie qu'il faut. C'est trop. C'est beaucoup trop. Même moi, depuis ma crasse incompétence de nana qui vient de découvrir qu'elle a quelques Anim sous le capot, je le sens. La quantité de magie nécessaire pour libérer Seb dépasse de loin tout ce que je peux monopoliser. Ce sort est beaucoup trop maous pour moi.

J'échange un regard surpris avec Seb.

— Oups, je pense que ça ne va pas suffire.

(— Resta wlip nio.)

Oui, il m'avait prévenue. Limitée dans mon appréciation du problème, je ne pouvais pas deviner que cet acte magique s'avérerait si colossal. J'ai ouvert les vannes et l'énergie coule à flots. Le peu que j'en avais ne tarde pas à me filer entre les doigts. J'essaye en vain de le retenir.

Je souris à Seb.

— Désolée, je dis, pas le choix. C'est fait, c'est fait.

(— whoppla, amangor neska haha!)

Seb s'est approché de la cage, horrifié.

— Mona, non.

La magie s'écoule, de plus en plus vite, et je n'en ai pas assez pour alimenter le sort, évidemment. Bientôt je dois m'asseoir, je n'ai plus la force de rester debout.

— Mona, arrête-toi ! supplie Seb.

C'est facile à dire pour lui, moi je ne vois pas comment, je continue à lire le sort sans comprendre les signes sur le papier. La magie roule, animée d'une volonté propre, d'un besoin puissant de s'immoler elle-même. Un filet de voix seul parvient à franchir mes lèvres sèches tandis que tout mon corps s'engourdit. Mais peu importe le volume sonore, c'est le sens des paroles qui est puissant.

Seb a cessé de protester pour se refermer sur lui-même. Son visage s'est pétrifié en un masque inexpressif et ses yeux sont deux pierres brillantes. Plus j'avance, plus la clef tourne, et enfin je vois ce que je m'apprête à libérer. La vérité de Seb, je suppose.

Un courant d'air passe sur moi. Je sens l'ivresse qui ébouriffe ses plumes, l'ivresse de la magie et de la liberté, le plaisir de planer là où même l'oxygène n'est pas sûr de vouloir se risquer, d'affronter le ciel des orages et du tumulte. Je me laisse entraîner à sa suite dans les éclairs, sur les vagues du vent, une joie impertinente, féroce au cœur.

Du fond de ma léthargie, je lui souris. Il est d'une beauté époustouflante et je ne crois pas qu'il soit vraiment au courant.

Ce qui n'est pas beau en revanche, c'est ce que je découvre ensuite, lorsque la clef tourne encore dans la serrure. Maintenant, c'est la vérité d'Elsie.

Voilà des siècles qu'elle investit sur Seb. En tant que familier, on peut dire qu'il a donné de sa personne. Partout où elle passe, elle grappille de la magie. Elle est pire qu'une pie, et tout ce qu'elle vole, elle le refourgue à Seb. C'est-à-dire qu'elle ne lui offre pas grand-chose, juste un avant-goût, une lichette. Elle se contente essentiellement de placer — des quantités et des quantités de magie, jour après jour, sans demander la permission. Et oui, il y en a assez pour entretenir dix mille praticiens avides. Les 300 Anim fatidiques ? Explosés depuis belle lurette. Ça ne devrait pas être possible, je sais, mais Seb se balade au quotidien avec une masse d'énergie suffisante pour tuer un éléphant. Ou douze troupeaux d'éléphants.

La magie pompée allègrement dans les ley lines ces derniers temps, voilà où elle est partie. Elsie était à Vegas Underground pour faire le plein. Elle utilise Seb comme un jerrican, et Naomi m'a donné le moyen de mettre fin à tout ça.

La colère flambe, et avec elle je génère peut-être un modeste surcroît de magie. Il est aussitôt noyé dans cet ouragan.

Elsie a menti à Seb sur à peu près tout. Ses origines, son âge aussi. Il n'a pas de cousins dans le Maine, ou alors, c'est une sacrée coïncidence. Il est beaucoup plus vieux que ça. Il date d'une époque où les gens étaient des animaux, et les animaux étaient des gens. C'est un faux débat, décider s'il était d'abord oiseau ou d'abord humain. Il est juste Seb et personne ne pourra jamais trancher cette question-là, pas même lui, pas sans se faire mal. Ce qu'Elsie lui a infligé est bien pire que ce que je pensais, bien pire que les théories de Seb lui-même.

Je m'avise tout à coup qu'il y a sans doute là de quoi détruire Vegas Underground. Hier j'aurais sauté sur l'occasion. Le problème, c'est que tout le monde y passerait. Les coupables, les innocents, les gens à la surface. Mais ça ne sert à rien de considérer ce genre de décision. De toute façon la magie, comme ma colère, a trop enflé, elle ne peut plus s'arrêter.

Puis le texte est dit, la feuille se dissout sous mes yeux. J'ai prononcé le sort. Je vais me reposer maintenant et admirer le spectacle. Je me laisse glisser contre les barreaux, sérieusement crevée.

Tout à coup, le problème ne semble plus être de fournir

assez d'énergie pour un sort, mais plutôt de résister à la tempête que j'ai déchaînée. Après m'être vidée de toute ma substance, je me prends en pleine figure un ouragan de magie. Des vents violents à plusieurs centaines de kilomètres par heure me plaquent au coin de mon chenil, m'empêchent de respirer.

Je cherche Seb des yeux, mais je ne le perçois pas dans la fureur autour de moi.

— Vas-y, dis-je pour l'encourager, c'est pas à toi tout ça. Débarrasse-toi de tout, laisse-la reprendre sa came si elle y tient, t'as pas besoin de tout ce poids sur ton dos. T'es qu'un petit oiseau, ça t'empêche de voler.

La séquence traduction automatique est terminée et le filet de voix sort dans l'ordre et en anglais, avec la ponctuation.

— Mona !

Je lève une main qui pèse trois cents tonnes, mais j'ai du mal à en discerner les contours.

— Je te vois plus… Désolée. Tu distingues Elsie quelque part ? Dis-moi quelle tête elle fait. J'ai trop envie de savoir.

La voix de Seb m'arrive de très loin, inintelligible. J'aurais besoin d'une présence physique, ce serait plus motivant.

Quand une main attrape mon poignet, je m'y accroche. C'est trop petit pour être la main de Seb. Mes doigts tâtent un bracelet de plastique. Reed. Je lui souris, mais je ne crois pas qu'il me voie.

Le vent de la magie hurle autour de moi. Je suis étonnée quand je perçois la voix de Reed, comme s'il parlait directement dans mon cerveau, et encore plus sidérée par ce qu'il dit.

— Mauve ? Tu m'entends ? Je peux la manger ?

— Hein ?

— J'ai faim, je veux manger la magie, je peux ?

— Euh, ben oui. Fais-toi plaisir, je réponds bêtement. C'est pas ça qui manque. Comment tu…

Je dis autre chose mais le son a cessé d'exister. C'est normal, parce qu'il n'y a plus d'atmosphère dans toute l'immense pièce. Mes mains, par un réflexe, se portent à mon cou. J'essaye de prendre une goulée d'air mais rien n'entre dans mes poumons, à part peut-être de la magie qui s'avère vite irrespirable. Le temps s'est vidé et la vie de mes cellules se presse contre les pores de ma peau, pour remplir cet inexistant terrible. Ma tête enfle comme un ballon et tombe au sol.

34

— Seb ? Reed ?

Je repousse une double couche de fourrure pour arriver à la surface. Il fait bien chaud là-dessous, mais j'étouffe.

J'ouvre les yeux.

Pas de fourrure. Mais quand je touche mon visage avec mes doigts, la sensation duveteuse est indéniable. Je regarde mes mains. Elles sont normales. Je dois faire un gros effort pour m'asseoir.

Reed est là, allongé dans la cage à côté de moi, sur le dos. Il sourit en contemplant le plafond.

— Tu… tu as bien mangé ? je bégaye.

Mes oreilles sont sourdes et mes mots se perdent mais le gosse me sourit, il hoche la tête, il se redresse sur ses coudes.

— Je me sens bien, affirme-t-il sans faire bouger ses lèvres.

— OK.

Je me lève en titubant. Tout tourne et je dois m'accrocher aux barreaux. J'appelle :

— Seb ?

Toujours pas de son. Je saute d'un pied sur l'autre, comme après la piscine, pour vider mes oreilles. Un liquide chaud me coule dans le cou. Je l'essuie. C'est du sang. À cause de l'odeur du sang, je pense à Clemens, et au même moment je repère son cadavre un peu plus loin. Comment je sais qu'il est mort ? Facile, il est bleu — pas une couleur naturelle chez les gens bien portants. Maintenant l'absence de mouvement autour de moi s'ajoute au silence et je panique.

— Seb !

Je le cherche partout et pour finir je l'aperçois dans l'herbe, pas bleu mais noir. Mon cœur s'arrête puis repart : noir, c'est la couleur de son pantalon, de sa chemise. Son visage et ses mains ont disparu dans un bouquet de fougères. Il ne bouge pas plus que le reste. Merde, merde, merde.

— Reed, lève-toi, je veux sortir pour aller voir Seb.

Dans mon esprit, cela ne fait pas le moindre doute, si je veux sortir, je sors avec le môme, et celui qui n'est pas content je lui pète les dents.

Reed me donne la main, je l'aide à se mettre debout. Il pèse douze tonnes. Je l'entraîne avec moi. La cage n'a pas de porte. Voilà, je suis dehors. Je me sens bizarre.

Je laisse Reed se débrouiller seul et je cours jusqu'à Seb. Il est vivant : sa peau est chaude et il respire. Je le secoue, il râle et se retourne de l'autre côté sans sortir des fougères. Je le laisse tranquille pour le moment, à moitié rassurée.

Reed me rejoint, lourd et chancelant sur ses cannes maigrelettes.

— Je crois que j'ai un peu trop mangé, avoue-t-il sans bouger les lèvres, avec un sourire coupable de monstre mignon.

Je lui souris aussi, parce qu'il est trop craquant.

— D'où est-ce que tu sors, gamin ? T'es un poil bizarre, non ?

Il hausse les épaules.

— Juste un poil, pas plus que toi, répond-il sur la défensive.

— Mais t'es quoi ?

— Toi-même. Qu'est-ce que j'en sais ? Je m'appelle Reed Leergardens, j'ai sept ans.

Je réfléchis. Reed a été kidnappé chez Kim, en même temps qu'elle. Et si c'était lui la cible, pas Kim ?

— Reed, tu le connaissais, toi, le type blond qui est venu vous emmener, Kim et toi ?

Il incline la tête sur le côté.

— Oui, pense-t-il dans ma tête. Il me suivait depuis des semaines. C'est pour ça que j'allais jouer chez Kim après l'école au lieu de rentrer chez moi. Y avait toujours du monde dans son salon de thé. Enfin, en général.

— Tu le reconnaîtrais si tu le revoyais ?

Reed désigne quelque chose derrière moi. Je pivote à 180° et trouve un type au visage poupin, avec une barbe de six jours, une chemise à carreaux et un bonnet crasseux vert sapin.

— Ed ?

Mon clodo des égouts a enlevé Kim et Reed ? Et Salma aussi ?

Les traits d'Ed fondent et se recomposent. C'est assez dégoûtant, franchement. Quand ils cessent de se tordre, la gamine en jupette de tout à l'heure se tient devant moi, mais dans une version plus adulte — en jeans, pull tout doux, sac à main de dame.

— Naomi ?

Naomi éclate de rire. Je ne comprends pas.

— Tu t'es lancée dans le trafic d'esclaves ? T'avais besoin de flouze pour t'acheter des points au go, ou quoi ?

— Besoin d'argent ? Non. Je suis une joueuse de go, Mona. Le plus pauvre d'entre nous pourrait s'offrir un petit pays.

— Alors pourquoi tu fais tout ça ?

Naomi ouvre ses bras.

— Reed, viens, je t'emmène.

J'agrippe Reed par le bas de son T-shirt. Le gosse s'immobilise.

— Laisse-le rentrer chez ses parents, Naomi, je gronde.

— Il n'en a pas. Il vit dans une famille d'accueil, indique la joueuse de go. Ils le laissent tout seul toute la journée. Et le papa n'est pas très gentil, n'est-ce pas, Reed ? Moi, je peux t'offrir une vie tellement plus douce. Tu pourras manger du sucre. Et toute la magie que tu veux. Je t'achèterai un petit chat.

Reed a l'air tenté. Il tire sur son T-shirt pour se rapprocher de Naomi. J'essaye de le retenir.

— Gamin, n'écoute pas tout ce qu'elle te dit, elle veut se servir de toi et de ton… appétit pour la magie. C'est elle qui a tout manigancé. Elle t'a fait venir pour siphonner la magie d'Elsie. Et je suis sûre qu'elle va recommencer. Viens avec moi plutôt.

Naomi rit.

— Ah, tu vois, Mona, tu n'es pas si bête quand tu veux. Reed, Mona ne peut pas te prendre avec elle. Elle vit dans une cave et elle est attaquée par des zombis un jour sur deux. Et sa tête va être mise à prix dans les deux heures, à cause de ce qu'elle a fait à Elsie. Tu ne serais pas en sécurité chez elle. Viens dans mon château, tu seras comme un prince. Ce sera tous les jours les grandes vacances. J'ai trois piscines à toboggans et des chevaux. Et un avion. Tu pourras le piloter, je t'apprendrai.

Comment voulez-vous que je surenchérisse après ça ? Le garçon, forcément, se laisse tenter.

— Mona, je t'aime bien, mais j'ai faim tout le temps et je m'ennuie. Je vais aller avec Naomi.

— Non, non, mauvaise idée, gamin.

Il hausse les épaules.

— T'inquiète pas pour moi, ça ira. Allez, salut, à plus.

— Reed !

Il prend la main de Naomi et ils partent tous les deux sans se retourner. J'essaye de leur courir après et je rentre dans un arbre, qui n'était pas là il y a une seconde. Je le contourne. Un autre arbre s'interpose et la joueuse de go, l'enfant ont disparu.

— Reed ! Reviens ! S'il te plaît ! Ne décide pas tout de suite !

Je tourne et je retourne entre les arbres, sans retrouver leur trace. Pour finir je m'arrête, essoufflée comme après un cent mètres, épuisée, pitoyable.

Zuuuuut.

Une porte battante anti-incendie, loin devant moi, se referme avec un claquement, et dans la seconde qui suit, un autre bruit se fait entendre, tonitruant celui-là, caverneux, quelque part loin au-dessus de ma tête. C'est un craquement sourd, suivi d'une série de coups de fouet mille fois amplifiés, puis un autre craquement qui n'en finit pas de s'étirer, conclu par un cri métallique déchirant.

On va se prendre Vegas Underground sur la tête.

Je reviens sur mes pas en courant, cherchant un chemin qui a disparu. Il me faut cinq bonnes minutes pour retrouver la clairière, la cage, Seb inconscient.

— Seb ! Réveille-toi !

Je le secoue ; il grogne encore, mais émerge peu à peu.

— Mona ? C'est toi ? Tu vas bien ?

— Bof.

Il sourit, ses bras se referment sur moi. Ouff. Je perds l'équilibre et tombe sur sa poitrine. Le choc passé je réalise que je n'ai jamais été aussi près de Seb. Sa chemise est en coton et sa barbe gratte. Il sent fort l'ozone, le désert, la pluie, le vent en altitude. Et en dessous, il y a un parfum de peau épicé, sucré salé, qui me rappelle un truc ancien, enfoui comme un souvenir d'enfance. Tout à coup, je ne peux plus respirer. Comme tout à l'heure lorsque Reed s'est servi dans la magie, je hoquette et l'air ne peut ni entrer ni sortir.

J'étouffe sous trois jours de bizarrerie cruelle et de raffinements inhumains, de paperasse et de moquettes et de coups tordus — trois jours au cours desquels Seb a été mon seul fil rouge.

OK, un fil rouge plein de nœuds, mais un fil rouge quand même.

Je vais pas pleurer, zut, les Mona Harker, ça ne pleure pas. Ça ravale sa hargne et sa trouille. Même quand Seb pose sa main géante sur ma tête et qu'il dit :

— J'ai eu peur. Je ne sais pas ce que j'aurais fait si tu ne t'étais pas sortie de ça en un seul morceau.

Je déglutis toute une vague d'émotions chaotiques.

— J'ai eu de l'aide, je dis. Je crois que Reed a tout

amorti. Ce gamin est spécial, Seb. Il… mange de la magie. Mais Naomi l'a embarqué. Je… j'ai rien pu faire.

Je lui explique en quelques phrases le jeu de Naomi, tout ce que j'ai compris trop tard.

La main de Seb est toujours sur ma tête et je reste dangereusement proche du point de craquage. D'ailleurs ça s'entend — un nouveau grincement de béton et de métal, profond et aigu à la fois, déchire l'atmosphère, ponctué cette fois par une pluie cristalline. Du verre brisé. Beaucoup de verre. J'annonce :

— Il faut qu'on se tire d'ici.

Je me dégage à contrecœur et j'aide Seb à se redresser. L'air pâteux, il porte la main à sa tête.

— Ouch. Tu peux parler moins fort ?

— Hum, c'est pas moi, je crois que c'est la ville qui s'effondre.

— Où est Elsie ? demande-t-il. John ?

— Je ne sais pas. Pas vus. Ils ont probablement fichu le camp, et on devrait faire pareil.

Seb se passe la main sur la figure.

— Ça ne m'étonnerait pas qu'Elsie se cache après ce qui vient de se passer.

Je lui souris.

— T'as vu ça ? T'es libre. Et elle va arrêter de te prendre pour une batterie sur pattes. T'es plus le familier de personne, Seb. Hip hip hip !

Il produit un mince sourire à son tour.

— Oui. C'est dément, dit-il sans grande conviction. Merci, Mona. T'aurais jamais dû faire un truc pareil. Elle va…

— Je m'en doute, je le coupe, pas la peine de me faire

un dessin. Je me suis fait une copine pour la vie. On épilo-guera un autre jour. Là, il faut qu'on quitte VU.

Je l'aide à se remettre debout. Il n'y arrive pas tout seul. Il ne tient pas sur ses jambes et quand je me faufile sous son bras pour le soutenir, il pèse aussi lourd qu'un mammouth.

— Je me sens bizarre, déclare-t-il avant de s'écrouler.

Zut.

— Seb ? Fais un effort, s'il te plaît.

Agenouillée à côté de lui, je suis en train de le secouer pour qu'il reprenne une station verticale, quand un type coiffé comme un rocker des années 80 émerge des buissons.

— Mike !

Il est redevenu humain.

— Qu'est-ce qui m'est arrivé ? demande Mike. J'ai fait un rêve vraiment bizarre.

— Trop long à expliquer. Viens m'aider à remorquer Seb et à le sortir d'ici. Tu sais où est Kim ? Et Archie, tu l'as vu ?

Non, Mike ne sait rien. Nous nous mettons en route. Seb doit être opérationnel à 15 %. Ce n'est pas très surpre-nant après la baffe qu'il s'est prise. Le problème c'est que moi non plus, je ne suis pas au top de ma forme. Et il s'avère bientôt que les muscles de Mike sont surtout issus de la gonflette. Ils font joli si on aime le genre bodybuildé, mais soutenir un type adulte, c'est une autre histoire. Je demande :

— Tu pourrais pas te transformer en lion, nous porter sur ton dos ?

Mike me montre ses dents, qui sont super blanches et tellement régulières que ça me fait flipper.

— Tu me prends pour qui ? Et puis non, de toute façon j'ai essayé, mais y a plus un gramme de magie dans l'air. Je ne peux pas me métamorphoser.

— Oh.

Reed a bien dit qu'il avait « un peu trop mangé ».

Le problème c'est aussi que les arbres de cette forêt ont tendance à changer de place. Une demi-heure plus tard nous sommes toujours au même endroit, à tourner en rond, tandis qu'autour de nous les grincements et les craquements de mauvais augure se multiplient.

— Comment ça se fait que les arbres continuent à bouger de place, s'il n'y a plus de magie dans le coin ?

— Ça revient peu à peu, mais il y a un ordre de priorité, explique Seb. La magie va d'abord aux gens qui payent, à ceux qui sont puissants et bien placés, comme les joueurs de go. Donc la maison d'Elsie redémarre en premier.

— Et toi, comme tu n'es plus dans ses petits papiers…

— Rien du tout, confirme-t-il d'un air sombre.

Mince.

— Et qu'est-ce qui se passe, en surface, pour Vegas, si Vegas Underground s'écroule ?

D'après mes calculs, on est juste au-dessous du Strip. Si une doline géante s'ouvre au beau milieu de la ville, il va y avoir des dizaines de milliers de victimes, voire plus. À cause de moi. Et de ma fichue obstination à tenir tête aux joueurs de go.

— Il y a des centaines de mètres de roches entre les deux villes, ça devrait tenir, estime Seb, l'air pas hyper confiant. Mais je préférerais qu'on sorte rapidement.

— Ouch, je fais. Les ascenseurs vont être pris d'assaut.

Je n'ose même pas imaginer ce que Carnale va exiger

comme taux de transfert. Et de toute façon, la question ne se pose pas tant qu'on restera coincés dans la serre géante d'Elsie.

Je crois que je garde l'espoir à peu près jusqu'au moment où le plafond commence à nous tomber sur la tête.

35

Tout autour de nous, il pleut des brumisateurs et des lampes, des branches et des morceaux de faux plafond.

Quand je me prends les pieds dans une racine qui n'était même pas là il y a une fraction de seconde, et que je tombe de tout mon long en entraînant avec moi Seb épuisé et Mike déséquilibré, je comprends qu'à moins d'un miracle, c'est foutu. On ne va pas y arriver. Cette pièce a effectivement été enchantée, mais elle n'est pas là pour révéler ma vérité. Elle est là pour me garder bien au chaud à six pieds sous terre.

En enfer nous sommes, et en enfer nous resterons.

— Mike, je pense que tu devrais partir devant, aller chercher de l'aide.

Mike acquiesce et file entre les arbres. Dix contre un qu'il n'aura pas de mal à trouver la sortie ? J'aurais dû le dispenser d'héroïsme plus tôt. Ça se voyait qu'il n'avait pas la fibre.

— Pause.

Je m'assieds sur la racine, autant qu'elle serve à quelque chose. À côté de moi, Seb, manifestement épuisé, ne demande qu'à faire pareil. Il me regarde d'un air usé. Une trace de terre lui barre le front. Je lui souris.

— Écoute, Seb, je ne voudrais pas paraître défaitiste ou quoi, mais j'aurais des trucs à te dire avant que tout s'écroule.

Malgré la lassitude, son regard pétille, et un sourire naît sur ses lèvres.

— Ah oui ?

— Ouaip.

— Comme quoi ?

Le sourire s'étire, s'installe. Je plisse les yeux.

— T'as un truc entre les dents, là.

Il se met à rire. Ça me fait du bien de l'entendre rire. J'attends que ça lui passe pour parler.

— Seb, tout à l'heure, quand j'ai déplié le papier, j'ai tout vu.

— Tout quoi ?

— Ton histoire, ton passé, tout.

Ses yeux s'agrandissent.

— Ah bon ? Parce que moi, tout ce que j'ai vu, c'est des siècles de magie dormante qui entraient en furie.

— Ouais ? Eh ben, t'avais raison. Elsie t'a raconté n'importe quoi. Aucune de ses histoires n'était vraie.

Je m'arrête. Je n'ai pas bien réfléchi avant de me lancer. Le problème, c'est que je ne vais pas lui imposer une nouvelle histoire s'il ne s'en souvient pas lui-même. Qu'est-ce que je peux lui dire sans lui infliger à nouveau une vérité qui vient de l'extérieur ?

— Tu… tu es bien plus fort et bien plus ancien que tu ne te l'imagines. Je ne sais pas exactement ce que tu es ni qui tu es, et je continue à penser que tu es le seul à pouvoir t'en faire une idée précise. Mais je voulais te dire que tu peux te sentir libéré d'Elsie. Tu peux oublier toutes ses salades. Il n'y a rien de vrai dans tout ça, tu comprends ? Tu as mérité de recommencer à zéro. Et tu as tout ce qu'il faut pour redémarrer.

Il se passe la main sur la figure, y ajoutant encore plus de terre, mais ça n'a pas d'importance.

— Euh, merci, répond-il, incertain. Mais qu'est-ce qu'il me reste ?

— Il te reste le vent, la nuit d'orage, cette joie délirante qui te saisit quand tu voles. Ça ne te vient pas d'Elsie, c'est juste toi.

Il ouvre de grands yeux.

— Mona, tu es en train d'essayer de m'annoncer avec tact que je suis un corbeau ?

Je secoue la tête.

— Non. C'est pas ça. T'es *aussi* un corbeau. T'es plus qu'un homme et plus qu'un corbeau. Je ne sais pas comment ça s'appelle. Et ne commence pas à te la ramener. Pour moi tu es juste Seb, OK ?

Il hoche le menton.

— Hum. D'accord. Merci, Mona.

Je ne suis pas sûre de lui avoir fait un cadeau très facile à porter et il y manque certainement le mode d'emploi. Mais c'est le plus honnête que je puisse faire. Et je ne veux pas mettre plus de moi-même dans la balance. Même si j'ai envie de le voir renaître de ses cendres ici, tout de suite, il faudra bien que je patiente. Pour autant que j'en aie encore le temps. Aucun de nous ne formule l'idée qui fâche : quand on sera ensevelis sous des mégatonnes de gravats, ce sera vraiment sympa de mourir libres.

Les choses se précisent quand le départ de feu vient à bout du système de brumisateurs et que la forêt s'embrase.

— Aha, je fais, maintenant ça correspond bien à l'idée que je me faisais des enfers.

Seb se lève lentement, puis me tend sa main.

— Tu veux continuer à chercher la sortie avec moi ?

— Avec grand plaisir.

Je prends sa main et on repart doucement, en contournant les troncs des arbres baladeurs.

36

———

Quand la cavalerie débarque enfin, je crois à une plaisanterie. J'ai respiré trop de fumée. Ou bien c'est la main de Seb qui m'a refilé des endorphines létales et ça m'a détraqué le cerveau.

J'attribue la première chute d'arbre au feu qui s'intensifie, fait grimper la température et rend l'atmosphère toxique. Je sursaute, Seb serre ma main plus fort et m'attire plus près. Je me demande pourquoi on marche, et je continue à marcher.

Le deuxième arbre ne me rate que d'un mètre ou deux. Il est sain, intact, pas en feu. Et il est suivi d'un troisième, un colosse qui s'abat plus loin sur le chemin.

Une idée bizarre germe dans mon cerveau. Il doit y avoir un éléphant dans cette jungle. À ma connaissance, Elsie n'élevait que des oiseaux ici, mais je peux me tromper après tout. Je sens une présence là-bas, une force qui casse tout sur son passage.

Même quand je tombe nez à nez avec la créature, j'ai encore du mal à percuter.

Elle porte mon maxi T-shirt Sonic Youth et un jupon géant de satin mauve que ma cousine a essayé de me faire porter à son mariage, mais que je n'avais jamais sorti de son plastique. Sa peau grise est tavelée de lichen. Son pas est lourd, et quand elle colle une pichenette à un de ces arbres vicieux, il pivote puis s'effondre, extirpant ses racines du sol dans sa chute.

— Qu'est-ce que... commence Seb en se frottant les yeux.

La créature s'est arrêtée face à moi, immobile dans une attitude très familière.

— Vénus ! C'est ma statue. Enfin, celle du jardin de mes proprios, au bord du chemin. Salut, ma belle ! Tu m'avais pas dit...

Elle incline la tête sur le côté, sans répondre et sans que la moindre expression vienne perturber l'agencement classique si pur de ses traits. Je remarque un collier autour de son cou, j'ai peur de reconnaître le double rang de perles de Julie Preston. Et, calé sous son aisselle, j'aperçois enfin Errrgggh le zombi, qu'elle tient solidement contre elle et qui ne cesse pas de râler.

— Lâche-moi à la fin, espèce de diplodocus ! Combien de fois dois-je te répéter que je suis très inflammable ?

Pour toute réponse, elle le serre encore plus fort sous son bras et il émet un discret bruit de gaufrette qui s'effrite.

— Hum, se reprend-il aussitôt, en s'adressant à moi, je crois qu'elle veut que vous la suiviez.

Et c'est comme ça que nous sortons de cette forêt maudite, puis de Vegas Underground en plein chaos : derrière une Vénus en pierre qui fait le vide sur son chemin.

Ça sent la fumée, la poussière, le soufre. Il y a des blessés partout. Je sais que j'ai souhaité la fin de cet endroit, et que je l'ai même probablement causée, mais à ce prix ? Non.

Les ascenseurs sont pris d'assaut, y compris celui de Carnale. Des hommes en costume sombre chargés d'épaisses liasses de papiers font entrer les gens par douzaines dans les grandes cabines. On a l'impression d'un exercice plus ou moins rodé. Peut-être que Carnale, Zeph et leurs homologues avaient prévu ce genre de catastrophe.

En arrivant devant les ascenseurs d'Eden Schmeden, nous tombons nez à nez avec Salma.

Elle me saute dessus pour me faire un hug.

— Mona ! Je suis contente que tu sois là. La déesse soit louée. Je me demandais comment j'allais retrouver le chemin. J'ai repris mon poste à la douane, et Becky avait besoin de monde pour gérer la… situation.

Deux douanières passent devant nous en courant, l'air paniqué, grises de terreur.

— La douane a pu intervenir ici grâce aux accords d'entraide exceptionnelle avec VU, explique Salma. Mais on n'a pas du tout assez de main-d'œuvre, pas avec ce qui vient de se produire en surface.

Mon cœur s'arrête.

— Ah bon ? Qu'est-ce qu'il y a eu en surface ?

J'ai très peur tout à coup d'être responsable d'une catastrophe de dimension planétaire. On va encore entrer en guerre contre un pays qui ne nous a rien fait.

Mais Salma raconte :

— Il y a eu une autre explosion en centre-ville. Rien à voir avec Elsie et ses invités. Un amateur de mes deux a fait péter une ley line à haute tension. On n'a rien vu venir. La douane surveille les lignes basse tension, on n'avait pas idée qu'un crétin irait se servir directement à la source. Il faut être zinzin, évidemment que ça allait exploser.

— Salma, hèle une voix que je reconnais, tu peux venir avec… Mona, c'est toi ?

Becky est là, un peu décoiffée, dans son sempiternel uniforme beige qui est à présent couvert de poussière de plâtre.

— Ah, je fais, salut, Becky. Euh, c'est bien que vous ayez pu venir à la fin.

La responsable de la douane de Vegas me lance un regard surpris. Elle se demande visiblement si c'est du lard ou du cochon.

— Ben quoi, je dis, mieux vaut tard que jamais. Il se passe… se passait beaucoup de choses moches ici.

Becky soupire, hoche la tête.

— Je sais, Mona.

— Est-ce que vous allez… arriver à faire quelque chose ? Il y a beaucoup de civils innocents dans le complexe.

Un pli préoccupé se forme au coin de la bouche de Becky.

— On doit en priorité s'occuper de sécuriser le mausolée de Perséphone, indique-t-elle, sans préciser pourquoi.

Mon cœur se serre, je suis déçue.

— Ah. Je me disais aussi que l'intervention de la douane ne pouvait pas vraiment servir à quelque chose, dis-je avec amertume. Vous allez laisser les gens livrés à eux-mêmes ? Qui sait combien d'esclaves il y a encore au fond des cages.

Becky fronce les sourcils et termine :

— … et ensuite, on fera un tour pour vérifier que les civils et les esclaves ont pu sortir sans encombre pour se mettre en lieu sûr.

— Ah, dis-je. Euh. OK. Pardon d'avoir critiqué un peu vite, alors.

Becky secoue la tête.

— On fait ce qu'on peut, Mona. La plupart du temps. Mais parfois c'est bien d'avoir des petits rappels à l'ordre. Même quand ils viennent de personnes vraiment urticantes comme toi.

— Euh, merci ?

Je fouille dans ma poche et j'en extrais le sort que m'a confié Brit-Brit, pour le donner à Becky.

— Tiens. En cas de coup de grisou… Je ne sais pas ce que ça vaut, c'est expérimental. C'est censé reproduire le dernier sort que ça a vu… et le dernier acte magique auquel j'ai assisté nous a sauvé la vie en siphonnant toute l'énergie ambiante.

Becky fronce les sourcils à nouveau, mais prend le petit sachet de tissu pour l'examiner de plus près.

— Merci. Au cas où, pourquoi pas. Ça n'a pas l'air très réglo. Où est-ce que tu as eu ça ?

— Hum, je préfère ne pas te le dire.

Becky désigne Seb du menton.

— Et lui ? Il est avec toi ?

— S'il te plaît, laisse-le tranquille pour le moment. Il a eu des problèmes avec les joueurs de go. Il a surtout besoin de notre protection, je pense.

Seb ouvre la bouche pour protester, puis finalement acquiesce. Venus, pendant ce temps, danse d'un pied sur l'autre comme si elle avait envie de faire pipi, sans que son visage trahisse la moindre expression.

Becky nous considère tous un moment, l'air indécis, puis elle finit par céder.

— Bon. Entendu. Disparaissez. On reparlera de tout ça plus tard.

Puis elle embarque Salma et je crois bien que c'est la première fois que j'ai eu une conversation adulte et constructive (en grande partie au moins) avec Becky Morinsky. J'en ai un peu la tête qui tourne. Seb me prend gentiment le bras, m'entraîne vers l'ascenseur.

— Viens.

Heureusement, l'impression bizarre de maturité ne dure pas. Quand le préposé de chez Eden Schmeden refuse de laisser monter Vénus dans l'ascenseur, je me rattrape largement, et pour finir Seb doit appeler son pote Zephyro à la rescousse. Il s'ensuit une mise au point houleuse.

Zeph nous laisse monter dans la cabine numéro 5, en souvenir de notre doux mariage dit-il, et pour me remercier de lui avoir envoyé Salma. Il essaye de m'embrasser, mais Vénus s'interpose. Seb fait la gueule. Quand nous arrivons à la surface, à l'accueil de l'immeuble d'Eden Schmeden, la cabine s'arrête à cinquante centimètres sous le niveau du sol. Vénus, impériale, grimpe la marche avec son demi-zombi sous le bras, et l'ascenseur nuptial numéro 5 rend les armes dans un grincement pitoyable et une gerbe d'étincelles.

Nous quittons Zeph et sortons sur le trottoir. Une brume dense et opaque a envahi la rue. Ma Jeep est garée à deux pas. Elle a un petit air penché et le pneu avant gauche est à plat. Je pousse un gémissement de douleur.

Quand je regarde à l'intérieur par la fenêtre, je découvre un carnage. Le siège du conducteur est tout enfoncé, on peut voir dans le cuir la marque de deux gigantesques fesses. Et la route, aussi, par un gros trou dans le plancher.

— Ma Jeep !

Vénus a conduit mon petit bijou, de toute évidence.

— Hum, fait Errrgggh, je pense que pour le retour, il va nous falloir un autre véhicule.

Seb n'est pas hyper enthousiaste à l'idée de faire monter Vénus dans sa voiture, mais on ne va pas la laisser là après qu'elle nous a sauvé la vie.

Nous l'embarquons à l'arrière, avec l'ordre de répartir son poids comme elle peut. Les amortisseurs ne sont pas contents, mais nous avons d'autres choses en tête.

En plein centre-ville, sur le Strip, un pâté de maisons entier a été anéanti. Tout le bloc a disparu, laissant une quantité inimaginable de matériaux ravagés, un immense champ de gravats qui continue à fumer. La poussière a quelque chose d'électrique et d'acide qui me met mal à l'aise, même à deux rues de distance.

— Magie, diagnostique Seb.

Nous passons le plus près possible du site de la catastrophe, mais les rues sont barrées. Je repère, en plus de la police ordinaire, des femmes en uniforme beige qui se hâtent en tous sens, l'air préoccupé. Le réseau téléphonique est dans les choux.

— Ça ne sert à rien de s'éterniser, je décide enfin. On rentre à la maison.

La voiture de Seb tient le coup jusqu'à Boulder. Elle rend un bruit de métal crissant étrange sur la fin, mais très franchement, nous sommes trop lessivés pour nous en soucier.

Quand nous arrivons chez les Preston, leur voiture est déjà au garage. Ils sont de retour. Je n'ai pas l'énergie de faire des ronds de jambe maintenant. Nous titubons jusqu'au bunker, épuisés. Vénus ferme la marche, et quand nous entrons dans le bunker, Seb et moi, elle se poste devant la porte défoncée, les mains sur les hanches.

— Je crois que je devine ce qui est arrivé à ta porte blindée, note Seb.

Je hoche la tête. Moi aussi, je suis sûre que c'est Vénus qui est allée chercher Errrgggh ce matin-là à l'intérieur en employant la manière forte, avant de l'épingler au mur. Je suis aussi prise d'un doute.

— Ma jolie, je lui demande, ce ne serait pas toi qui as essayé de m'appeler l'autre jour ?

Vénus incline la tête sur le côté. Errrgggh a encore l'énergie de râler.

— Si vous ne me laissez pas bientôt partir, je vous jure que mon avocat…

— Demain, promis. On règle tout ça demain. Si tu fais quoi que ce soit à Burt et Julie, je t'enterre vivant dans le jardin, c'est compris ? Tu fais le mort. Tu n'as qu'à te planquer.

Vénus acquiesce d'un microscopique signe de tête et rabat mon T-shirt Sonic Youth sur la tête d'Errrgggh.

Je bâille :

— On s'occupera de vous quand on aura dormi. Juré.

Puis j'entraîne Seb dans les profondeurs de mon bunker. Je m'écroule tout habillée quelques secondes plus tard.

37

———

Je rêve qu'un vent violent balaye le désert, érodant les rochers, dispersant la poussière en tourbillons enragés. Toute vie s'est retirée de la surface, fuyant la tourmente. Insectes, oiseaux et mammifères se terrent dans les profondeurs, dans les anfractuosités de la roche, laissant la furie du vent ronger le sol et scalper la végétation. Tout le désert fait le dos rond pendant que la tempête se déchaîne et déverse sur lui une colère ancienne, si pure qu'elle en est proche de la folie.

Bercée par les hurlements du vent, je repose avec la certitude absolue d'être en sécurité sous cette étrange couverture d'air et de magie.

Quand je me réveille, je trouve Seb Persson dans, ou plutôt sur, mon lit. Je dépense quelques minutes secrètes à le regarder dormir, curieusement élégant dans ses vêtements sales, et dans cette pose abandonnée, vulnérable. Je pense à ce que j'ai vu lorsque je l'ai libéré, à la quantité aberrante de magie qu'il transportait partout avec lui sans que rien ne le trahisse. Il y en avait assez pour faire trembler VU et il ne s'en doutait même pas.

Je ne sais pas si je suis à la hauteur. C'est une émotion inédite pour moi. Je me pose rarement la question de mon adéquation à une tâche ou à une situation. Je fonce et puis c'est tout, on me l'a assez reproché.

Je décide que je ne vais pas me laisser impressionner. Mouais. La méthode Coué sera peut-être de mise sur ce coup-là. Je roule sur moi-même pour quitter le lit, tout doucement pour ne pas le réveiller.

Une fois douchée et avec des vêtements propres, je me sens presque humaine à nouveau. Je fais chauffer de l'eau que je bois comme ça, faute de café dans mes placards. C'est fade mais ça aide. Puis je chausse mes boots et je sors du bunker pour aller saluer mes proprios. Je vais devoir leur expliquer le foutoir invraisemblable que j'ai semé chez eux. Ça, plus mes petits arriérés de loyer.

Dehors, pas de tempête. Le ciel est bleu comme toujours, et même s'il est encore tôt, le désert tout proche presse déjà sa chaleur à l'assaut de la ville. Ça sent la pierre chaude, le romarin, le laurier-rose et le créosotier, l'odeur d'un matin de printemps ordinaire. En apparence, du moins. Mais quelque chose a changé, j'en suis certaine. J'hésite une seconde sur le pas de la porte, le nez au vent, l'oreille aux aguets, toute ma peau à l'affût du moindre mouvement d'air, indécise. J'ai du mal à capter la variation subtile qui met tous mes sens en alerte.

Vénus a repris son poste le long de l'allée, dans une attitude d'immobilité imparfaite, troublée par un balancement subtil mais permanent. Est-ce la raison pour laquelle je me suis mise à lui parler il y a quelque temps ? Mon intuition avait-elle perçu l'étincelle de vie sous la pierre ?

Je jurerais qu'elle me salue. Elle a gardé mes vêtements et elle porte toujours Errrgggh planqué sous son T-shirt. Je vais devoir trouver une solution pour le zombi. Monstre ou pas, il n'est pas à sa place ici, et pas seulement parce que sa vue me hérisse le poil.

Je gravis le chemin qui mène à la maison en sentant dans mes jambes tout le poids de la semaine. Burt, mon logeur, est installé à la petite table de jardin qui meuble sa terrasse. Il admire le soleil qui grimpe lentement au-dessus de la mesa, et petit-déjeune dans la chaleur encore supportable.

— Salut, Burt.

— Hey, Mona.

Il m'indique une chaise, il me sert un café que j'accepte avec gratitude. Je n'ai jamais rien bu d'aussi bon. Tout me paraît nouveau et déroutant ce matin, depuis la caresse de l'air jusqu'à l'arôme puissant et amer qui réveille mon palais, et la présence de Seb tout près.

Burt et moi savourons l'instant dans un silence paisible. Puis il pose sa tasse dans sa soucoupe bleue avant d'enchaîner sur l'interrogatoire de rigueur :

— Hum, Mona. Je voulais te demander. Qu'est-ce qui s'est passé dans le jardin, au juste ?

Je soupire.

— Une bande de casseurs, je crois.

J'invente une histoire de bikers vindicatifs qu'il semble entériner avec philosophie. Je lui jure sur mes aïeux que je ne les connaissais ni d'Ève ni d'Adam, ce qui est vrai, plus ou moins.

Burt me scrute un instant, pesant le vrai et le faux, puis hoche la tête.

— Quelle époque bizarre, conclut-il.

Peu désireuse de me faire embarquer dans une discussion du type « c'était mieux avant », même si je ne suis pas sûre que ce soit le genre de Burt, j'esquive en demandant des nouvelles de la maîtresse de maison.

— Julie n'est pas là ?

— Tu l'as ratée à cinq minutes près, explique Burt, elle voulait faire une balade. Je crois que Vegas lui a manqué et qu'elle est contente d'être de retour. J'aurais peut-être dû la ramener plus tôt. Elle a des petits soucis de santé, je t'ai raconté.

C'est plus de mots que nous n'en avons jamais échangés, Burt et moi. J'acquiesce gravement. Il nous ressert des cafés que nous buvons en silence.

C'est ainsi que Julie nous trouve, cinq minutes plus tard. Elle est habillée pour une randonnée : long pantalon de toile, chemise large à manches longues, casquette sur ses cheveux gris, chaussures de marche.

— Déjà de retour ? s'étonne son mari.

Elle semble troublée, inquiète.

— Il m'est arrivé une chose déconcertante, raconte-t-elle. Je voulais juste faire un tour vers McCullough Hills, mais je n'ai pas réussi à sortir de la ville.

— Ah bon ? C'était bouché ?

— Non. À cette heure-ci, il n'y avait personne. Mais c'était… impossible de passer. La voiture s'est arrêtée au milieu de la route. J'ai cru à une panne et je suis sortie. J'ai voulu ouvrir le capot, mais il y avait comme un mur. Un mur invisible sur toute la route qui m'empêchait d'aller plus loin.

— Tu es sûre que tu te sens bien, chérie ? demande tendrement Burt.

D'une main hésitante, elle recoiffe une mèche de cheveux gris.

— Ensuite un type est arrivé avec un chien, poursuit-elle d'un air vague. Il est monté vers la piste en traversant le « mur » sans problème. J'ai essayé d'emprunter le même chemin et…

Elle hausse les épaules.

— Non, conclut-elle avec un sourire embarrassé. Pas moyen.

Intrigués et un peu soucieux, nous abandonnons notre café pour prendre la voiture de Burt et examiner cet endroit avec elle. On a parlé de l'explosion en centre-ville aux informations, et Burt se pose des questions.

Julie nous indique le point précis où elle a été arrêtée par ce « mur invisible ». La voiture de Burt, qui fonctionnait parfaitement une seconde auparavant, cale à son tour. Je descends sur la route pour observer le « mur » de plus près et je reste bloquée moi aussi.

Pas moyen de faire un pas de plus. Une barrière invisible me retient avec douceur mais fermeté. Mes pensées et mes muscles se font cotonneux, ma volonté s'émousse, et je perds le fil.

Je me recule pour prendre de l'élan et je tente de franchir le mur en force. Résultat, je me prends une baffe. Je me retrouve cinq pas en arrière, assise par terre, les pensées en désordre et voyant trente-six chandelles, et sans la moindre idée de ce qui vient de se produire.

Burt, lui, passe sans problème.

De retour chez les Preston, dès que je descends de voiture, je m'isole pour appeler Salma.

— T'es où ? Ça grésille à mort.

Elle vient d'émerger en surface. VU, dit-elle, est plus ou

moins stabilisée, même si la douane reste sur place pour gérer les suites du tremblement de terre.

Salma me donne des nouvelles de Mike, Kim et Liam, qui sont tous sains et saufs. Mais personne ne sait où est le gamin.

— Il est parti avec Naomi. J'ai rien pu faire. Mais je n'ai pas dit mon dernier mot, je te le garantis.

Ce gosse, je vais le retrouver, et m'assurer qu'il grandit dans de bonnes conditions, loin des joueurs de go, que personne ne lui lavera le cerveau comme Elsie l'a fait à Seb.

— Et toi ? demande Salma. Ça va ?

— Mouais. Pas mal pour le moment.

Je ne sais pas à quoi je dois m'attendre de la part d'Elsie. Je ne pense pas que les joueurs de go en resteront là et je n'ai aucune idée de ce qui arrivera s'ils se rassemblent tous ici à Vegas, comme Elsie les y a invités.

— Fais-moi signe si tu as besoin d'aide, dit Salma. Si je suis en mesure de te renvoyer l'ascenseur, je le ferai.

Quand je lui relate mon expérience étrange sur la route de McCullough Hills, elle m'explique que la douane a bloqué par un sort d'urgence les entrées et les sorties de Vegas. Apparemment, c'est la procédure en cas de catastrophe magique.

— On a lancé le plan de stabilisation des ley lines, indique-t-elle.

Les humains ne sont pas concernés, mais la magie, et tout être en possédant de près ou de loin, est retenu par ce dispositif. On ne quitte pas la ville, on n'y entre pas.

Le Vegas surnaturel est coupé du reste du monde.

Je retourne au bunker pour prendre des nouvelles de Seb. Vénus a changé de place depuis mon départ, elle s'est postée devant la porte, mais me laisse passer avec une certaine grâce quand elle me voit arriver.

Seb est assis au bord du lit, les coudes sur les genoux et le front dans les mains. Il lève la tête quand j'entre. Malgré la fatigue qui creuse ses traits, rendue plus dramatique encore par l'ombre d'un noir presque bleuté sur ses joues et son menton, une étincelle s'allume dans ses yeux si sombres.

— C'est la fin du monde, j'annonce en me laissant tomber à côté de lui sur le lit.

Je lui raconte mon début de matinée.

— Comment tu te sens ?

Il se frotte la figure.

— Désorienté, répond-il avec un sourire d'excuse.

— La magie ? C'est rentré dans l'ordre ?

Il hausse les épaules.

— Difficile à dire. Ça ira sûrement mieux quand j'aurai émergé du coaltar.

Il ment, je vois bien qu'il ment. Il me cache quelque chose et ça m'énerve. Mais je sais aussi qu'il a besoin de temps, d'un peu de liberté pour respirer. Alors, je me contente de lui sourire en lui tendant la main.

— Bienvenue dans mon humble bunker, Persson. Fais comme chez toi. La salle de bain est là-bas. Il n'y a rien à manger, mais si tu fais du charme à Julie, je suis sûre qu'elle te prendra en pitié.

Seb sourit et accepte la main tendue, la serre. Je décide d'ignorer pour le moment les frissons chaotiques qui remontent le long de mon bras, de repousser les idées les plus dingues que m'inspire la présence de Seb chez moi. Je suis une fille honorable et il a besoin d'espace.

— Merci, Harker, dit-il en s'étranglant un peu. Merci d'avoir insisté.

— Pas de problème. Obstination, c'est mon deuxième prénom. Tu peux compter sur moi.

Son sourire s'élargit.

— Je sais. Tous les deux ou trois mille ans, l'univers produit un individu têtu comme une bourrique et assez stupide pour s'opposer aux joueurs de go. J'ai de la chance d'être tombé sur toi.

— Ravie que tu le reconnaisses enfin, Persson. Je suis assez stupide pour m'acharner sur ton cas, oui.

Je ne demande pas ce qui va arriver maintenant qu'Elsie a dû partir se cacher la queue entre les jambes et que Vegas est bouclée par un cordon magique. Les embrouilles ont le chic pour vous tomber sur le coin de la figure sans crier gare, et parfois, il faut juste prendre cinq minutes pour se ressourcer au fond de son bunker, avec un corbeau pour ami.

REMERCIEMENTS

Paris, le 7 mai 2019

Merci à tous les maîtres du fantastique de mon enfance. Les gars, sans vous, je ne serais pas devenue cette rêveuse introvertie et secrètement sarcastique qui se cache à tout moment pour écrire sur son téléphone et qui regarde sous son lit avant de se coucher, juste au cas où.

Merci en particulier à Mikhaïl et Prosper pour leurs belles inventions. J'ai piqué des idées, pour les massacrer bien sûr. Ça s'appelle un hommage.

Merci par ricochet à Emilyne, qui n'a pas édité ce livre, et à la personne qui m'a vendu des boucles d'oreilles Boulgakov. Sans vous, il n'y aurait pas eu de Seb Persson, en tout cas pas sous cette forme inattendue.

Merci à ma vénérable aïeule Nadie pour l'histoire vraie du corbeau qui tape au carreau à l'aube tous les matins. Ça ne nuit pas qu'il y ait eu Edgar Allan et aussi Matthew Gregory, et que la fenêtre en question ait hébergé, de mémoire, un tout petit autel à la sainte vierge. Ce fut si délicieusement gothique. J'imagine que l'écriture est ma façon à moi de gagner mes galons dans une lignée de femmes excentriques, autrement que juste en dépassant de tous les côtés.

Merci à Marion pour son regard perçant, ses avis indépendants et ses précieuses relectures de dernière minute.

Merci à C.C. Mahon (auteur de Vegas Paranormal/Club 66, l'autre série dans le même univers) pour tout le travail mené en surface pour faire exploser le côté diurne de Las Vegas pendant que je m'occupais de la face cachée de la ville. Je pense que là, ensemble, on a bien bossé.

Merci à Amin pour son soutien absolu, son sens de l'humour et sa liberté de pensée qui ne cessent de m'émerveiller. Sans compter qu'ils ont rendu possibles tant de nouvelles formes de vie captivantes :o)

Merci surtout à vous, lectrices et lecteurs. Puisque vous avez lu le tome 2, je pars du principe que vous avez apprécié le tome 1 de cette série, et ça veut dire beaucoup pour moi. J'aime bien les héroïnes qui sacrifient plus à la gouaille et à leurs idéaux qu'à leurs instincts de survie ou aux conventions. Je trouve que le mordant et l'arrogance chez les femmes, ce truc qui fait qu'on nous dit parfois attachiantes, sont des qualités quand on les met au service de causes importantes. Chacun ses préférences. Mais si jamais vous rédigez parfois des commentaires et que me mettre une bonne note vous titille, je ne dirai pas non. Il fait parfois un peu froid dehors, pour les Mona.

DEMANDEZ LE PROGRAMME !

Au 7 mai 2019

L'aventure de Mona se poursuit le 7 juin prochain dans le tome 3, Alea jacta et puis voilà (oui, c'est le titre). Vous trouverez les premières pages en lecture libre tantôt sur mon site web, charlottemunich.com.

Si en attendant vous avez envie de savoir précisément ce qui est arrivé à la portion de Strip qui s'est effondrée, je recommande la lecture de Mystères Magiques, le tome 2 de Vegas Paranormal/Club 66, par mon estimée collègue C.C. Mahon.

Ensuite, il y aura :

— Prospérité, le 4e et dernier tome de mon autre série, Sorcières & Chasseurs, chez Amazon Publishing, le 20 août.

— À partir de la fin de l'année, si tout va bien, une nouvelle série d'urban fantasy à Paris. Ça parlera d'un clan de justiciers. Ce sera noir à l'encre de chine et fleur bleue, mais plus fantaisiste quand même que Batman. Et ça grouillera de créatures — j'ai tendance à les réinventer à ma sauce, pour changer un peu du bestiaire habituel, donc n'attendez pas trop de scintillance vampirique ou de métamorphisme sexy. La romance sera plus présente. Les deux premiers tomes sont déjà écrits depuis un moment. Vous pouvez vous préparer à des fuites d'extraits dans le courant de l'automne. Surtout si vous êtes abonné.e.s à ma mailing list : http://charlottemunich.com/newsletter/

– Du space opera, avec héroïne flippée, dimensions parallèles et courses-poursuites. Je cherche encore la fenêtre de tir pour écrire et publier cette série. Ça arrivera un jour ou l'autre, sûr. C'est juste que l'écriture est mon gagne-pain et que je ne me fais pas trop d'illusions sur le potentiel commercial du space-opera en France. Et je ne veux rien sortir de plus avant d'être certaine de pouvoir tenir un rythme de parution, à cause de ma relation d'amour-haine avec les cliffhangers.

ALEA JACTA ET PUIS VOILÀ

MONA HARKER TOME 3

Mona et Seb n'ont pas le temps de souffler avant d'être entraînés dans une dangereuse chasse à l'homme.

Elsie compte bien obtenir vengeance depuis que Mona l'a humiliée en lui volant son familier. Dans Las Vegas touchée par une double catastrophe magique et coupée du monde par un blocus surnaturel, la dompteuse a convoqué tous les joueurs de go et leurs champions pour une nouvelle partie.

« Moriturus » Persson est peut-être libéré d'Elsie, mais selon les règles du go, il joue sa vie. Sans compter que l'enjeu de la partie lui pose un énorme problème. Car pour gagner, il faut apporter à Elsie la tête de Mona Harker au bout d'une pique.

Les dés sont jetés et la situation paraît inextricable. Mona saura-t-elle trouver assez d'alliés pour faire mentir le destin ?

Le tome 3 des aventures de Mona Harker paraîtra le 7 juin 2019.

DU MÊME AUTEUR

Si vous avez aimé ce roman, vous apprécierez peut-être les autres livres de Charlotte Munich :

Urban fantasy :
Série Mona Harker
Un pour taper sur l'autre (t1)
Alea jacta et puis voilà (t3) *(juin 2019)*

Witch-lit :
Série Sorcières & Chasseurs
chez Amazon Publishing
Convoitise (t1)
Harmonie (t2)
Silence (t3)
Prospérité (t4) *(août 2019)*

Science-fiction :
Hybris

CONTACT

Vous me trouverez très facilement au bout de la salle d'aérobic, derrière le hangar de bowling, à côté de l'aquarium
à requins, à droite après le Baskin Robbins :
www.charlottemunich.com

En suivant le lien ci-dessous, vous pouvez aussi vous
inscrire à ma newsletter / liste d'emails. Vous recevrez
alors, pour peu que la conjoncture soit bonne et que les
astres s'alignent, des nouvelles de mes activités et des
histoires bonus.
http://charlottemunich.com/newsletter/

Vous pouvez aussi décider de vous en remettre à ces
autres providers de ley lines agréés par la douane, à vos
risques et périls :

- Facebook.com/chmunich/
- Instagram.com/charlotte_munich/
- Twitter.com/chamunich

À bientôt !